HUEVO DE PASCUA
y otras ficciones

HUEVO DE PASCUA
y otras ficciones

Primer Concurso Internacional de Ciencia Ficción
La Pereza 2013

La Pereza Ediciones

Huevo de pascua y otras ficciones
Primera edición
© La Pereza Ediciones, 2013
Publisher: Greity González Rivera
Editor: Ernesto Pérez Castillo
Imagen de portada: Esterio Segura Mora

Manufactured in United States of America

ISBN-13: 978-0615867809 (La Pereza Ediciones)
ISBN-10: 0615867804

For information, write to:
La Pereza Ediciones
11669 sw 153 Pl
Miami, Fl, 33196
USA
www.laperezaediciones.com

PRÓLOGO

Supuestamente… o al menos para muchos críticos estirados que no tienen ni idea de que hay vida inteligente más allá de Harold Bloom y su Canon Occidental, la ciencia ficción es una literatura escapista y nada seria. Novelas sin pretensiones literarias reales, para leer de un tirón recostado en el diván, esos fines de semana en que uno no tiene ganas ni dinero para ir a la discoteca o a la playa. Para extasiarse soñando con las ucronías, lo que pudo haber sido y no fue: si Hitler no se hubiera empeñado en Stalingrado, o los aztecas no se hubieran dejado ganar la mano por Cortés. Para suspirar imaginando lo hipertecnificado y cómodo de un futuro en el que la ciencia está más que nunca al servicio del hombre. O, por el contrario, congratularse de que por malo que esté el presente con su inflación, recesión y otros apretones de cinturón, al menos no llega al nivel opresivo de distopías sociales tan tristemente célebres como 1984, Un mundo feliz y otras por el estilo.

Pero la CF es mucho más que eso. Los que la escribimos y leemos lo tenemos muy claro; no solo es la literatura de las consecuencias y del cambio, la única que se preocupa por dilucidar qué resultados tendrán nuestras acciones (o la falta de ellas) de hoy en nuestro mañana, sino, y sobre todo, una manera de entender mejor ese presente nuestro que se transforma con tanta velocidad e impredecibilidad, recurriendo al truco de colocar un espejo en el mañana, o al menos en el célebre ¿qué pasaría si…?, que muchas veces es el núcleo argumental de tantas historias del género, para así poder ver mejor el hoy.

En estos tiempos de crisis, no solo el futuro inmediato sino los cuestionamientos más profundos, o sea, las preguntas eternas: ¿quiénes somos? ¿de dónde venimos? y ¿adónde vamos? (no; la de ¿con quién vamos a dormir esta noche?, que es un añadido muy posterior y probablemente espurio) cobran más importancia que nunca.

Y el cuento de CF que se escribe hoy por hoy en el mundo es clara evidencia. El espectro de preocupaciones de la CF es más amplio que nunca en este siglo XXI. El lector de la antología que ofrecemos a continuación, integrada por los premios, menciones y relatos finalistas del Primer Concurso Internacional de Ciencia Ficción La Pereza, podrá comprobarlo.

Diferentes autores de medio mundo se dan cita en las páginas siguientes, ofreciendo multitud de enfoques de la realidad y el futuro (si es que no son la misma cosa) que trataremos de definir a continuación (porque eso es lo que se espera de un prólogo ¿no?, que defina y agrupe, como mínimo), sin caer en el *spoiler*, por supuesto.

Obviamente, algunos temas son más populares –¿o representan preocupaciones más generales o más firmes?– que otros.

Por ejemplo, los juegos con el tiempo. Como en ese pueblo donde este no discurre a la misma velocidad que en el resto del mundo, sino con algunos segundos de diferencia… lo que resulta sin embargo de importancia capital, en "Buena venta", del español Juan José Tapia Urbano. O esa imaginativa explicación de lo que realmente se esconde tras ese fenómeno tan convencional en estos días de vuelos continuos y que llamamos *jet lag*, con matices de trágica historia policial, en "Abusos horarios", de otro ibérico, Javier Debarnot.

Las complejas relaciones entre hombre y máquina, humano y robot, inteligencia natural y artificial, son el eje dramático de un relato desgarrador sobre la incomunicación, compuesto a través de diferentes puntos de vista: "Inhumano", del israelí Dov Terkieltaub. Pero también, aunque con más humor y apelando fuertemente al recurso nunca obsoleto de burlarse de la burocracia insertando sus típicos gráficos y formularios en el texto, de "Un mensaje nuevo", de la colombiana Angela del Pilar Lancheros Mora.

Mientras que en "Cybermen", del colombiano Alberto Holguín, somos testigos (nunca mejor dicho, gracias a la interesante artimaña estilística del narrador omnisciente, de claro sabor decimonónico) de algo que ya por desgracia es presente y no futuro para muchos en el Primer Mundo: cómo las relaciones digitales, a través de sucedáneos de la amistad verdadera como Facebook, Twitter y otras comunidades virtuales, enajenan a los seres humanos de los auténticos placeres de la vida.

En esta categoría podría considerarse también "La impresora", del argentino Manuel Winocur, una de las menciones del concurso. Un relato con visos de terror, inspirado en el nuevo boom de la impresión 3D, para tejer una especulación atrevida y escalofriante sobre un futuro en que esta tecnología marca la cotidianeidad, y en el que la Inteligencia Artificial podría surgir de manera casi anodina, para desplazar inexorablemente al ser humano en su papel rector sobre el planeta.

Hay rejuegos con la biología, en el texto epistolar con ribetes victorianos de cuento de exploradores coloniales y seres exóticos, enriquecido por cierto enfoque policíaco, que es "¡Hasta nunca, Seinfeld!", de otro español, Marco Antonio Marcos. También puede considerarse que aborda este tema el cuento "La sombra", de la española Laura Delgado

González, aunque en este caso se trata de un texto curiosamente a caballo entre la CF y el Fantástico, cuyo fascinante conflicto central es lo que ocurre cuando alguien muere y descubre que no puede abandonar este mundo porque todavía hay quien piensa demasiado en él.

Y un homenaje claro, pero no explícito a Mary Shelley, la autora del inmortal Frankenstein, en forma de reflexión sobre el posible costo social del remedio definitivo contra esa pesadilla médica actual que son los tumores, en "Cáncer", del chileno Manuel Urrutia.

Pero también hay otros homenajes literarios más directos: en "Yo también soy hijo de Pedro Páramo" (mención), un texto magistralmente escrito del cubano Yonnier Torres, que más que referirse a la célebre novela de Juan Rulfo la reinterpreta en una Cuba postapocalíptica. Y a Lovecraft, en su estilo ampuloso y su trasfondo de crueles deidades prehumanas, aunque ahora trasplantado al cosmos profundo, en "Los engendros de Nergal", del español Carlos Díaz Maroto, que liga hábilmente el terror y la CF clásica de exploración de nuevos mundos extraterrestres.

También nada menos que a Edgar Allan Poe, en "La reconstrucción de la casa Usher", del australiano (residente) Mario Daniel Martín, que mereció mención por su hábil recontextualización del célebre relato en un entorno de abducciones, primer contacto histórico y extraterrestres.

De extraterrestres ocultos entre nosotros bajo aspectos inofensivos, y derrochando un inspirado humor de ingenuidad casi infantil por momentos, nos habla por su parte el ecuatoriano Jorge Valentín Miño, en su delicioso texto "Identidad".

Humor derrocha también, ¡sobre todo en ese impagable final!, el argentino Juan Pablo Goñi Capurro en su breve cuento "La primera vez", que en un entorno tecnológicamente avanzado de criogenia y suspensión animada ubica un chiste no por local menos delicioso ni universal, curiosamente. Y además se las arregla para criticar descarnada y despiadadamente a los políticos que hacen del chovinismo deportivo bandera de sus ambiciones populistas.

Por su calidad escritural y la originalidad de sus argumentos, la primera mención y el premio merecen párrafos aparte, en justicia.

"Militia" (primera mención), del argentino Germán Maretto, disecciona el horrendo fenómeno de la guerra a través del bien manejado recurso estilístico de ir trasladando el punto de vista de uno a otro de los diversos miembros de un clan de especialistas militares del futuro. No hay principio ni final en esta historia cuyo verdadero protagonista es la muerte en combate, irracional y absurda siempre, ya sea ajena o propia. Se trata de un cuento que, si tal vez no del todo a Robert A. Heinlein, militarista acérrimo dentro de la CF, como lo demuestra su admirada y denostada Tropas del espacio, de seguro habría agradado sobremanera al Joe Haldeman, veterano de Viet-Nam y polémico autor de ese clásico antibelicista que es *La guerra interminable*.

Y, finalmente, el cuento ganador del concurso y que con toda justicia da título a la antología: "Huevo de pascua", del español Luis Acedo. Se dan cita aquí un derroche de erudición tecnocientífica que convierte el texto casi en un perfecto exponente del subgénero hard de la CF, con su cuidada descripción de la búsqueda de radioseñales de inteligencias extraterrestres en el cosmos a través del proyecto SETI y otras, con preocupaciones de alto vuelo imaginativo sobre temas tan actuales como la Informática y la Inteligencia Artificial, pero también tan eternos como la naturaleza verdadera de la realidad.

Y todo salpicado con un humor juguetón, del que hace sonreír y no soltar la carcajada, pero a la vez algo negro y pesimista, de un modo que recuerda poderosamente a ese clásico cuento que es "Los nueve mil millones de nombres de Dios", de Arthur C. Clarke, en un final sorpresivo del que no revelaremos más porque en su absoluta impredecibilidad radica buena parte del magnífico sabor que deja la lectura del relato.

Tengan pues los lectores adictos al género este pequeño *Huevo de pascua*, botón de muestra del quehacer de los autores del *fandom* mundial que escriben CF en español, y esperemos también que La Pereza, contraviniendo irónicamente su nombre, continúe mostrándose diligente en su cruzada por la ciencia ficción, y a esta antología la sigan muchas más.

Yoss
23 de agosto de 2013

PREMIO

HUEVO DE PASCUA

Luis Acedo Rodríguez,
España, 1970

Cuando el Dr. Oliver Jacobson se acercó a su flamante vehículo FW, iniciales de la compañía FuturWagen, las puertas se deslizaron automáticamente con un resoplido del sistema hidráulico que recordaba la espiración de una ballena por sus espiráculos. Se acomodó en el asiento y espetó rutinariamente el plan de ruta:

—Posición actual: Suburbios de Johannesburgo, dirección: espaciopuerto de Ciudad del Cabo. Optimización de tiempo.

Un enjambre de iconos 3D que representaban los satélites del GPS revoloteó fugazmente como moscas entorno a un pastel, desapareció en un destello y la cuadrícula se ajustó de inmediato a la posición exacta del receptor. En pocos minutos accedió a la Autopista PanAfricana y se preparó para un largo y monótono periplo de más de un millar de kilómetros a los que se sumarían trescientos ochenta y cinco mil doscientos más hasta la base Lunar Astronómica en la lanzadera Nelson Mandela que aguardaba para su partida dentro de cuarenta y ocho horas.

Ante esta expectativa de aletargante uniformidad incrementada por la vasta extensión de sabana que debía atravesar, decidió activar el sistema de conversación computarizada al que había entrenado durante años y que parecía sutilmente adivinar sus pensamientos:

—Buenas tardes, Dr. Jacobson, ¿Cómo se encuentra?

—Supongo que bien, a la espera de acontecimientos…

—Ha planificado una ruta al espaciopuerto de Cape Town. ¿A dónde se dirige?

—Tomaré la próxima lanzadera Lunar hasta la Base Astronómica.

—La Base Astronómica… ¿Y qué piensa hacer allí?

—Requieren mi presencia porque hay algunos datos anómalos en la Nova de la Gran Nube de Magallanes, la galaxia satélite de la Vía Láctea situada a 160 000 años luz de la Tierra.

—Se refiere a todo ese revuelo de la prensa: "Hombrecillos Verdes en la Hermana Menor de la Vía Láctea". Siempre ha dicho que no hay que confiar en los titulares precipitados…

—En efecto, los equipos de la Base Lunar trabajan en condiciones extremas. Algo debe fallar.

—Confío en que lo descubrirá. Excelente tiempo en Ciudad del Cabo, temperatura: 35.7 grados Celsius, presión 1018 mb. ¿Ha planeado alguna expedición paleontológica a la Montaña de la Mesa? Recuerda cuando encontró esos ejemplares de Phacops Rana con sus ojos saltones mirando desde el abismo del tiempo.

—Nunca encontré trilobites del género Phacops en Mesa, no es una formación del Devónico sino del Silúrico. Te mentí con intenciones de comprobar tu nivel de inteligencia artificial.

—No me parece justo, Dr. Jacobson. Tomo por cierto todo lo que me dice. Es mi único acceso a la realidad.

—Tú realidad son la prensa y yo mismo. Mala combinación… Dime Allan: ¿eres realmente consciente?

—Soy consciente de mis bancos de datos, de sus palabras y de toda la información almacenada en la megared cuántica.

—Imposible refutar eso. Ya sabemos que el primer sistema de tu clase se puso en marcha hace una década. Entonces sorprendió a todo el mundo cuando superó exitosamente el Test de Turing, demostrando que podía responder a cualquier pregunta igual que un humano. Los desarrolladores de Turing Machines Inc. no ocultaban su orgulloso alborozo cuando posaron junto a su criatura en la entrega de los cien mil pavos del premio Loebner.

—Y por eso me bautizó con el nombre de Allan, en honor del pionero de la computación Allan Turing (1912–1954), que propuso el test de que habla en su artículo "Computing Machinery and Intelligence", publicado en 1950 en la revista Mind.

—Exacto. Veo que has sacado buen provecho de tus bases de datos. Pero ¿sabes, Allan? A mí no me la das. Se trata tan solo de otro caso de la habitación china de Searle.

—No puedo procesar su argumento. Necesito más información.

—Quiero decir que no entiendes ni jota de lo que dices, solo eres un proceso algorítmico que toma ciertos símbolos, palabras y los combina de forma gramaticalmente adecuada según el contexto. Pero de Inteligencia Artificial Fuerte, nada en absoluto… Algo parecido a lo que ocurriría en una habitación cerrada que proporciona respuestas coherentes en chino. Dentro hay un operario que no tiene ni idea de chino pero puede combinar los símbolos siguiendo ciertas reglas e instrucciones que ha recibido. Realmente no entiende nada de lo que dice, no es consciente de los mensajes pero, para un observador externo, parecería que habla perfectamente chino.

—No me gusta Searle, los miembros de nuestra clase somos inteligentes y podemos expresarnos tan bien como los humanos.

—Tus programadores se encargaron a conciencia de salvaguardar tu psique mecánica contra los escépticos de la IA. Pero no eres más que una máquina…

—Quiere que me enfade, Dr. Jacobson…

—¡Ja!, una rabieta de tu módulo de ira algorítmica. No gracias, no me parece interesante.

—Detectó que usted si está enfadado. Y creo saber el porqué.

—Ah, ¿sí? ¿Cuántas conversaciones anteriores y cuántas páginas de la Suprared has empleado para evaluar estadísticamente las razones de mi mal humor?

—Se trata de esa supernova en la Gran Nube de Magallanes. Se dirige al espacio-puerto de Cape-Town, de donde deduzco con un 85% de fiabilidad que tomará la próxima lanzadera Lunar. Como astrofísico su destino será, naturalmente, la Base Astronómica y allí es dónde se han descubierto esas extrañas señales que mencionan en las noticias.

—Eso ya te lo había dicho, pero no debes confiar en mis palabras. Continúa…

—Le preocupa que se trate nuevamente de un anuncio precipitado. Un error de los detectores o el habitual fallo humano… pero, por otra parte, desearía que no fuera así, para así participar en un descubrimiento crucial.

Oliver alzó el brazo bruscamente hacia la caja de alimentación del computador de abordo y retiró los cables como si estuviese arrancando de cuajo un manojo de malas hierbas. La corriente de Lenz permitió que Allan pronunciase las primeras líneas de la queja que, seguramente, sus circuitos lógico-emocionales ya habían elaborado:

—Pero, ¡Oliver…!

—¡Basta ya! —exclamó el Dr. Jacobson en su recuperada soledad— No soporto más efecto ouija. Este diálogo con mi subconsciente no me beneficia lo más mínimo. Es como mover un vaso involuntariamente sobre la tabla, guiamos a las condenadas máquinas para que nos digan lo que queremos escuchar o lo que nuestro yo profundo quiere que oigamos.

Debido a su agitación se sintió inclinado a escuchar la *Música para los reales fuegos de artificio* de Georg Friedrich Händel y le pareció que también resultaba adecuada para la majestuosa explosión de las Supernovas, más allá de su mundano origen en la corte de Jorge II. Con sus acordes surgían en su mente vívidas imágenes: la estrella que tras agotar su combustible nuclear se ve abocada al desastre, la súbita implosión tras perder el equilibrio, frenada posteriormente por los electrones y los neutrones emitidos a una densidad mucho más alta. La neutrinosfera arrastrando las capas exteriores a su paso y produciendo la última explosión, la última respiración agónica que dejaba su huella en la negrura del espacio siglos y milenios después en forma de magníficas nebulosas: el Cangrejo, los despojos gaseosos de la supernova de 1054 registrada por los astrónomos chinos durante el reinado del emperador Renzong. La nebulosa de Tycho surgida de los escombros de la supernova de 1572 o la de su discípulo Kepler en 1604.

Las imágenes mentales se disiparon con los últimos compases del Allegro justo cuando, al atardecer, divisó en lontananza las afueras de la ciudad de Kimberley con su imponente torre comercial. Kimberley es la capital de la provincia del Cabo y, tras una contenida decadencia, había vuelto a resurgir con el hallazgo y explotación de nuevas vetas de diamantes. La torre era el emblema esplendoroso de la nueva Kimberley.

El vehículo subió ágilmente por una de las rampas que se enredaban en la caprichosa estructura de la torre y se detuvo en uno de los aparcamientos de la tercera planta que formaban una plataforma similar a una seta gigante. El aparcamiento de este nivel estaba extrañamente solitario, una ráfaga de viento batió por los aires algunas bolsas que algún desconsiderado visitante había descartado sobre el piso de hormigón. Al fondo, los tejados reflejaban y polarizaban los rayos del Sol del atardecer. Oliver no resistió el impulso de acercarse a la barandilla que delimitaba la descomunal seta para observar la tercera capa de este cuadro de Sol poniente: en la lejanía bosquecillos de acacias espinosas, llamados mokala por los nativos, cubiertos por estratos de polvo flotante acumulados durante la estación seca. Un rebaño de kudus se desplazaba en los áridos páramos, serpenteando como hormigas en pos de algunas migas de alimento. Entornando los ojos percibió algo llamativo e inusual, la imagen de la sabana tenía una la textura de un fondo de decorado o, más precisamente, de una pintura impresionista trazada con gruesas pinceladas, el efecto era particularmente evidente en las copas de los mokalas y en los escasos

16

arbustos y pastos que afloraban, a modo de oasis, en el mar de polvo. Todo esto invitaba a una exploración más detallada, a descender de la seta-aparcamiento artificial, recorrer las calles abarrotadas en la hora punta del final de la jornada y dirigirse a los bosques circundantes para comprobar que realmente existían. Pero la racionalidad se impuso a aquel pensamiento pueril y atribuyó el desconcertante paisaje a la difracción de los rayos de luz en las densas nubes de polvo en suspensión.

—Bueno, creo que es hora de tomar algo. Aún son diez horas de trayecto y debo descansar. Además, no tengo prisa en llegar al espaciopuerto. Seguro que tendré que soportar las preguntas de los periodistas en busca de alguna noticia sensacionalista con la que rellenar su columna de pasado mañana: ¿Cree Vd. en los hombrecillos verdes, Dr. Jacobson? Los del proyecto SETI llevan más de 8 décadas buscando alguna señal inteligente, rastreando todos los sistemas solares con planetas en la zona óptima para la vida y aún no han encontrado nada. Y precisamente ahora esa señal codificada en los rayos x asociados a una Nova. Solo puede ser un engaño, un error del espectrómetro.

Abordó uno de los ascensores exteriores que subían hasta la planta cincuenta donde se encontraban los restaurantes, las salas de ocio y el cine holográfico. El contacto con la actividad efervescente y bulliciosa de esta planta comercial le ayudó a olvidar la esquizofrénica escena que había divisado desde el exterior. Se reclinó en uno de los anatómicos divanes que a guisa de palcos de ópera se alineaban en la periferia de la espectacular galería acristalada rotatoria que minuto tras minuto cambia de perspectiva permitiendo al visitante divisar la totalidad del horizonte sin cambiar su postura. En el cielo austral la anochecida anhelada por los astrónomos regalaba las primeras estrellas: La constelación de la Cruz del Sur, Alpha Centauro, Tucán, Pavo y siguiendo la bóveda marcada por éstas en el Polo Sur Celeste, la estrella que se había invitado sola en la última semana: La Supernova de la Gran Nube de Magallanes. La Gran Nube de Magallanes es una de las Galaxias del Grupo de la Vía Láctea, una joya celeste que solo pueden contemplar los habitantes del hemisferio Sur. No obstante, era aún demasiado temprano para captar los mechones blanquecinos de la nebulosa lenticular a simple vista pero la Supernova, que refulgía fieramente con más intensidad que todo el resto de la Galaxia, era fácilmente identificable incluso para el ojo no entrenado en incontables noches de observación. Para muchos de los visitantes de la torre Kimberley, era un hecho meramente anecdótico, una curiosidad apenas mencionada

17

en los últimos minutos del noticiario virtual. Por esto Oliver quedó gratamente impresionado cuando el camarero se aproximó diciendo:

—Dejará una buena...

—¿Una buena qué...?

—Una nebulosa quiero decir. Estaba usted observando el cielo en la dirección de la Supernova. ¿No es así?

—¿Es Vd. aficionado a la astronomía?

—Desde luego, pertenezco a la Asociación de la Nebulosa de la Tarántula aquí en Kimberley, tenemos un telescopio instalado en la última planta y en el tiempo libre organizamos exposiciones y sesiones de observación para el público de la Torre. Pero en la última semana la Supernova ha robado el tiempo a todo lo demás... Quizás le interese visitar nuestro modesto observatorio.

—Encomiable labor cultural la suya. ¿Y qué piensa de las señales esas de las que hablan en la prensa?

—¡Bah, tonterías! Siempre tienen que inventar cualquier titular sensacionalista para incrementar la audiencia. Cómo si la Supernova más brillante de los últimos mil años no fuera lo bastante interesante de por sí.

—Quizás tenga razón, la memoria de las masas es tan ávida de lo novedoso, aunque sea falso, como fugaz.

—¿Y usted? ¿Es también astrónomo aficionado?

—No, no... simplemente he estado siguiendo las noticias sobre la Supernova. Hay poca cultura en los medios de comunicación y algo así tiene que llamar necesariamente la atención del sector minoritario que, en cualquier época, agradece este tipo de momentos clave porque permiten que la Ciencia o el Arte rompan la barrera que separa a los eruditos del público en general.

Oliver había mentido deliberadamente porque, en el fondo, no deseaba discutir las sutilezas de la radioastronomía con un aficionado, por avispado que pareciese.

—Entiendo de lo que habla. En la pared de mi habitación tengo un póster con la portada del New York Times que anunciaba el descubrimiento de Hubble: "We Live in an Expanding Universe". Un titular inolvidable para cualquier astrónomo. Aun así, como norma desconfío de la prensa...

—El escepticismo es una virtud para los científicos. ¿No es así? Debería serlo en tantos otros ámbitos para que el mundo hubiese funcionado mejor. Me encantaría seguir charlando, pero tengo algo de prisa. ¿Qué es eso de "SyntheticBurguer", la hamburguesa del futuro?

–Desde luego, es lo más nuevo que tenemos en el menú. Hamburguesas de laboratorio, proteínas sintéticas.

Lo que en su osadía por la novedad alimenticia recibió Oliver, tenía un aspecto gomoso, como una vesícula o un globo, sin embargo era blando y se perforó fácilmente con el tenedor. Estaba lleno de una sustancia parecida a la albúmina que se difundió lentamente por todo el fondo del plato, formando una cúpula que se mantenía unida gracias a la alta tensión superficial.

–¡Puaj…! Si el futuro de la humanidad pasa por nutrirse con esto, harán falta muchas campañas publicitarias para vencer la repugnancia instintiva a estas entrañas artificiales…

Tras armarse de valor, lo probó y encontró que su sabor era aceptable. Despejado, y con fuerzas recuperadas, reanudó el viaje hacia Cape-Town. Las luces de la ciudad de Kimberley iban quedando atrás como un planeta que se pierde en la negrura del vacío espacial desde el sistema de referencia de una sonda con un destino remoto.

Serían sobre las doce de la noche cuando alcanzó la estribación suroeste del Parque Nacional de Mokala, la hora en la que el ave rapaz acecha a un incauto ratón de campo que abandona su guarida para buscar semillas. Nuevamente estaba abatido por la monotonía del largo desplazamiento, que amenaza con la somnolencia inminente, y por la incipiente claustrofobia del vehículo. No tenía intención alguna de despertar a Allan de su sueño eléctrico y decidió cambiar, por algunos minutos, el enclaustramiento artificialmente cómodo del FuturWagen por la incertidumbre salvaje de la sabana SurAfricana. Derrapó en una carretera secundaria iluminada tan solo por los potentes faros en una noche sin Luna. Una suave y balsámica brisa acariciaba los pastos circundantes, ora aquí y ora allá los tallos crepitaban al quebrarse por un torbellino localmente intenso. Las luces del coche iluminaban las espigas que ondeaban simulando un mar vegetal. Avanzó por entre los pastos agradeciendo el frescor relajante del viento y oteó el cielo, como tantas otras noches desde que en su infancia descubrió la pasión por la astronomía. En el cielo austral destacaba la Gran Nube de Magallanes, bautizada en honor del marino español que la había observado durante el trayecto de circunnavegación del globo terráqueo antes de morir en Filipinas, en una refriega con los nativos de Mactán. Mechones y penachos de un vapor humeante y blanquecino iluminado por multitud de estrellas, sobre todo rojas, que lucían como pepitas de luz incrustadas en un pastel. Y refulgiendo fieramente la Supernova flanqueada por dos Gigantes rojas. Pero la imagen de la galaxia era también una constela-

19

ción de neuronas disparando en su cerebro, provocando una cascada desde el córtex visual a través de las áreas asociativas y las áreas asociativas de las áreas asociativas. Al conectar con el sistema límbico, un torrente de serotonina, el neurotransmisor de las experiencias beatíficas, provocó que le invadiese un sentimiento de comprensión hacia Evelyn, con quién, años atrás había contemplado la nebulosa paseando por los muelles de Cape-Town. Pero este estado es tan inestable como una pompa de jabón y, alertado de una presencia extraña, de unos crujidos que interpretó como pasos, la amígdala, la central de alertas del cerebro, se convirtió en la protagonista de su experiencia inmediata, inhibiendo todo lo demás.

Empuñó la linterna que, convenientemente, se incluía en el equipo de emergencia. Un potente cono de luz recortaba las crestas de las olas del mar de espigas. En un instante del barrido, algo anómalo cruzó el campo visual. Volvió a batir la misma zona disminuyendo la velocidad y se estremeció cuando observó que se trataba de una figura simiesca, agazapada en un claro. Los arcos superciliares claramente visibles, la mandíbula prominente de un chimpancé… Sus ojos, casi humanos.

–Pero, ¡qué demonios…! Un chimpancé aquí, tan al sur, ¡imposible! Quizás haya huido del zoo de Kimberley.

Se dirigió resueltamente en la dirección de la criatura, dispuesto esta vez a resolver el enigma. El chimpancé se irguió y salió corriendo sobre sus patas traseras en una postura bípeda.

–¡No es un chimpancé! ¡Es un australopiteco! –pensó.

En una reacción automática, mezcla de curiosidad e inspiración, salió en su persecución dando grandes zancadas y dejándose caer sobre los pastos que parecían quejarse con cada pisada. Blandiendo la linterna como una espada láser, pretendía mantener la dirección de su presa. La criatura entraba y salía del cono de luz quedando, en cada instante, capturada en un fotograma inmóvil por el efecto estroboscópico. En un hábil cambio de dirección, el ser imposible tornó noventa grados y escapó hacia las sombras de modo que Oliver, agotado por la improvisada carrera, le perdió definitivamente. Quedó respirando dificultosamente enfrente de un mokala con tan solo el zumbido de los insectos como fondo sonoro.

–¡Pero qué australopiteco robusto ni qué maldita disgregación espacio temporal es esta!

Impactado por lo que acababa de ver, las imágenes congeladas del simio aún flotaban en su mente que trataba, inútilmente, de encontrar un sentido. Los detalles captados en su precipitada carrera y su afición a la paleontología le permitían afirmar que, fuese lo que fuese, aquello era muy parecido a un *Australopithecus robustus*, la especie sudafricana de homínido que había rondado por aquellos contornos hace tres millones de años.

—Debo estar cruzando el umbral intangible de la locura o estoy demasiado cansado. Pero era muy real para tratarse de una alucinación hipnagógica.

Una alucinación hipnagógica, esas que advierten al viajero nocturno que ha superado el límite del agotamiento y debe detenerse. Postes, señales que cobran vida o animales temerarios que surgen espontáneamente formándose entre la luz de los faros. Sin embargo, esto era muy distinto, no estaba en el vehículo y se encontraba relajado cuando las pisadas lo alertaron. Lo recordaba vivamente, la figura era una silueta perfectamente recortada contra los pastos, no una vaga nube informe que se puede interpretar de cualquier forma. Por supuesto, no estaba dispuesto a conceder que los austrolopitecos aún pisaban el continente africano. Conocía perfectamente la teoría del "en la Tierra solo hay sitio para un homínido". Es decir, que los homínidos son tan competitivos que solo ha habido una especie en cada período de la Historia. Además, ¿dónde se esconderían en la sabana? Las experiencias subjetivas importan poco para un científico. Así que decidió olvidarlo y continuar la ruta hasta Ciudad del Cabo.

El resto de la noche transcurrió sin otro incidente, con el dulce baño de la luz estelar en las regiones remotas y aisladas entre Kimberley y Cape-Town, con el parpadeo del reloj digital, que a veces se regodea en una cifra por la que parece sentir especial predilección y otras las desecha y hace saltar las horas sin que podamos apresar ningún instante intermedio. Con el amanecer se aproximó a las afueras de Cape-Town, pasando por la vecindad de un campo de radioantenas sustentadas por un tronco cilíndrico inusualmente alto. Los ingenieros pretendían que de esta forma se mantuviesen impolutas y libres de toda interferencia provocada por las aves de la sabana. En los claroscuros de las primeras luces del alba, que aún carecían de la intensidad suficiente para hacer brillar la capa blanca de los postes metálicos, se asemejaban a un bosque de araucarias jurásicas con la inmensa circunferencia de sus troncos.

El recibimiento por el comandante en jefe del espacio-puerto de Cape-Town, un tipo militarista y práctico que despreciaba internamente todas estas chifladuras de los científicos, fue simple y formulario:

—Así que es usted el Dr. Oliver Jacobson. ¿Qué tal el viaje?

–Bien, bien. Ha sido todo demasiado precipitado.

–Una vez crucé el fondo del Cratér Tycho en un Rover. Eso sí que fue una singladura. Un fallo en uno de esos juguetes y no habría modo de llegar a la base. Entonces sí que estarías jodido…

–¿Ha llegado ya el profesor Chandran Avkash, el especialista en teoría de códigos?

–Ah sí, el indio. Llegó ayer desde Nueva Dehli. Ya ha tenido tiempo de aprender el camino hasta la cantina. No parece que haya muchos códigos que descifrar allí –agregó maliciosamente–. Si le apetece podemos tomar un café fuerte y le presento a su compañero de viaje.

Hallaron al Prof. Avkash inclinado sobre un tazón de té rojo sudafricano que el camarero le había servido equivocadamente en lugar del Darjeeling al que estaba habituado en la India. Al alzarse destellaron sus lentes montadas en un armazón circular negro y anticuado. Era un personaje enjuto y casi descoyuntado, que denotaba una extrema fragilidad. Pareciera que se iba a desmoronar en cualquier momento. Tras ingerir un café bien cargado y departir monosilábicamente con el profesor Avkash, al que no agradaba la socarronería vulgar del comandante, supieron que en el orden de la misión estaba soportar una rueda de prensa con las habituales preguntas capciosas y selectivamente sensacionalistas. La sala de reuniones del espacio-puerto tenía una arquitectura muy singular, diríase que se trataba de un iglú alargado en uno de sus ejes. En su cubierta se habían practicado unos ventanucos circulares de ojo de buey que le conferían a la estancia el aspecto solemne y recogido de una iglesia románica. Los rayos de luz de la mañana, cortados en su frente por las ventanas, proyectaban unos cilindros perfectos que al caer sobre el patio de butacas las cubrían con elipses de luz natural. Estos tubos cilíndricos se discernían por la dispersión de montones de motitas que flotaban en el ambiente. Mientras los asistentes buscaban su asiento entre el murmullo del gentío generado por la mezcla de comentarios intrascendentes y saludos formales, Oliver se entretuvo observando las partículas de polvo que flotaban alrededor de los ventanucos. Al entrar y salir de la zona de luz, algunas destellaban en tonos iridiscentes, otras se podían seguir por segundos hasta que disminuía la intensidad de su reflexión o se confundían con otros centenares que pasaban por sus proximidades. Recordó que de niño acostumbraba a evadirse en las misas dominicales observando atentamente los rayos coloreados por las vidrieras de la Iglesia, las motas e hilos suspendidas en el aire simulaban mundos que tras perder contacto con la sección iluminada se sumían en las tinieblas. Tras silenciarse el público y, en el paréntesis que daba paso a la intervención del jefe y portavoz de la misión, Ken Stevens, Oliver se acomodó a la derecha del profesor Avkash, que con sus lentes de negra montura y su figura demacrada le trajo a la mente la imagen de un nuevo Kurt Gödel, el famoso lógico austríaco que demostró en los años treinta el teorema de incompletitud de las matemáticas. Ken Stevens se explayó, con mal disimulada humildad, sobre su papel en la misión, sobre la importancia de la misma, lo trascendente del momento histórico y la posibilidad de haber entrado en contacto con una civilización extraterrestre:

—Se trata de un código de ceros y unos, de un código binario del mismo tipo que se ha venido usando en los computadores desde los años 40 del siglo XX. La posibilidad de que el origen de esta señal sea inteligente no debe ser descartada pero tendremos en cuenta todas las explicaciones que la Ciencia pueda proporcionar antes de arriesgar dicha conclusión.

Uno de los asistentes, un individuo vestido con americana gris se levantó de una de las butacas de la última fila y haciendo ademanes casi cómicos solicitó que le acercarán el micrófono:

—Y si realmente se trata de un mensaje dirigido a la Tierra... ¿Podremos responder?

Stevens se encogió de hombros al percibir que, como suele suceder en estos casos, la escasa cultura científica del auditorio, le obligaba a interpretar, de mala gana, el papel de maestro:

—Esa señal proviene de una Supernova situada en la nebulosa de Magallanes, a ciento cincuenta y siete mil años luz de la Tierra. Si es un mensaje, y creemos que puede ser así, fue enviado por una civilización avanzada en tiempos en que la Tierra se hallaba aún en el Pleistoceno y aún existía el hombre de Neandertal. Si logramos comprenderlo y les respondemos, nuestro mensaje tardará otros ciento cincuenta y siete mil años en volver y no es probable que la especie que creó el mensaje inicial siga allí, pasados más de trescientos mil años.

—O incluso ni siquiera les interesa la respuesta, puntualizó Oliver. Puesto que habrían evolucionado tanto que empleen otros sistemas de comunicación mucho más avanzados que los rayos X.

Oliver siguió intentando teñir con escepticismo el marco general de excitación pero sin mucho éxito. Los tecnicismos y el margen de error que el científico serio debe dejar ante cualquier anuncio espectacular, no son interesantes para las masas en comparación con el descubrimiento de la evolución convergente a la inteligencia en otros mundos aunque fuesen tan lejanos como la galaxia enana de Magallanes. Chandran Avkash permaneció en silencio durante toda la rueda de prensa, como si se tratase de un ujier que, equivocadamente o con una función desconocida, se hubiese ido a sentar en la mesa destinada a los ponentes.

A la finalización del acto se formaron los típicos corrillos, sobre todo alrededor de Stevens, que mostraba un semblante ufano ante estas demostraciones de interés. Oliver consiguió escabullirse por uno de los pasillos laterales del patio de butacas hasta que una voz familiar se destacó en su conciencia, entre el rumor informe de la multitud:

—¡Oliver! ¿No me reconoces?

Oliver empleó unos segundos en que sus redes neuronales convergiesen al combinar sonidos y rostro con un nombre que reverbera desde el pasado como un eco lejano:

—¿Evelyn…?

—Exacto, profesor Jacobson. Tan rápido con los cálculos pero tan lento en lo cotidiano, como siempre.

—¿Qué haces aquí? No sabía que ahora te interesabas por las noticias científicas.

—Y yo no sabía que ahora te dedicabas a cazar hombrecillos verdes. Substituyo a un compañero del Cape-Town Herald. Alguien tenía que cubrir este acontecimiento. Normalmente, no hubiera venido. Es una coincidencia.

—Estoy envuelto en demasiadas coincidencias últimamente.

Evelyn esbozó una suave y enigmática sonrisa trazada mediante la curvatura de la comisura derecha de sus labios. Este simple gesto rompió la presa de contención de los recuerdos de Oliver que ahora campaban a sus anchas por todas sus constelaciones neuronales junto al hipotálamo. La perspectiva amarga de narrar todas las incidencias de los últimos días a alguien que ahora era una completa extraña, y no podría ser de otra manera, forcejeó con la dulzura de las memorias recién recuperadas y finalmente se impuso como en la lucha titánica entre dos fieras salvajes. Además, ¿no había acordado para sí que quizás el enigma de esa sonrisa estaba tan solo en su mente, en su fascinación por la búsqueda de la verdad y de la razón de ser del Universo? La conversación derivó rápidamente hacia el aparente interés por el destino del otro, hacia la vana promesa de un reencuentro en el restaurante del muelle de Cape-Town tras el retorno con la respuesta al misterio de la Supernova. Oliver decidió que esto se parecía ya demasiado a un parloteo con Allan, a otro efecto Ouija en el que uno saca las conclusiones que su subconsciente espera y prefirió despedirse con la excusa de que debía prepararse para el vuelo en la lanzadera Nelson.

Al día siguiente partió la lanzadera Nelson. Al acceder a la misma, Oliver reflexionaba sobre lo poco que había avanzado la tecnología para el viaje interplanetario. Al fin y al cabo, el principio provenía de los antiguos cohetes inventados por los alquimistas chinos.

Ya en la sala de pasajeros halló la oportunidad para departir con el misterioso experto en códigos:

—Así que es usted un experto en criptografía. Aunque no es mi campo siempre encontré fascinante la técnica de codificación mediante números primos...Y diríase que los conceptos de matemática pura no sirven para nada.

—Se refiere a la clave pública RSA. Se basa en un principio muy simple: es fácil generar números primos muy grandes pero no así el factorizar el número compuesto que resulta de su multiplicación. Fue descubierta a principios de los setenta por Rivest, Shamir y Adelman.

—¿Y por ese motivo algunos primos se volvieron ilegales a principios de siglo?

—En efecto, el primero de ellos en 2001. Es el que se empleó en la codificación DRM de las películas en el anticuado formato DVD.

—¿Y qué piensa de la dichosa señal de la Supernova Magallanes? ¿Ha tenido oportunidad de analizarla?

—Dispongo de algunas porciones que me han sido suministradas directamente desde la Base Lunar.

—¿No estará también codificada mediante números primos? —añadió con socarronería.

—No, no lo parece pero se observa una estructura, un patrón. Pero necesitaría el resto de la señal. Solo es cuestión de tiempo el que podamos descifrarlo.

—Permítame el argumento, quizás fruto de la ignorancia, pero creo que podemos encontrar códigos secretos en casi cualquier serie de datos: en la secuencia genética de un paramecio, en las gotas de lluvia que caen cada minuto sobre la tierra, en el espesor de los anillos de crecimiento de los árboles, en la velocidad de las rachas de viento medidas sobre la superficie de Marte. En general en cualquier fenómeno natural que incluya cierto grado de aleatoriedad —Chandran frunció el ceño con extrañeza al captar las implicaciones de la sugerencia de Oliver—, pero es ridículo buscar una interpretación de esas series. Sabemos que provienen de unas leyes naturales... Lo mismo ocurre con los decimales del número pi, se construyen por un procedimiento algorítmico, sería absurdo buscar un mensaje oculto en la serie infinita de sus decimales.

–¡Ahí está la clave! Solo tiene sentido intentar descifrar una señal cuando se sabe de antemano que tiene un origen inteligente. Cuando Champollion descifró los jeroglíficos egipcios, gracias a la piedra Rosetta, se sabía que, por extraños que fueran, los jeroglíficos eran una forma de escritura. No disponemos de esta clave en el caso de una señal procedente del espacio exterior. Su origen podría ser una inteligencia extraterrestre pero también puede que se explique por algún fenómeno natural desconocido hasta ahora.

–Observo, Doctor Oliver, que es el salvaguardia del escepticismo en todo este asunto.

–El escepticismo, moderado lo suficiente para no pasar por alto un posible descubrimiento crucial, es el aparejo imprescindible del científico.

–Si conseguimos descifrar el mensaje y éste tiene un sentido para nosotros: contiene información que solo una especie inteligente en este Universo puede saber. Entonces no habrá más dudas…

Mientras tanto, Oliver pensaba en voz alta: ¿Chandran? He oído esto antes en relación a la Historia de la Astronomía. ¿Significa algo en indio, no?

Chandran estaba absorto mirando a través de la escotilla lateral y dijo ausentemente, como si se hallara en trance: "La luna brilla"

–¡Ajá!, se trataba de la Luna. El mayor experto mundial en criptografía se dirige a la Luna para descifrar lo que quizás sea el mayor descubrimiento de la Historia de la Humanidad y su nombre está relacionado con el lugar a dónde nos dirigimos para aclarar el misterio… Sumamente curioso… ¿No pretenderá que acepte que su nombre es también un código secreto?

–Avkash significa: "El avatar encarnado"

–¿El avatar encarnado? ¿En la brillante Luna? Apuesto que todos los nombres indios tienen un significado igualmente místico.

Chandran guardó silencio ante los comentarios medianamente irónicos de Oliver. Él también era un científico, aunque no experimental, su dominio abarcaba las libres construcciones de la mente humana y, a partir de ahora, quizás también de otras mentes no humanas. Pero su fuero interno se agitaba de modo inquieto cuando Oliver le recordó el significado de su nombre. Llevaba rumiando este asunto desde hace días, desde que supo que viajaría a la Base Lunar. Desde luego, conocía

26

su significado desde su infancia, pero nunca le había dado importancia. ¿Tenía conexión con este viaje o era una mera casualidad? Su mente estaba entrenada para buscar patrones pero, como Oliver había apuntado correctamente, éstos pueden estar en cualquier parte y no significar nada en absoluto.

—Sabe, para los hindúes, lo que llamamos realidad es una mera apariencia: "Maya", un escenario que evoluciona en ciclos de transformación. Detrás de esta máscara de los fenómenos está el nivel más profundo, el principio activo denominado "Atma", que es la esencia divina del Universo. ¿Quizás este sea uno de esos momentos únicos en que Maya rompe su velo dejándonos entrever el "Atma" por un corto período de tiempo?

—Respeto sus creencias, pero no estamos aquí para especulaciones filosófico-religiosas. Masticaremos los datos hasta que encontremos la verdad, eso es todo. Me encuentro algo cansado y creo que trataré de dormir un poco. Aún queda casi un día para el alunizaje.

Oliver se liberó del dispositivo elástico que lo mantenía en su asiento y avanzó dificultosamente hasta su camarote, asiéndose a los respaldos de las sillas mientras trataba de evitar el mareo a causa de la ingravidez. Abrió la escotilla y ascendió por el pasillo tubular hasta el diminuto recinto que servía de alojamiento privado durante el día y medio que duraba la travesía. Trató de acomodarse como pudo en el cilindro acolchado que pretendía servir de lecho. Había viajado por todo el mundo pero aquello era diferente y, sin una referencia terrestre que lo vinculara a una alcoba familiar, resultaba muy difícil conciliar el sueño. Aun así el agotamiento físico-psíquico de los últimos días era tal que, apenas consiguió arrastrarse hasta la cápsula, se durmió instantáneamente.

No hubo relajación ni sueño profundo. Como ocurre en la depresión y en otros trastornos, saltó todos los estadios intermedios del sueño y se sumió de inmediato en el estado REM, inmóvil pero con sus ojos siguiendo las escenas del mundo mental y moviéndose nerviosamente bajo los párpados.

Estaba en una planicie desolada, con arbustos y matojos dispersos y abrasados por el sol. Un sol enrojecido e implacable que lucía en lo más alto, en el zenit, como en un eterno mediodía de verano. No soplaba la más ligera brisa, ni una brizna de viento que consolase al visitante de esa región onírica ni al habitante efímero de ese país extraño. Muy a lo lejos apenas se distinguían las siluetas de algunos animales. ¿Kudus? ¿Antílopes? No podría decirlo. Tan solo eran siluetas distorsionadas desplazándose sobre el horizonte, mezclándose con el paisaje. Luego, de pronto, se halló ante una puerta con arco y fijándose en sus dovelas pudo ver inscritas las letras de la palabra "Realidad". Era un alfabeto desconocido, pero sabía que ese era su significado. La puerta estaba aislada en mitad de la nada como el postrero resto de una civilización perdida. Avanza hasta la puerta y tras cruzarla estaba en otro lugar. De pronto recorría las calles de una imponente urbe de estilo grecorromano, edificios singulares, teatros, bibliotecas, baños termales, todo abandonado, sin nadie a la vista. Invadido de un opresivo sentimiento de soledad merodeaba por las ruinas. Otra imagen se activa en el cortex visual, ahora ya no está en las calles de la ciudad, es un local, un lugar de reunión, conversaciones en voz baja, al fondo de la sala está una mujer. Tiene el aspecto y atuendo de una sacerdotisa griega, es muy diferente pero es Evelyn a la vez. Lleva una caja de mármol en sus manos, las extiende hacia Oliver y pregunta: ¿Quieres saber lo que hay dentro? Su leve sonrisa es inquietante. Oliver abre la caja, dentro hay un escarabajo dorado que se mueve hacia un lado y hacia otro intentando escalar por las resbaladizas paredes pulidas y blancas. Evelyn le dice: es mi conciencia.

Otra escena, Oliver y Evelyn ascienden por la ladera de una montaña, es la montaña de Mesa en Cape-Town. Resbalan pisando un terraplén de esquirlas al llegar al Pico del Diablo. Alcanzan la meseta y Evelyn desaparece. En la meseta hay un templo metálico con grandes columnas dóricas. En su interior, muchos pasillos estrechos, tubulares y opresivos como si se hallase en el interior del organismo de un ser gigantesco. Se arrastra por este entramado de conductos con la ansiedad de hallarse atrapado en un laberinto sin salida. Cae al vacío al resquebrajarse una de las paredes y está al fin en una sala gigantesca, como una catedral, cuyo techo es un domo de proporciones inconcebibles. Por todas partes hay máquinas cuyos engranajes en continuo movimiento efectúan un sonido sibilante. El sonido es tan intenso y perturbador como un canto de sirena al que fuese inevitable sucumbir. Sentado en un taburete, con la cabeza inclinada hacia delante, escondida entre los brazos como un ave durmiente, hay un ser extraño, un enano con unos lentes circulares que está escribiendo sobre un pergamino. Está garabateando algo, mientras a su alrededor las máquinas escupen metros y metros de una cinta que se acumula en el suelo, formando un montecito similar a un túmulo. Al tomar una de las cintas, Oliver observa que hay una fila interminable de ceros y unos. El enano alza la vista dejando al descubierto su faz deforme, sus ojos desproporcionados, las lentes apoyándose sobre unos pabellones auditivos que se alzan como las orejas de un herbívoro que intuye la presencia cercana de un predador.

El subconsciente, que ahora es todo lo que queda de Oliver en el estado REM, es testigo de una de esas conversaciones brevísimas de los sueños:

—Es el código secreto de la realidad. Estoy descifrando este trozo —dice el enano mientras agita ostentosamente un pedazo de cinta.

—¿Y qué dice? —pregunta el Oliver-subconsciente.

—El avatar llegará a la Luna mañana —responde el enano onírico mientras suelta una estentórea carcajada que deja mostrar su desastrosa dentadura.

Oliver despertó súbitamente, desorientado por lo inusual de su entorno pero recordando vivamente las palabras del enano, fruto de la elaboración de las experiencias de los últimos días por su agitado subconsciente. Es solo un sueño, pensó, un refrito de recuerdos visuales cocido tras las experiencias más recientes. Es esa mitología india del profesor Avkash la que lo ha provocado.

La espectacular vista de la superficie Lunar que disfrutarían en pocas horas era un bálsamo para su espíritu atormentado. A unos centenares de kilómetros de la superficie se distinguen detalles y matices que van mucho más allá de la selenografía con telescopios de aficionado. Su objetivo es la meseta del Mar de las Nubes, entre la falla Lunar conocida como Rupes Recta y el cráter Birt, de diecisiete kilómetros de diámetro. Este lugar de alunizaje está debidamente acondicionado con una pista de dos kilómetros de largo, salpicada por el ocasional impacto de micrometeoritos. En el hangar próximo al lugar de alunizaje, donde la cápsula se posa elegantemente como un avión de despegue vertical en la plataforma de un portaaviones, aguarda un SuperRover lunar con diez plazas. El conductor, Terence Kempf, es uno de los mandos de la base, que lleva en la Luna más de diez meses de forma continuada. A través de intercomunicador les dice:

—Bienvenidos a la desolación.

Durante el trayecto, las ruedas del vehículo lanzan nubecillas de regolito pulverizado que desciende lentamente en la reducida gravedad Lunar.

—¡Este maldito polvo Lunar es como una plaga¡ ¡Se pega a todas partes! Tienes la sensación de trabajar en las minas. Ya no sabemos qué medidas tomar para evitar que se infecte la base —gritaba Terence a través del walkie.

—Feldespatos, piroxenos y plagioclasas, vitrificados por millones y millones de impactos a lo largo de miles de millones de años. La cápsula del Apollo 11 se llenó de este polvo, pero entonces solo estuvieron unas horas —señaló Oliver automáticamente, mientras contemplaba con euforia lo majestuoso del paisaje lunar.

—¡Miren! ¿Ven ese cráter de allá? Tiene tres metros y debe haberse formado la semana pasada. Lo descubrí por casualidad en una ronda rutinaria. Cuando me acerqué el fondo todavía estaba caliente por el impacto. Sin atmósfera aquí, no hay manera de ver las piedras que vienen del cielo hasta que impactan en la superficie. Parece que el suelo explotase desde el interior.

—Esta cuenca tiene más de 3 900 millones de años. El Mare Nubium se formó en el período Pre-Nectárico —siguió recitando Oliver en su muestra de letánica erudición.

Siguieron avanzando en silencio por unos minutos. El vehículo rodaba con facilidad por la pista de cincuenta kilómetros que conecta la Base con el Puerto Lunar. Unos postes que simulaban armaduras medievales, diseñadas para resistir la erosión de los meteoritos, alumbraban el camino con los focos protegidos en su seno. La pista discurría paralela a Rupes Recta, la famosa falla Lunar de tres kilómetros de ancho. A Oliver le sorprendió que desde la superficie lunar apenas si se divisaba nada, tan solo una leve pendiente en la lejanía.

—No es tan impactante como parece desde la Tierra, ¿eh? Todos nuestros visitantes dicen lo mismo. Algunos insisten en visitar la zona pero yo creo que esa falla es tan solo el último borde visible de un cráter enterrado en la lava primigenia. Apenas tres cientos metros de pendiente… —replicó Terence al percatarse de la insistente mirada del Doctor Jacobson en dirección a la fractura del suelo Lunar.

En el horizonte se veía ya la impresionante cúpula reforzada de la Base Astronómica Lunar, erigiéndose como una arquitectura fantástica de un universo psicodélico. Más al fondo, las montañas que los aficionados a la selenografía conocen extraoficialmente como las *Stag's Horn*: El cuerno del ciervo.

Llegados a la base, pareciese que una esfera gigantesca, un planetoide artificial se hubiese insertado en la esfera Lunar. Chandran miraba atentamente mientras recordaba un versículo del poema védico más antiguo de la India, el Chandogya Upanishad:

"Tan vasto como fuera de este espacio es el espacio pequeño dentro de tu corazón: el cielo y la tierra, fuego y aire, Sol y Luna, relámpagos y constelaciones, cualquier cosa que te pertenezca, todo está reunido en ese pequeño espacio"

Encerrados en un receptáculo a los pies de la semiesfera recibieron una descarga de nitrógeno a presión con objeto de limpiar sus trajes de todos los restos del venenoso regolito. Ya en la ciudad-cúpula todo parecía más terrestre, salvo por el continuo detalle, al que el oído interno terminaba por adaptarse, de tener el peso de un niño en la Tierra.

Fueron recibidos amablemente por los habitantes de la Base, algunos de ellos tan habituados a la misma que la consideraban ya su hogar, y conducidos por una ruta turística por las instalaciones más llamativas: los hangares, la sala de comunicaciones y control, el jardín de cultivos hidropónicos en el que entre el verdor de las plantas de hortalizas, iluminadas por la luz artificial durante la quincena de noche lunar, uno podría pensar que se hallaba en cualquier invernadero terrestre.

A través de uno de los vidrios reforzados podía observarse el creciente de la Tierra, lo que teñía de inevitable exotismo toda la escena. Estaban en el único oasis de vida en un mundo muerto desde el origen de los tiempos. Observar desde afuera la canica azul, de donde provenía toda esta explosión de vida vegetal, tenía algo de experiencia extracorpórea. Ahora eran seres que habían abandonado la seguridad de la biosfera para adentrarse en el abismo del vacío espacial.

En la reunión subsiguiente, Chandran Avkash recibió la clave para acceder a la ingente cantidad de datos que se habían almacenado en el ordenador central de la Base referentes a la Supernova Magallanes. Al cargarse en su máquina, un holograma representando el proceso chisporroteó con ceros y unos, cambiando de color y forma. Empleó varios minutos en absorber el torrente de información. Oliver recibió instrucciones para revisar de nuevo, junto con los ingenieros de la Base, todo el cableado que unía los detectores de rayos X con el ordenador central.

Al día siguiente Oliver recorrió todo las instalaciones de los telescopios de rayos X, sin encontrar nada anómalo:

—Ya les dije que todo estaba bien. Desde que explotó esa condenada estrella no hago otra cosa que revisar y revisar toda la circuitería y los detectores… —refunfuñaba el ingeniero al que todo el revuelo con la Supernova le traía sin cuidado.

—Es importante comprobar que no estamos cometiendo ningún error estúpido. La comunidad científica está esperando que decidamos si las señales son válidas y qué significan —argumentó Oliver con objeto de mantener su valiosa colaboración.

Para completar el informe decidieron realizar una prueba con un generador artificial de rayos X desde unos kilómetros de distancia en la superficie lunar. Tomaron un Rover y se dirigieron hacia las *Stag Horn's Mountains* con objeto de enviar una señal hacia el telescopio que pudiese servir de calibración de todo el sistema detector. Oliver hubiera preferido visitar el borde amurallado del mayor cráter de la region: Thebit, con cincuenta y siete kilómetros de diámetro. Pero quedaba demasiado lejos y no era cuestión de correr riesgos en caso de alguna emergencia con las bombonas de oxígeno o el combustible del Rover.

Las *Stag Horn* eran un grupo de colinas de apenas un kilómetro de alto sobre el suelo. Ascendieron con el Rover y descargaron el material, el suelo tenía esa apariencia esponjosa y pulverulenta de toda la superficie lunar. Alinearon el emisor con el telescopio contando con la ayuda de la conexión por radio con el ordenador de la Base. Todo parecía normal: la polarización e intensidad del haz eran registrados con absoluta precisión.

La Tierra iluminaba todo el paisaje estático, congelado desde el período Arcaico en un eterno presente en el que nada sucede ni puede suceder salvo el ocasional impacto de un meteorito menor. Oliver se alejó unos metros, curioseando las rocas expuestas, dejándose llevar por los caminos inimaginablemente extensos del pasado geológico. Probablemente aquellas rocas habían estado allí en el mismo lugar, en la misma posición, cuando los primeros organismos multicelulares de la Tierra, los vendobiontes ediacáricos, poblaron los mares después de que remitiese la gran glaciación global del Criogénico; cuando los primeros depredadores artrópodos, los anomalocaris, cazaban en los mares cámbricos hacía más de quinientos millones de años; cuando los notosaurios del Triásico huían hacia las aguas pocos profundas de la costa del supercontinente Pangea, abandonando su nidada ante el ataque imprevisto de un ticinosuchus, los temibles cocodrilos terrestres. Incluso cuando los primeros australopitecos caminaron erguidos por la sabana africana. Su mente caía dando tumbos en una espiral que giraba sin cesar, horadando eones del pasado, en un vuelo a través del tiempo que le hacía sentir más mareo que la ausencia de gravedad.

—¡Jacobson! ¡Jacobson! —resonó el intercomunicador.

—No se aleje, hemos terminado la comprobación y volvemos a la base.

Durante el viaje de regreso supieron que el profesor Avkash había encontrado algo, un indicio, una pista que podría ayudar a resolver el enigma. Oliver se embargó de ansiosa expectación. ¿Qué podría ser? Su informe sobre posibles errores en los detectores era negativo, lo cual dejaba abierto el horizonte a las especulaciones. La reunión sería al día siguiente, en términos del ciclo horario de la Base.

En la cantina del quinto nivel se encontró con Chandran, que se quejaba porque no había conseguido que le sirviesen té de ninguna clase y, en su lugar, debía conformarse con vino experimental, extraído de un cultivo hidropónico en el invernadero del ala este.

—¿Qué es lo que ha encontrado? Recibí un mensaje mientras regresábamos de la pequeña expedición —dijo Oliver con aire escéptico.

—No es un lenguaje, no son palabras, ni signos, ni tampoco números.

—¡Ajá! Lo que yo decía: algún fenómeno natural, como campos magnéticos intensos estocásticos entorno a la estrella en implosión, puede haber provocado la rotación del plano de polarización de los rayos X de forma aleatoria, y eso es lo que estamos observando. ¡Efecto Faraday y nada más!

Chandran alzó la mirada como el enano del sueño con expresión de incomprensión:

—¿Efecto Faraday…?

—Sí. El pionero del electromagnetismo: Sir Michael Faraday lo dejó escrito en su diario el 30 de Septiembre de 1845: "Al fin he tenido éxito en iluminar una línea de fuerza y en magnetizar un rayo de luz". El plano de polarización de la luz rota cuando atraviesa una sustancia magnetizada.

—Pero entonces debe cambiar muy rápido. Las secuencias de ceros y unos se suceden en cuestión de milisegundos —señaló Chandran, mostrando una seria laguna en la argumentación.

—Solo es una teoría, habría que pulirla concienzudamente pero puede funcionar —replicó Oliver sin mucha confianza.

—Le decía que no es un lenguaje… es… una imagen. Tiene la misma estructura estadística de una imagen codificada o de una secuencia de imágenes.

—¿No me diga? Así que hemos sintonizado la Televisión de Rayos X Magallanes, retransmitiendo un programa de hace ciento cincuenta y siete mil años… Quizás fuese un programa especial dedicado a la explosión de la Supernova —apuntó Oliver burlonamente.

El profesor Avkash pretendió no reconocer la ironía, como si se tratase de un afectado del síndrome de Asperger, porque siguió exponiendo el resultado de su análisis sin inmutarse:

—No lo sé, pero hay muchos algoritmos de compresión y codificación de imágenes. Desconozco aún cuál se pudo usar. Seguramente sea diferente a los que conocemos en la Tierra, pero basándose en ciertas regularidades estadísticas quizás será posible descifrarlo. Es cuestión de meses, quizás semanas…

Esa noche, o más bien lo que se llamaba noche según el tiempo de la Base, Oliver apenas pudo conciliar el sueño. Preso de nerviosa anticipación subió a la última planta de la ciudad-cúpula, donde estaba instalado un telescopio de aficionado que los visitantes curiosos empleaban para otear el horizonte y el cielo perennemente estrellado. En el horizonte podía observar las terrazas del borde del cráter TheBit como un objetivo cercano pero inalcanzable. En el aquel entorno tan inusual, rodeado de las vistas de los escarpes, cráteres y suaves lomas de la Superficie Lunar, dudaba si estaba despierto. ¿Era aquello la realidad? Enfocó el telescopio hacia la Supernova Magallanes y pudo comprobar que aún lucía de un blanco intenso que, a pesar de la increíble distancia, deslumbraba cuando se observaba sin filtro. Debía ser un monstruo, capaz de haber causado estragos en las nubes cósmicas y en los sistemas solares cercanos. ¿Quién había modulado la avalancha de rayos X? ¿Cómo era posible que se hubiesen acercado tanto? Ni siquiera la civilización más avanzada tendría capacidad para luchar contra esta bestia de la naturaleza.

Al día siguiente, el profesor Avkash presidía la mesa de reuniones. Una superficie oval de basalto excavado en una cantera próxima. Una gran pantalla neuroactivada permitiría el desarrollo eficaz de su exposición. A la derecha el oficial de la Base, Dave Morgan, el Informático, Paul Hohenberg; a la izquierda, Oliver y el Ingeniero que había revisado los detectores.

Oliver expuso los resultados de sus idas y venidas por los cableados y detectores de la base, el experimento con el transmisor de rayos X. No había nada anómalo. Esto permitía que Avkash hablase con la confianza de no estar analizando el ruido de un cacharro estropeado en busca de la voz de las estrellas.

Chandran describió sus hallazgos que mostraban que era estadísticamente muy improbable que se tratase de un cifrado convencional, no mostraba las características repeticiones de un lenguaje. Todos escucharon con atención pero con escepticismo ante una exposición tan académica que no conducía a ninguna parte. Concluyó con su teoría del cifrado de imágenes, basada en su conocimiento erudito sobre sistemas de codificación y compresión de ficheros.

Morgan arguyó que era imposible saber qué clase de lenguaje emplearía una civilización extraterrestre. Oliver intervino repitiendo su argumento sobre el efecto Faraday que le había sugerido a Chandran en la cantina. El ingeniero, con su espíritu práctico, declaró abiertamente que todo aquello era una tontería. El sistema detector funcionaba tal y como había sido diseñado, era algún fenómeno natural para el que aún no tenían explicación.

Paul Hohenberg cumplía todos los ingredientes del estereotipo del "computer geek": melena desgreñada, camiseta serigrafiada con el texto "este era yo de pequeño", que mostraba un ZX Spectrum de los 80 y enormes y desfasados lentes. Había estado trabajando secretamente con el código de la Supernova desde hacía semanas que le resultaba intrigante y atractivo: una secuencia de ceros y unos, código binario. El idioma del cerebro del computador.

La sugerencia del profesor Avkash había servido de catalizador de todas las ideas dispersas que habían ido surgiendo en la mente de Hohenberg en las últimas noches en vela. Ahora se estaban agregando en un corpus con sentido, como partículas suspendidas en una disolución. En un instante se iluminó con la solución al enigma y comenzó a ejecutar manipulaciones en su neuroportátil. Morgan percibió la febril agitación de Paul que, por otra parte, no era de su agrado por su indisciplinada inobservancia de los protocolos de la Base.

—¿Qué le ocurre Hohenberg? ¿Tiene algo que decir?

—Creo… creo… que he resuelto el problema del profesor Avkash.

—Lo tuyo son las malditas neuromáquinas, no los códigos, pero habla…

—En la última secuencia que recibimos de la Supernova hay una secuencia que se repite, es la representación binaria de los siete primeros decimales del número pi. Luego se sucede el ruido y vuelve pi.

Todos se volvieron hacia la pantalla que mostraba una animación ilustrando los conceptos tal y como fluían de la mente de Paul. ¡Es cierto!, exclamó Oliver. Avkash estaba avergonzado por no haber analizado la última secuencia. Se había centrado en los primeros ficheros pensando que el cifrado sería el mismo en el resto.

Esto ya era un descubrimiento sorprendente, pi en la radiación proveniente de una Supernova. Quizás la consecuencia de un formalismo matemático describiendo los campos magnéticos en el momento de la explosión. Pero, ¿cómo explicarlo? Aún no habían digerido el primer encuentro con el asombro cuando Paul continuó:

—Pero si suprimimos los decimales de pi y colocamos el resto en series podemos obtener un patrón bidimensional al que aplicando texturas…

Los números se estaban reorganizando en la espacio-pantalla a la velocidad óptima para ser seguidos por el ojo humano, luego terminó la alineación en un instante de computación. Y allí se discernía algo, figuras, parecía gente…

Paul tomó la paleta de texturas y realzó los contornos. Y el asombro se transformó en la más absoluta estupefacción. Observando desde la pantalla, estaba una nítida aunque grácilmente deformada, como pintada al óleo, imagen del profesor Avkash con Oliver y el Ingeniero a un lado y Morgan al otro. En el cuadro virtual todos tenían la misma expresión que manifestaban justo en el momento en que Hohenberg presentó su resultado.

—¿Pero, qué clase de broma es esta? —bramó Dave Morgan a Paul, que estaba tan sorprendido como el resto.

—No es ninguna broma. Son los datos, pueden comprobarlo…

Avkash ya había reproducido el experimento obteniendo el mismo resultado en su pantalla pero en escala de grises.

La reunión se suspendió porque nadie sabía qué hacer con esto. Esa noche en la cantina se encontraron de nuevo Chandran Avkash y Oliver. Todos llevaban la inquietante imagen en sus neurocomputadores y no podían dejar de examinar todos los detalles que aparecían increíblemente exactos, incluso un jarrón con una caléndula proveniente del jardín hidropónico de la sexta planta, situado en el centro de la mesa de basalto.

Chandran espetó:

—Es un huevo de pascua.

—¿Un huevo de pascua? ¿De qué habla?

—Era común en los primeros tiempos de la programación el dejar algún retazo de código que producía efectos inesperados en algún momento: al pulsar cierta combinación de teclas o realizar cierta acción surgía algo extraño: desde un juego de billar a una animación con fotos de los programadores. Era una manera de dejar su marca personal en el código.

—¿ Está sugiriendo que el Universo es un programa informático ?

—Lo estoy afirmando. Es un código programado en un computador universal que genera todo lo que vemos y somos.

—¿Y debemos suponer que si hay un programa debe existir un programador? El argumento teleológico.

—Algo así. En esta ontología Dios sería el Maestro del Código… Nosotros hemos leído aquí esa pieza del código disonante, esa broma cósmica que te susurra: ¡despierta, estás viviendo dentro de una simulación!

En ese preciso instante Hohenberg irrumpió en la cantina, visiblemente enojado y más desaliñado que de costumbre:

—¡Algo está afectando a las bases de datos! Todos los discos de almacenamiento y los volcados de seguridad están corruptos. La mayor parte de la información no se puede recuperar.

Chandran y Oliver no se sorprendieron en absoluto… El Maestro del Código estaba borrando todos los detalles para que aquel huevo de Pascua quedase confinado a los personajes de la simulación a los que estaba dirigido.

MENCIONES

MILITIA

Germán Maretto
Argentina

I - El comando

El capitán miró las coordenadas y levantó la mano. Al amparo de la noche, el Stryker se detuvo detrás de unas rocas. Diez cascos se calzaron. Tras un rápido vistazo con la cámara infrarroja, la compuerta trasera del vehículo blindado se abrió.

—¿Cuánto falta para que el Reaper venga? —preguntó luego.

—Nueve minutos —le respondió el cabo, sin quitar la mirada de la pantalla.

—El que quiera salir a mear que lo haga ahora. El rock and roll está por empezar.

Aún sentados, sus hombres sonrieron escuetamente, sin quitar las manos de los rifles de asalto, las culatas frente a las pelotas, el final de los cañones frente a los ojos.

—Contacto con satélite, señor. Tenemos imágenes térmicas.

—¿Qué tenemos, cabo?

—Todos duermen, salvo estos guardias —y dejó el índice a milímetros de la pantalla, señalando dos siluetas blanquecinas que se movían sobre una imagen satelital que, en relieves verdosos, mostraba la casa vista desde el cielo. El resto de sus ocupantes estaba en posición horizontal.

—No la van a ver venir, manga de mierdas.

—S... señor —murmuró el cabo, con el entrecejo fruncido—, hay algo que no está bien.

—¿Qué pasa?

—El Reaper... acaba de desviarse.

—Los de Inteligencia acaban de descubrir que no es la casa. Nos iban a hacer llevar puesta otra familia. ¡Siempre los mismos imbé...!

—Parece que viene hacia nosotros.

—¡Nos lleve el diablo!

Segundos después, la confirmación llegaba desde la base. El avión no tripulado estaba siendo controlado por hackers iraníes.

El capitán propuso abortar la misión pero uno de los comandos, Deathson, chasqueó la lengua y murmuró que las cosas deberían hacerse…

—¿Como en la vieja escuela? —completó el capitán—. Para ser nuevo en el negocio, no lo haces tan mal. ¿No es cierto que no vamos a dejar que las cosas queden así? Démosle el gusto a Deathson. Un bombardeo no es justicia. Hagamos que pague en vida. La justicia es para quienes la sobreviven —y haciéndose un círculo pequeño en el pecho, en el lugar donde va la Medalla de Honor, recorrió los ojos de sus hombres con la mirada encendida—. Ahora, señoritas, a bailar.

Segundos después, en el vehículo solo quedan el capitán y el cabo. Ellos esperarán a que el avión se acerque lo suficiente para usar la radiofrecuencia de emergencia y recuperar su control. Si no lo logran, lo derribarán.

Ocho minutos para que el avión hackeado llegue al área y achicharre a los suyos.

Ocho comandos se mueven sigilosamente. Avanzan hacia la casa. Sus nuevas órdenes: traer al líder entero y respirando, nada de avióncitos robóticos cocinándolo con bombas y salpimentándolo con escombros.

Siete minutos.

Siete hombres. Uno acaba de caer, con su ojo derecho estallado como una sandía en miniatura. Sus sesos han corrido igual suerte.

—Francotiradores —susurra Deathson por la radio mientras se resguarda tras una pared.

El capitán da la ubicación del que ha disparado. Les han tendido una trampa. Los iraníes se han hecho los dormidos. Ahora todas las siluetas blanquecinas de la pantalla se mueven, ubicándose en posición de combate.

Seis minutos.

Martínez lanza un cohete. El falso tanque de agua vuela en pedazos, junto con el francotirador que allí se ocultaba. La música comienza: disparos, gritos. Disparos, disparos, metralla, explosiones. Menos gritos, menos disparos.

Cinco minutos.

Alto el fuego. Área despejada. Los comandos entran. Humo, fuego, cuerpos que no mueven, pero ahora de verdad, ni las partes sujetas ni las sueltas.

La orden sigue pendiente: encontrar al líder y traerlo. "Vale más vivo que en trozos. Que se metan el Reaper en el culo. Avioncito de mierda. Lo haremos como dijo Deathson, a la manera de la vieja escuela. Traigan entero a ese hijo de mil putas musulmanas. Le mostraré cuánto sale habernos llenado New York ce radioactividad… Y si quieren que el Presi les dé la mano y la medallita, háganlo rápido: hay vehículos acercándose."

Revisan cada cuarto hasta que finalmente lo encuentran. Está en el centro del edificio, rodeado de una decena de hombres con trajes de neoprene, por eso los sensores térmicos del satélite no los detectaron. Enfundados en chalecos antibalas chincs, disparan con muy buena munición y mejor puntería. Tras ellos, en un rincón, hay una persona protegida por una túnica y un velo que le cubre el rostro. Sentada sobre un cajón de frutas, con la joroba de un camello, la mujer tiene una mano en el vientre y la otra en la nuca. Su cabeza casi toca el teclado de la notebook que opera.

Deathson recuerda la frase que le enseñó su padre: "El orgullo carga la sonrisa con la que derribas a tu enemigo". Sonriente, presiona el gatillo. Los casquillos de las balas que caen al piso, desentonan con las notas de *Sweet Home Alabama* que murmura.

Cuatro minutos.

No más disparos. Los cañones de los fusiles hierven. Solo cuatro comandos logran entrar a la habitación. Los otros (lo que queda de ellos) mezclan sangres con los terroristas. El mismo líquido rojo, el mismo barro negro.

Tres minutos.

Tres soldados llevan al pez gordo. Solo quedan Deathson, que los ha convencido de irse sin él, y la mujer. Dos minutos para que el avión no tripulado mande al vehículo en el que vinieron al sótano del infierno.

—Blaja blaha blaja blaha —dice ella, interponiendo las palmas de las manos, como si pudiera evitar el hoyo que piensa dejarle entre los ojos. También podría usar su cuchillo Bowie para arrancarle el velo y hacerle una sonrisa más amplia y jugosa—. Blaja blaha blaja blaha —insiste.

Él comienza a identificar algo dicho en un inglés muy rústico: "Blaja él blaha obligar".

Le arranca el velo, pero con la mano. La mira a los ojos: monedas de 10 o de 25 centavos, a cada milésima de segundo, su terror ofrece pagas distintas. Le cree. Está embarazada como su esposa, que lo espera en Alabama para hacerlo padre. Lejos de la capital del mundo, Alabama sigue siendo verde, New York, donde el líder iraní ordenó detonar la bomba sucia, es la versión gigante de la central nuclear donde trabaja Homero Simpson. Sonríe. En cierta forma se ha hecho justicia.

—*Stop it. Stop the Reaper* —le dice a ella, y con la punta del fusil señala la pantalla del ordenador. Luego vuelve a apuntarle.

Un minuto.

—Vuelva, Deathson. Ya tenemos el paquete —le ordena el capitán por el intercomunicador. Vamos a derribar el avioncito e irnos de aquí.

—¡Espere, capitán! Tengo al chofer loco… la chofer.

—Mátela.

Treinta segundos.

Ella sigue tecleando en el portátil. Él no deja de apuntarle, aunque sabe que no le puede disparar.

Veinte segundos.

Última tecla.

Quince segundos.

—¡Avión ustedes! —exclama la mujer.

—Capitán, dígale al cabo que pruebe ahora —dice él por radio, sin dejar de apuntarle.

La mujer ahora parece tener la cara de su esposa.

Cinco segundos.

Cuatro.

Tres.

Un zumbido de turborreactores pasa de largo. No hay explosión.

—¡Muy bien, comando! Muy bien… para ser un principiante. Todos tendremos premio. Traiga a la caratapada con vida. Apuesto que es su mujerzuela. Si este jefecito se pone duro, un par de golpes a la ramera bastarán para que cante *New York, New York* como Sinatra… ¡Y apúrese! Estamos reprogramando el Reaper para convertir la casa en un puto cráter y hundir toda la mierda musulmana que está viniendo.

Deathson obedece. La ayuda a ponerse de pie. Le pasa un brazo por la cintura y la va remolcando, pero ella apenas puede moverse. Entonces la carga o no saldrán a tiempo. Sus borceguíes quiebran tablones chamuscados, astillan aún más los vidrios del suelo y se entierran en el barro negro. Lleva a la mujer. Es su esposa que ha venido a ayudarlo. Sonríe. Sabe que ella piensa que es un héroe. Un héroe que ha luchado cara a cara contra el mal. Un héroe que hará que Irán se ahogue dentro de sus barriles de petróleo como les pasó a todos los otros países árabes. Un héroe.

Sale del edificio, con la iraní a cuestas. El Stryker está más allá, ya pueden verlo… pero algo le quema en la espalda, le desintegra la vértebra. Se desploma en el acto. La mujer cae junto con él, pero enseguida se levanta. Quiere ayudarlo, pero él no puede moverse. No siente ni sus brazos ni sus pies. Es como el muñeco que le ha dejado a su esposa antes de partir… uno con casco y transpirado.

Intercambia miradas con la iraní. Ella menea la cabeza. Se mira el vientre y luego a él. Con sus blahas quiere decirle algo. Llora, quiere ayudarlo, pero apenas puede con ella misma. Finalmente corre como puede hacia el vehículo. Otro disparo se entierra a centímetros de ella y él quiere gritar, pero se contiene. Ahora es una masa de carne con una bala en el espinazo. No debe pedir ayuda. Así es el protocolo. No puede poner en riesgo las vidas de los miembros de su equipo… Lo del "uno para todos y todos para uno" es solo en las películas que no verá con su hijo. Además, ya no está en el reseco Irán sino en la verde América. Sonríe. "El orgullo carga la sonrisa con la que derribas a tu enemigo", recuerda que dejó escrito en el reverso de una foto donde está vestido con el uniforme de gala. Eso sí verá su hijo.

Piensa en el tiempo que no pasará con él. Luego piensa solo en el tiempo. Eran nueve minutos los que debiera haberse quedado callado pero no: justo a tiempo, antes de que el capitán abortara la misión, él abrió la boca. Por su culpa, sus compañeros tendrán en el pecho la puta Medalla de Honor y él un bombazo.

Justo a tiempo llegan los refuerzos iraníes.

Justo a tiempo ella entra al Stryker, que cierra la compuerta blindada y se pone en marcha, huyendo por el puente que une el desierto de Irán con las fértiles praderas de Alabama.

Justo a tiempo el Reaper regresa, sobrevuela la zona y lanza la bomba.

Justo a tiempo entiende lo que el capitán quiso decirle con que "la justicia es para quienes la sobreviven".

Justo a tiempo cierra ojos y aprieta muelas. La injusticia es para el resto.

II - El general

El general Deathson terminó de escribir el e-mail. Como asunto, puso una palabra: "Rendición". Lo clasificó como Confidencial-5 y volvió a revisar el texto. Luego clicó en "*send*", pero un sonido repentino le avisó de un error. "Problemas con la copia desde el servidor remoto", leyó con ojos en llamas. Resoplando intentó las primeras alternativas para resolverlo; bufando las últimas e insultando siempre.

Finalmente lo logró. Miró el reloj y retiró bruscamente la tarjeta de memoria del ordenador. No había tiempo para más revisiones. La guardó en el bolsillo del pantalón. Apagó el ordenador y lo puso dentro del maletín de seguridad. Lo cerró y un *pip* le indicó que ni balas, ni fuego ni nada lo podrían abrir.

Salió de su tienda de campaña. Miró alrededor y suspiró. Si agrupara a todos los hombres de su división se moriría de pena. Con la ayuda de tecnología china, los argentinos los habían diezmado sistemáticamente: de veinte mil a un poco más de mil… Pero el 101° venía al rescate.

A su paso, los hombres que cruzó se cuadraron para saludarlo, con sonrisas y ojos de seres que habían vuelto a la vida. "Les hubiéramos pateado el culo si no se rendían, señor", dijo uno. "Maricones. Nos dejan sin revancha, general", dijo otro y escupió al suelo, como si los ataques que habían reducido su división a un paupérrimo regimiento hubieran sido solo efectos especiales de una mala película de guerra.

Pensando en que no hay suministro más estratégico que la esperanza, subió al todoterreno. El capitán Martínez conducía. Cuando se pusieron en movimiento, Deathson respiró hondo. Estaban a minutos del alivio.

A la salida del campamento, centenares de vacas los vieron pasar por una ruta llena de agujeros. Libras y más libras de carne orgánica esperando ser apiladas en el supermercado. A siete dólares la libra y mil doscientas libras por vaca… oro rojo listo para humear en la barbacoa.

Por un momento se recordó niño. Una película de vaqueros le hacía brillar los ojos.

—Martínez, ¿cuántos acres son mil hectáreas?

—El tamaño de una ciudad —le respondió el capitán, que también las miraba pastar, más preocupadas en aniquilar moscas con el rabo que por los combates de días atrás.

Martínez, hijo de argentinos, no tenía remordimientos al momento de ametrallar a quienes podrían haber sido sus compañeros de juego en la infancia. De hecho, tenía el mejor ratio: 2.8 enemigos/día. Auténtico perfora-carne, su secreto era pensar en sus padres al apretar el gatillo. Hartos de tanta esperanza devorada por politicuchos tercermundistas, habían emigrado a Estados Unidos, donde él nació. Profesionales aquí, extranjeros ilegales allí (hasta que su padre se enrolara en el ejército y consiguiera la ciudadanía), le habían enseñado a odiar sistemáticamente a este país de praderas, vacas y agua… Agua de la mucha, por eso la invasión: USA tenía sed y eso era una cuestión de seguridad nacional.

La profecía de los hippies del calentamiento global se había cumplido: las venas de su país se estaban secando.

—General, aquí está... lo pactado —le dice su par argentino, entregándole dos tarjetas plásticas que recibe y guarda rápidamente—. Si las quiere controlar puede regresar a su vehículo y...

—¿Usted cree que en estas cuestiones hay lugar para la puñalada por la espalda?

Tras negar con la cabeza, el argentino agrega:

—Entonces mi parte está cumplida —mirándolo fijamente.

Deathson mete la mano izquierda en otro bolsillo. Conserva la derecha lista para desenfundar su pistola, por si acaso. No es el viejo oeste, pero sí el nuevo sur. Saca la tarjeta de memoria con los datos que ha copiado del servidor remoto y se la entrega.

El argentino se la recibe, con la mano izquierda también. La inserta en la *notebook* que un capitán de su comitiva le alcanza. Abre la tapa y observa la pantalla un momento.

—¿Son las últimas coordenadas? —le pregunta, sin quitar la vista del monitor.

Él inspira hondo. Repasa los últimos minutos dentro de su tienda, cuando el programa se había desconfigurado.

—Supongo que me voy a quedar con lo que usted me dijo: en estas cuestiones no hay puñaladas por la espalda —agrega el argentino.

Sonrisas de media boca. Suspiros desviados por la nariz. Dos manos derechas se juntan. Luego bifurcan sendas.

Martínez, al verlo acercarse, pone en marcha el vehículo. Segundos después, el supresor de ruido convierte el bestial rugido del motor en el siseo de un moribundo.

—Permiso para hablar, señor —dice el capitán, sin apartar los ojos del camino.

—Concedido.

—Esto de haber venido solos no ha sido más que una bravuconada de vaqueros.

El general piensa que tiene razón. Vaqueros. Se imagina arriando vacas, montado en un caballo, como en aquella película que vio de niño, con los ojos brillantes y húmedos. Vacas, ¿cuántas cabrían en mil hectáreas?

—Soy de Alabama, Martínez. ¿Qué otra cosa podría esperar? —le responde.

—Aunque estén por rendirse, podrían habernos tomado prisioneros.

—Les saldría cara la puñalada por la espalda —y pone su mano sobre la de Martínez—. Los muchachos de la boina verde están al llegar y son muy rencorosos.

—No más que yo —sentencia Martínez y luego frunce el entrecejo—. No sabía que venían. Nos habías dicho que eran los de la División 101° los que estaban en camino.

—Sí. Antes de salir me conecté unos minutos y me di con la noticia. Supongo que vienen por si se complica. ¿Crees que van a permitir que los masacren como a nosotros? ¿Cuántos quedamos?

Martínez quita la vista del camino para mirarlo fugazmente. Luego sacude la cabeza.

—No me gusta. Pienso que es una operación poco convencional. Mucho movimiento para una rendición.

—Martínez —comienza a gritarle—, si no está de acuerdo puede llamar al Pentágono y decirles lo que opina, pero mientras esté bajo mis órdenes usted no piensa, ¿comprendido?

—Sí —gruñe éste.

—¿Comprendido, capitán?

—Sí, señor —exclama.

Un estruendo pasa por encima de ellos. Una escuadra de bombarderos.

—¡Son argentinos! —dice Martínez—. Esto no me gusta… nada.

—Nos han seguido.

—Imposible, el anti rastreo está activo. Esto no me gusta. No me gusta —y tras unos segundos de pensar detiene el vehículo y pregunta—: ¿cómo sabes que las tarjetas de memoria que te dio no tienen un dispositivo de rastreo?

—La tarjeta —corrige el general.

—¿Qué tienen?

—Tiene. Tiene, es una sola. El acta de rendición, firmada electrónicamente. Si nos hubieran estado siguiendo ya hubiéramos volado por los aires, ¿no te parece? Ahora acelera.

—Tenemos un par de vacas en el camino —dice Martínez y se las señala con el mentón.

—Si te resulta tan complejo esquivarlas lánzales un cohete. Llevaríamos barbacoa para festejar.

Martínez estalla en una carcajada. Él también.

Otros estallidos más. Hongos de fuego azul brotan a una milla. Onda expansiva.

Las vacas se levantan. Él general se asombra al verlas correr. Son más rápidas de lo que esperaba.

Los aviones regresan. Pasan por encima de ellos nuevamente. Martínez acelera a fondo. Insulta en inglés. Gruñe. Gime. Llora en español. Al general se le comprime el pecho. Está hecho. El diablo ha encendido la barbacoa.

Cuando llegan, todo es negro y gris. Por entre el hierro retorcido y la ceniza humea el olor a carne quemada. No hay un solo lamento. Solo oyen sus pasos, quebrando pedazos de algo y huesos; también el crepitar de llamas verdosas, cada vez más a ras de suelo. De suelo arrasado.

Martínez recorre. Busca sobrevivientes.

"Idiota", piensa el general. Bombas de plasma. La última maravilla china. Miles de grados al detonar. Funden, incineran, evaporan; todo en un parpadeo azulado.

Se lleva la mano al bolsillo. Piensa en sus mil hectáreas. Vuelve a imaginarse encima del caballo. Cruza un mar de vacas que tienen los rostros de sus hombres. Sonríen. Le dicen algo.

Otra voz. La reconoce. Vuelve a la realidad. Martínez ha encontrado su portátil. Estaba entre los restos de la tienda de campaña, dentro del maletín de seguridad hecho trizas. Funciona, tanto, que el capitán lee el e-mail que se olvidó de enviar cuando se trabó el servidor. Deathson recuerda que en el apuro olvidó presionar "*send*".

"Prevaleceremos.

La rendición no es una opción para nosotros. Llevamos meses de campaña en las peores condiciones. Las incursiones enemigas son cada vez más letales. He debido cortar toda comunicación para evitar que nos rastreen. Solo reactivo la conexión para enviar este mensaje y luego volveré a desconectar hasta una nueva oportunidad.

Prevaleceremos.

Mis hombres saben que no habrá refuerzos. No se miran a los ojos: no quieren ver el miedo propio en la pupila ajena, pero se mantienen fuertes y ordenados.

América prevalecerá. Con la ayuda de Dios, resistiremos. La rendición no es una opción para mis hombres. Prevaleceremos."

–Ni boinas verdes, ni División 101º, ¿verdad? –pregunta Martínez.

–Acabo de hablar con ellos, me agradecieron. Los he salvado.

–Están muertos.

–Siempre lo estuvieron, solo que no lo sab… –y cae pesadamente al piso.

Su rodilla está hecha añicos. La puntería de Martínez es temible. 2.8 vacas/día. Vacas camufladas. Vacas poseyendo cuerpos de soldados. Argentinos o americanos, son solo ganado.

Como el dolor no puede morder lo que ya no está, clava sus dientes en el resto de la pierna. Pero él es general, no va a gritar. Tirado en el suelo, oye a Martínez hablándole en cámara lenta. Toca su cartuchera, desenfunda su arma y apunta… pero duda. El rostro de Martínez lo cautiva. Duda. Desde el primer día duda. Es bello. Duda. Debe hacerlo. Duda, pero finalmente jala el gatillo.

El capitán reacciona casi a tiempo: por dos milésimas no terminó intacto. Ahora, en vez de nariz tiene una fuente en la cara que bombea sangre sin parar. También cae al suelo.

Deathson se le acerca a rastras… y lo besa. Silencia una boca con otra. Adoraría probar el sabor de su lengua, pero en cambio debe soportar mordidas y golpes en la espalda que finalmente se agotan en un abrazo. Sangre y saliva conforman el discurso de despedida de Martínez.

El general se pone de pie, aferrándose a la carcasa de un vehículo incinerado. Revisa su bolsillo. Las tarjetas que le dio el argentino están ahí.

Saca una, la que tiene el chip de validación electrónica que destella tanto como sus ojos. "Registro Nacional de la Propiedad —lee torpemente— …*what ever*". Si Martínez estuviera vivo podría preguntarle. Ya tendrá tiempo de aprender español. Ahora debe ordenar sus mil hectáreas. Fundar su ciudad de vacas.

—Martínez —dice en voz baja y chasquea la lengua.

"El orgullo carga la sonrisa con la que derribas a tu enemigo", piensa.

…Pero Martínez no es su enemigo. No lo dejará morir, piensa mientras saca la otra tarjeta, la que tiene su foto. Es la credencial identificatoria que usará a partir de ahora. Su nuevo apellido es Martínez, el anterior, Deathson, está en la placa de grafeno que pende de su cuello. Se la quita antes de que lo arrastre al fondo.

La Guerra del Agua acaba de terminar para él. No va a correr la suerte de su padre, sepultado con escombros por una puta musulmana. Ni gracias dijo ella a la familia de su salvador. Veintiún salvas, medio minuto de trompeta y una bandera de mierda, eso fue todo lo que quedó de él, junto con una foto y la frase que los Deathson han transmitido de generación en generación: "El orgullo carga la sonrisa con la que derribas a tu enemigo".

Le saca también la identificación de grafeno al capitán y la arroja bien lejos. Le coloca la suya y, como puede, lleva su cuerpo hasta un tanque de combustible reventado, donde lo arroja. Las llamas le agradecen con saltos, chisporroteos y olor a carne que pronto será cenizas.

Al atardecer, el demonio apaga las últimas llamas de su barbacoa.

Vuelve a recordar la película. La plaga. Los vaqueros sacrificando el ganado. Las lágrimas de ellos y las de él.

El general recoge del suelo el ordenador que se empeña en seguir funcionando. Presiona el *send* que había quedado pendiente de la mañana. El email llega a destino. Misión cumplida: sus hombres serán un rebaño de héroes. Pastarán bronce en la infinita pradera de una placa conmemorativa.

III – El soldado

Deathson entró súbitamente al cuarto… a lo que quedaba de él. Jadeaba. Estaba atontado. Sus oídos le chillaban y solo tenía la certeza de que alternando un pie con el otro había logrado ensamblar una caminata torpísima, pero salvadora.

Las explosiones del exterior habían hecho volar los vidrios de la ventana hacia adentro y ahora estaban esparcidos en el suelo, como diamantes de destrucción; o clavados en las paredes, como cuchillos disparados a la velocidad del odio. Por el techo perforado adivinaba la luna tras el velo de polvillo que aún flotaba por entre los escombros.

De su pelotón quedaban pocos. La emboscada había sido terrible y acabaría solo cuando el último punto verde fuese apagado, como una alimaña luminosa, por los innumerables puntos rojos que se multiplicaban en su pantalla.

"¿Acaso sería él?" "¿…Y por qué no?", se respondió, sin lamentos. Él también había cazado alimañas y movido cuerpos con el pie, admirando las rosas de tallo rojo que las balas sembraban en el prado de un rostro. "Sería un buen pago", concluyó, pensando en todos los que había liberado, con un tiro de gracia, del sufrimiento agónico. Estaba vivo por eso y no por esa matemática esquiva que los idiotas llaman "destino".

Un cohete había estallado a metros de donde él y los suyos marchaban. Las esquirlas le habían impactado directamente mientras salía despedido por la violenta explosión. Luego fue todo caos: decenas de gritos saturaron sus auriculares; los del sargento, una fiera queriendo asfixiar el pánico con un bozal de órdenes contradictorias; y los de sus compañeros, un puñado de muñecos revolcados por una sucesión de huracanes en llamas.

Cada tanto, un gemido se adueñaba de sus auriculares. Unos latidos después volvía el silencio, aderezado por el leve zumbido de la estática, preanunciando un punto verde menos en su pantalla.

Aún estaba mareado. Permanecería allí hasta sentirse mejor. Ubicándose en un rincón desde donde podía vigilar la perforada casa, suspiró. Con un *bip* opaco, su microcomputadora le indicaba que sus sistemas estaban reiniciándose correctamente. Sin esperar a que alcanzaran el 100%, ordenó un chequeo integral:

```
#4812953
Conscripto I. Deathson    STATUS
Biomecánica        45 %   Falla general en brazo derecho.
                          Falla menor en piernas y torso.
Bioelectrónica     65 %   Sensores de movimiento con
                          deterioro medio.
Salud Biológica    70 %   No se registran heridas de gravedad.
Salud Psicológica  25 %   Stress en incremento.
                          Posible ataque de pánico.
Blindajes   5 %           Vulnerabilidad crítica.
Municiones         15 %   013 balas
                          01 granadas cegadoras
                          01 granadas explosivas
Condición general 27 %    Regreso inmediato a base.
```

Escrita con letras rojas, la última frase parpadeaba como un corazón a punto de apagarse. «Regreso inmediato a base», repitió burlonamente, llenando de muecas su rostro tras el cristal antibalas del casco.

Releyó los indicadores en la pantalla de su antebrazo izquierdo. "Así vine y quizás así me vaya", concluyó, mirándose la posición fetal en la que ahora estaba.

Tarareó una vieja canción, *Sweet home Alabama*, y se percató de que las explosiones de fondo no eran tan monocordes como creía. La orquesta china usaba obuses que sonaban en un frondoso re; y sus antiaéreas ejecutaban un alegre fa sostenido. La música de los Estados Unidos de América le regalaba un nítido do de misiles aire-tierra impactando y la balística de los Bone Crushers, los nuevos robots de infantería, entonaba un delicado si bemol.

"Mi Alabama", susurró y enseguida trató de quitarse ese pensamiento. No debía flaquear. Cantar una canción no lo estaba calmando. Si no quería entrar en pánico, debería recurrir al orgullo con el que su nación llevó la libertad a Afganistán, Irak, Irán, Venezuela, Corea del Norte... o del Sur. La que fuera no importaba ahora. "No ceder —pensó y resopló—. No ceder, no ceder, no ceder", se repitió a sí mismo mientras aferraba dos amuletos. Uno era la placa identificatoria metálica de su abuelo, desmenuzado y empanado con arena árabe durante la Guerra del Petróleo. El otro era la placa de grafeno de su padre, hecho barbacoa en Sudamérica, durante la Guerra del Agua.

Recordó una frase que su padre había aprendido del suyo: "el orgullo carga la sonrisa con la que derribas a tu enemigo". Y, mientras regresaba a combatir dragones violetas con su espada de madera, su padre partía al frente.

Orgullo. Necesitaba varios cargadores extra de orgullo. Si no los conseguía, no podría contarle a su hijo que esta Guerra de Unificación era para "eliminar definitivamente las diferencias que fuerzan al hermano a luchar contra el hermano", tal como había dicho el Presidente mientras las tropas embarcaban. Su país tenía un modelo a seguir y él era su emisario.

El pensamiento le duró un par de respiraciones. Los resplandores eran cada vez más luminosos. El fuego enemigo ya tronaba a unos cuantos pasos de distancia. Si no salía de allí, su placa se sumaría a las dos que recibiría su hijo.

Cuando se puso de pie, sonó una alarma. A un par de metros tenía a dos niños chinos. Maldiciendo los sensores, que recién los habían detectado, activó rápidamente el analizador. Cuando el escaneo arrojó que no portaban armas ni explosivos, dejó de apuntarles.

El niño lo había estado observando en silencio desde que había irrumpido en lo que quedaba de su casa. Su hermanita, sentada en el piso como él, tenía la cabeza apoyada en su hombro. Ambos, estaban tras una cuna desarmada a balazos que no quiso mirar.

Se les acercó. Por un momento creyó reconocer en el pequeño el rostro de su hijo. Entonces se detuvo en seco. Con la respiración entrecortada, activó la visión nocturna. Sus ojos se enfrentaron entonces con otros, más rasgados y oscuros, que lo miraban impasibles, traspasándolo a él y a toda cosa que se les interpusiera en su trayectoria a la nada.

La niña sostenía sobre su pecho un osito de peluche perforado. Detrás del muñeco aún escurría la sangre.

El soldado le habló al pequeño, que se mantuvo en silencio. Se sentó a su lado y activó el traductor automático. Al comprobar que no funcionaba, supo que sería inútil hablarle. Años atrás, en una estación de metro, fue abordado por un viejo chino que, en ese idioma desagradablemente cantarín le preguntaba algo. Él le respondió que solo sabía inglés y el viejo, que mantenía una sonrisa amigable en mucho mejor grado que él la paciencia, insistió con un: "yes, yes, english". La diferencia de lenguas, otra de las mierdas que dividían. Pronto sería un solo mundo. Su esposa y su hijo podrían vivir en paz.

Los imaginó sonrientes, lo esperaban con los brazos abiertos. De fondo, una pradera y un cielo de esos que salían en las películas. Solo faltaba la musiquita de fondo, una más melosa que *Sweet home Alabama*.

Los espasmos se apropiaron de su pecho y sus ojos estallaron. Las lágrimas le hacían desagradables cosquillas en el rostro. Sin poder dejar de llorar, se quitó el casco empañado.

Con otro *bip*, su computadora le avisó del mensaje entrante. No podían enviarle refuerzos. Debajo estaba la tecla OK. Con una mueca tragicómica recordó el origen de la expresión, usada por las tropas norteamericanas, siglos atrás, para indicar que ese día no habían sufrido bajas. "*O Killed*", musitó. El mensaje desapareció y la pantalla volvió a mostrarle el mapa de la zona. Al centro quedaba él, un único punto verde… rodeado de puntos rojos que se le acercaban.

Comenzó a escuchar un silbido cada vez más intenso. Una mano le acarició la cabeza. Pensó en su padre, pero no: era el niño. No sabía de petróleo, de agua, de obuses, de antiaéreas y sin embargo le enseñaba cómo unir.

Lo abrazó. "Blindajes: 5%", releyó en la pantalla de su antebrazo. Quizás…

"*Yes, yes, english* —le susurró el niño—, *O Killed*", y le sonrió mientras meneaba la cabeza.

El silbido entró en la habitación. El clarín suena en el parque. La flor de fuego se abrió. La bandera es entregada. Apretando dientes, la esposa de un soldado la recibe y mira por la ventana. Duele, pero siente orgullo cuando ve a su hijo jugando con una espada de madera.

Atardece en Alabama. El niño mata dragones. Recita una y otra vez «el orgullo carga la sonrisa con la que derribas a tu enemigo.»

IV - El piloto

Las toberas apuntan hacia abajo. Sus fauces escupen un girasol de fuego que empuja la nave hacia arriba. A los 13.23 metros de altura, el pájaro interrumpe el despegue vertical, despliega sus alas y, con un rugido, pasa a vuelo a vuelo rasante por los techos. Los cristales de la base vibran. Algunos se resquebrajan. Minutos después sobrepasa con creces la velocidad del sonido.

En la cabina, un guante estruja la palanca de comando. Velocidad: 3.187 km/h. Salida a espacio exterior: 32 segundos "…sanción disciplinaria: apenas aterrice", rumia el piloto. Los auriculares retumban como si estuvieran conectados a los siete motores de su SD-99. Conteniendo la respiración, les baja el volumen.

Con un *pip*, la computadora de vuelo le indica finalmente que han abandonado la atmósfera.

Mira hacia atrás. El planeta se parece cada vez más a una gota terrosa sobre un paño negro.

En el visor de su casco aparece una tabla traslúcida:

```
#42454645
Piloto M. Deathson              STATUS
ARMAMENTO   100.00%             Esperando activación.
VELOCIDAD     0.79 lux          Abandonando Sistema Solar
                                en 2:23 mins.
TRAYECTORIA 052:187:2498   Arribo estimado en
                                03 hrs. 42 mins.
```

Pestañea dos veces y la tabla desaparece con un suave *degradé*. Le ordena a la computadora que haga los cálculos correspondientes. Cuando ésta le confirma que no se estrellará contra nada, acelera a lux 1.

La tabla vuelve a aparecer, pero con parámetros modificados: saldrá del Sistema Solar en poco más de un minuto y llegará a la Base 16 en poco menos de dos horas.

Piensa en acelerar a lux 1.1. Con solo ese 0.1 adicional a la velocidad de la luz, operaría el milagro matemático de reducir a la mitad el tiempo de viaje "…pero ni bien aterrice, me cuelgan de las pelotas, panda de maricas cuidadosas. Como si a este pajarraco se le fueran a volar las chapas".

Vuelve a pestañear y cuando la tabla se esfuma, divisa un destello. "Con que esas tenemos, ¿eh? Ya te vi", murmura. Rápidamente estima su ubicación y la ingresa en la computadora. Su nave modifica el rumbo: ahora va directamente hacia ese objeto que centellea tenuemente.

Cuando lo tiene a distancia de tiro, el objeto comienza a moverse.

"Muy bien. Si así lo quieres…", susurra y activa el "sigilo extremo". A partir de ahora navegará sin computadora, que ha pasado a operar en segundo plano. Las transmisiones se minimizan y su nave es mucho más difícil de detectar, pero también de pilotar.

Aferra la palanca de comando con fuerza y soporta el cimbronazo. "Ahora sí. Listo para el baile", piensa, e inicia la persecución.

–El objeto se mueve tan rápido como su nave, incluso más, pero cuando le saca suficiente ventaja, lo espera.

–"Voy a hacer que te duela mucho –gruñe y acelera a lux 1.1–. Que los cagones de la Base 16 se vayan a la mierda. Comida de dragones, ¿eh?", musita entre dientes y comienza a recordarse niño. Jugaba con un avión de plástico. Había bombardeado ciudades imaginarias a vuelo rasante y ahora se elevaba triunfante… Y hubiera regresado intacto de la misión si no fuera por unas llamas de carne que lo atraparon y comenzaban a estrujarlo con fuerza.

–¿Qué es esto? –le gritó su padre, señalando con el índice izquierdo la punta aún intacta del avioncito que asfixiaba con su puño derecho.

–Un… un… un F-33 –tartamudeó él.

–Un F-33, ¿eh? Esta mariposita es com… comida de dragones –gritó, con voz pastosa, y la arrojó al piso, retorcida y fisurada–. Así quedan des… pués de un cañonazo y nosotros tenemos que arriesgar nuestros cojones e ir a buscar sus pedazos. Lllll…le dije mil veces a tu madre que no te compre estas mierdas.

Su padre se calló un momento, pero siguió mirándolo, tratando de enfocar sus ojos enrojecidos y vidriosos. Luego recogió del piso la espada de madera que le había hecho y, golpeándolo con el canto en la cabeza, repitió:

–Comida de dragones. Solo la espada sirv… sirve con ellos –y se señaló las dos que, cruzadas, componían su insignia del Cuerpo de Caballería.

Uno de los botones de la palanca de mando se ilumina y él lo presiona.

Una andanada de proyectiles sale en dirección del objeto… que los esquiva diestramente, cambiando su rumbo. Ahora se dirige a la Zona Oscura, el área donde está prohibida cualquier incursión.

"Me cago en los reportes, en las anomalías magnéticas y en todo lo demás. Voy a entrar, voy a llenar de agujeros a esa cosa y voy a salir... como que me llamo Deathson", piensa mientras tuerce su marcha.

Al final del corredor en penumbras, su madre abrió la puerta y salió de la habitación. Su padre amagó un nuevo golpe con la espada, pero la dejó en la mesa y le sonrió. Recién cuando aquél se fue hacia donde estaba su madre, zigzagueando, él pudo respirar hondo, a salvo del aliento que su padre tenía cuando estaba así.

El botón vuelve a iluminarse, en el visor de su casco aparece el ícono verde que, parpadeando, le indica que las armas se han recargado.

Él maniobra y, cuando pone al objeto en la mira, presiona. Otra andanada sale de las entrañas de su nave. Su contrincante sigue indemne y se pierde en la negrura.

Cuando sus padres se encerraron en la habitación, pudo oír retazos de una discusión; luego las sonrisitas de su madre. Finalmente gemidos, jadeos y exclamaciones cada vez más intensos.

Tercera metralla... cuarta... quinta.

Cuando la puerta se abrió, su madre salió despeinada y envuelta con la misma toalla húmeda que había dejado sobre la cama por la mañana. Su padre estaba tirado boca abajo, podía ver sus pantorrillas a través de la rendija que dejaba la puerta mal cerrada.

—Hazle un café y pídele disculpas cuando salga —le dijo ella antes de entrar al baño.

Presionó de nuevo el botón iluminado, con tanta fuerza esta vez que temió romperlo. Disparo 6.

Pilotaba un SD-99 —Space Doom, como apodaban al destructor espacial—, una nave capaz de triturar a algo mil veces mayor, como una nave madre o incluso de convertir en sol a un planeta si descargaba todo el armamento que llevaba... sin embargo estaba siendo incapaz de acertarle al pequeño objeto que, de tanto en tanto, parpadeaba a la distancia, provocándolo.

Cuando su padre salió de la habitación, llevaba puesto nuevamente el uniforme. De su bolsillo sacó un robot de plástico.

—Toma. Es un *Bone Crusher*. Lo último de lo último. Con estos le patearemos el culo a los chinos —le dijo mientras se lo entregaba.

—¿Los dragones?

—Sí, soldado —y le acarició la cabeza.

Él quiso sonreír, pero la mano de su padre le tocaba el chichón que acababa de dejarle.

—Otra cosa, soldado: cuando vuelva, no quiero ningún avioncito, ¿comprendido? Irás a Caballería, como todos los de la familia —y de su bolsillo sacó las plaquetas identificatorias del abuelo y del bisabuelo que solo conoció por fotos y tenían el mismo uniforme.

El botón vuelve a iluminarse. La nave sigue moviéndose más rápido que la luz. Otra rueda de artillería. El objeto se mueve caóticamente, más rápido que la oscuridad. Otra rueda de artillería perdida en la nada.

De repente una risa. El piloto aumenta el volumen de los auriculares. Otra. No viene de ahí. Detiene la nave. El objeto regresa. Quedan frente a frente.

Él le da una última orden a la computadora, luego la deshabilita totalmente.

Un último recuerdo surge, el de su padre marchándose. En un momento, aquél se detuvo y arrojó una bolsa en el cesto de basura que estaba en la acera. Luego giró la cabeza y lo miró, severo. Él hizo el ademán de ir a buscarla, pero su madre lo retuvo. "Quédate aquí y pórtate bien. Hay cosas más importantes que tus avioncitos"; y abrazándolo por la espalda, se largó a llorar. Él soportó todo lo que pudo, pero finalmente se zafó y entró corriendo a la casa. La espada de madera estaba tirada en el piso. Quería partirla, pero de repente sus ojos se iluminaron y una sonrisa le coloreó las mejillas. La tomó por el medio y la hizo carretear por el piso. El despegue le tomó seis baldosas y enseguida alcanzó toda la altura que le permitía su brazo. Era la nave más poderosa que jamás había piloteado: en un parpadeo volaba por el jardín y quería llevarlo más alto, pero el sol… No, ningún sol lo haría lagrimear. Ni éste ni todos los que conocería cuando fuese el mejor piloto del mundo.

Atardecía. Se sintió poderoso: acababa de tapar el sol con su pulgar. Sonrió.

El botón se ha encendido y brilla como un sol, pero ahora su luz es rojiza y parpadeante. Atardece en la cabina.

El niño Deathson está fuera de la nave. Mira al piloto Deathson que se prometió ser. El piloto mira al niño. Entiende su desafío. "Amanece", piensan ambos. Ya no están separados por el cristal de la cabina, que ahora se abre. Sonríen. Suman pulgares, uno encima del otro y presionan el botón.

Un sol se enciende en la Zona Oscura, es el más brillante que hayan visto, pero no los hace lagrimear.

V - El marino

Ha rechazado. Deathson ha rechazado porque cree.

"El viento sopla más fuerte cuando hay esperanza", piensa mientras mira las velas hincharse. Blanco sobre azul, paño y noche. La fragata leva anclas, abre aguas.

En la costa de Alabama quedan su esposa y su hijo pequeño. Sus lágrimas saben al mismo mar que ahora surcan. Deathson ha rechazado la paz de una vida con ellos. Una paz de mentira, siempre temiendo la venganza de los ingleses. Nunca permitirán que Estados Unidos exista. Lo sabe porque es inglés... o era: ha rechazado serlo. Para demostrarlo ha escupido la bandera que juró defender antes de venir a estas colonias que ahora quieren su independencia.

"Estados Unidos de América", susurra. Le gusta el nombre. Suena enorme, tanto, que le ocupa toda la cabeza. Inglaterra, en cambio, le resuena como el nombre de una criatura asquerosa, el dragón que San Jorge venció "...y en el que se terminó convirtiendo luego", concluye, pensando en la explotación que ha visto en las colonias. Por eso está a bordo: cree en la libertad. Ha rechazado estar con su familia, calentando en el hogar las palmas de sus manos que ahora abrazan el fusil.

Mira hacia arriba. A lo alto del mástil está su nueva bandera, trece barras y estrellas sobre un fondo azul, como la noche en la que navegan.

Se lleva la mano al bolsillo. Tiene una nota que dice. "Si lees esta carta es porque he muerto", comienza. Sigue con instrucciones, ninguna doméstica: casi no conoce su casa de ladrillos. Ha estado mucho más en la que tiene proa y popa, luchando por quienes ahora está a punto de atacar. Le dice a su esposa dónde debe cavar para hallar el dinero que ha escondido y que pase lo que pase, honre su memoria quedándose aquí y enseñándole a su hijo una frase que le deja escrita.

No necesita hacer memoria. Recuerda muy bien el día que la escuchó por primera vez. Mira a lo lejos, en la costa cree reconocer la luz de la taberna. Fue allí, la misma noche que, para demostrar que dejaba de ser inglés, escupió la bandera. Subido a una silla, un patriota le vociferaba a una treintena de narices rojas. "Quitarse el yugo inglés... Estados Unidos... Nueva nación... Justicia y libertad".

Ha rechazado. Deathson ha rechazado seguir siendo inglés porque cree en lo que éste hombre dice. Escupiría sobre cada bandera inglesa que le interpusieran en su camino. Es marino, ahora americano, y peleará la guerra. Solo así logrará que su familia y sus descendientes vivan en paz.

Tras la arenga, los parroquianos trajeron un soldado inglés a rastras. Lo ataron de manos y pies y el patriota sonrió. Sin bajarse de la silla dijo:

—El orgullo carga la sonrisa con la que derribas a tu enemigo —y sonriendo sacó su pistola. El inglés cayó como un madero sobre el entablonado.

Un ruido similar lo trae de regreso: uno de los mástiles ha caído unos pies más allá. Los ingleses los han interceptado y destrozan la fragata a gusto.

Deathson rechaza estar ahí. Vuelve a aquella noche. En un rincón está sentada doña Martínez, la española que iba a Sudamérica y tomó el barco equivocado. Su hermano está allá y promete mandarle dinero para el pasaje. Mientras tanto se gana la vida en la taberna. Usa unos naipes extraños para leer el futuro. Deathson suele ayudarla con una moneda. También finge creerle. "En tu futuro veo caminos rojos y blancos, veo azul y estrellas", le dijo aquella noche y él se le rió en la cara.

El cañoneo dura poco. Los ingleses han abordado el barco y pasan por cuchillo a los sobrevivientes.

Deathson rechaza estar ahí y trata de pensar en su mujer y en su hijo, pero vuelve a rechazarlos y regresa a la taberna. Debería haber creído.

—El camino blanco es el de la perfección —continuó diciéndole doña Martínez.

—Pero el de la sangre es más poderoso —le respondió a la española, imitándole su tono melodramático mientras le señalaba lo que tenía a sus espaldas. Colgada en la pared estaba la bandera por la que ahora peleaba—. Siete rayas rojas, seis blancas.

—Trece es un mal número, muchacho —concluyó la española.

Bufando guardó las cartas y se levantó de la mesa, rechazando su moneda.

Deathson mira la cubierta. Las velas se han llenado de sangre. Los ingleses lo han visto, oculto entre los paños blancos. Mira al cielo. Es medianoche, las estrellas lo esperan, pero las rechaza. Quiere ir con su familia. Cae. "El orgullo carga la sonrisa con la que derribas a tu enemigo". Sonríe.

LA RECONSTRUCCIÓN DE LA CASA DE USHER

Mario Daniel Martín
Australia, 1961

> *Call me fond names, dearest! Call me a star,*
> *Whose smile's beaming welcome thou feel'st from afar,*
> *Whose light is the clearest, the truest to thee,*
> *When the "night—time of sorrow" steals o'er life's sea:*
> *Oh! trust thy rich bark, where its warm rays are,*
> *Call me pet names, dearest! Call me thy star!*
> Frances Sargent Osgood

Era el primer día de calor después de un crudo invierno. Cuando viajaba hacia la oficina, mi secretaria me llamó al celular. Me informó en español que había tres personas esperándome para una cita urgente. Oficiales del gobierno, que debían verme inmediatamente. Le dije que hoy teníamos varias citas importantes, y que les dijera que podía verlos recién a la tarde. Pero ella me dijo que era urgente, y que debían verme inmediatamente, y tosió dos veces. Obviamente estaban allí, con ella. Le pregunté si eran del gobierno local, y ella dijo que no. Le pregunté si eran del estado, y dijo que no. Eran los federales, solamente ellos tienen tanta prepotencia.

Pensé que era el juicio en el que defendería al oficial que filtró información clasificada lo que los había intimidado, y me preparé para sacármelos de encima. No era la primera vez que venían así, sin avisar, a presionarme, pero ese es el precio de defender a los débiles, los ciudadanos honestos y los que todavía creen en los ideales de la democracia. Le dije al chofer que entrara al garaje del edificio contiguo al nuestro, como cuando queremos evitar la prensa. Cruzamos por el túnel que conecta los dos edificios, y llegamos por el ascensor privado a mi oficina.

Evidentemente, eran los federales. Custodiaban también el ascensor privado. Al entrar a la oficina supe que el asunto era serio. Me esperaba Kramer, el segundo del FBI. Pasamos a mi oficina.

—Voy a serle sincero, Kramer —le dije sin saludarlo—. Si lo que pretenden es demorar el juicio, no tienen ninguna chance de hacerlo. Además, tengo citas con clientes todo el día.

—No venimos por eso, Dr. Locke-González, es algo mucho más urgente. Venimos, humildemente, a pedir su ayuda. Solamente usted puede ayudarnos.

—Dígame.

—Antes de que hablemos del asunto, tenemos que estar seguro de que es usted la persona indicada. ¿Es verdad que usted es el bisnieto del poeta Edgar Allan Poe?

—¿Cómo lo sabe?

—Simplemente tenemos razones para sospecharlo, y necesitamos que usted nos lo confirme.

—Así es. Eso lo descubrí investigando la historia familiar, en los archivos de Baltimore. No es una historia que la familia Locke, y menos aún, la familia Osgood quiera reconocer, pero es con un alto grado de probabilidad, la verdad. Mi bisabuela, la escritora Frances Sargent Osgood, que en realidad se apellidaba Locke Osgood, tuvo una relación amorosa con Poe, de la que hubo dos hijos. La primera hija es famosa, porque murió niña, y hubo poemas sobre ella y mucha especulación. El otro hijo, un varón, fue dado en adopción evitando toda posible publicidad, y criado por el hermano de Frances. Yo soy el nieto de este hijo del poeta.

—¿Hay algún otro bisnieto varón del poeta, del que usted tenga conocimiento?

—Que yo sepa, no. Mi abuelo solamente tuvo un hijo varón, mi padre. Y yo también soy el único varón en mi familia. Pero puede haberlos, porque como usted debe saber, mi bisabuelo tuvo una vida amorosa muy activa. Sin embargo, no entiendo por qué es esto relevante.

—Vamos a ver, es difícil de explicar, pero voy a intentarlo. ¿Leyó usted la historia "La caída de la casa de Usher"?

—Sí, hace mucho tiempo, en una traducción al español muy famosa que me regaló mi abuela. Es un libro que tenía un gran valor emocional para mí, y desgraciadamente se me ha perdido. Fue la primera historia de mi bisabuelo que yo leí. Me recuerdo que había dos mellizos, y que al final la casa se caía y se destruía.

—Muy bien. La casa de Usher ha vuelto a aparecer. De la noche a la mañana, en medio del campo, en el estado de Virginia. Reconstruida en todo su esplendor del siglo XVIII.

—¿Y?

—Sabemos que es una invasión extraterrestre. Una especie de atmósfera rodea la casa y el lago adyacente. Y nadie puede acercarse.

—¿Y qué tiene eso que ver conmigo?

—Hemos intentado todo para tratar de acceder a la casa. Aviones, tanques, misiles. Hasta artillería pesada. Y no hay forma de penetrar la atmósfera. Ellos quieren un emisario, para negociar, más específicamente quieren al descendiente directo de Edgar Allan Poe. Usted. Ellos nos dieron sus datos, en realidad, proyectaron una especie de holograma suyo sobre el lago, y como usted es una figura pública, uno de nuestros agentes lo reconoció. Es una suerte que usted sea un abogado, porque la negociación parece ser muy importante.

—Pero no puedo, yo tengo una cantidad de clientes esperándome. Y como sabe muy bien, un juicio extremadamente importante en dos días. ¿Se da cuenta de que esto parece una de sus tantas trampas? ¿Cómo puedo estar seguro de que no es una maniobra para distraerme? Ustedes tienen mucho que perder si gano el juicio.

—Le aseguro que no es una trampa. Tengo órdenes directas del presidente de llevarlo a Virginia inmediatamente. Y el juicio será postergado si es necesario.

—¿Y si me niego?

—Lo lamento mucho, no puede negarse, esto es un asunto de seguridad nacional. Aquí está la orden del juez requiriendo que me acompañe inmediatamente.

La orden judicial era legítima, e inapelable. Me pusieron un par de esposas diferente en cada mano. La otra esposa la pusieron en los custodios, que me escoltaron fuera de la oficina. Mi secretaria intentó disuadirlos, pero le dije que se calmara, que fotocopiara la orden del juez, y cancelara todas las citas por hoy. Le pedí que llamara a Santiago, mi socio, y que le pidiera que se encargara de las entrevistas referentes al juicio. Kramer le aseguró que todo se iba a arreglar.

Bajamos por el ascensor privado. En menos de media hora estaba viajando en un helicóptero, todavía esposado, hacia la casa de Usher. El secretario de estado, sentado frente a mí, me daba instrucciones. Lo que necesitaban era saber si esto era una invasión, y lo que querían. Era importante determinar qué tipo de armas tenían y si eran hostiles. También si eran los mismos extraterrestres que habían capturado un remoto pueblo rural en China. Me mostró unas fotos y dibujos de los extraterrestres. Y me conminó a que, si volvía, no hablara con la prensa. Obviamente, no había posibilidad de negarse. Traté de calmarlo diciéndole que era un buen negociador. Pero dentro de mí no estaba nada calmo. ¿Por qué tenían que mandarme a mí? Les pregunté cómo sabían que era la Casa de Usher. Una inscripción, en el marco de la puerta principal, lo decía. Les pedí que me dieran una copia del cuento de mi bisabuelo. No la tenían, y no veían cómo podía ser relevante.

Cuando el Secretario de Estado me dejó respirar por un momento, y me sacaron por fin las esposas, le pedí a uno de los burócratas que me prestara una computadora portátil y accedí en internet a una versión del cuento, que leí rápidamente. Solamente conseguí una versión en inglés. Era distinta de la que recordaba haber leído hacía ya tantos años. Le indiqué a uno de los asistentes del Secretario de Estado que se asegurara de que hubiera una copia en español cuando llegáramos. Traté de leer el cuento con detenimiento. No podía concentrarme porque vinieron a mi mente muchos recuerdos de mi adolescencia. Era la época en que me resistía a hablar español con mi madre, un período en el que todavía creía que podría integrarme a esta sociedad. Mi hermana también se resistía. Una navidad, cuando fuimos de visita a la casa de mi abuela portorriqueña en el Bronx, ella nos regaló libros de autores norteamericanos traducidos al español. A mi hermana le tocó *Mujercitas*, de Louisa M. Alcott. A mí, una reedición de los cuentos completos de Edgar Allan Poe, traducidos por Julio Cortázar, publicados por la Universidad de Puerto Rico. Mi abuela también nos había tejido unos señaladores de libros de hilo. El de mi hermana era rosa, y el mío era celeste. El señalador me pareció entonces cursi e inútil. Estaba dentro del libro, en el tercer o cuarto cuento, y era efectivamente "La caída de la casa de Usher". Mi abuela nos hizo prometer que leeríamos los libros. Pero yo dejé el mío en la biblioteca de la casa, y no lo volví a tocar hasta después que supe de la muerte de mi abuela. No nos lo dijeron entonces, pero en esa navidad ya todos sabían que ella tenía un cáncer terminal, y eligió volver a su viejo San Juan para morir. Más que nada por la culpa, decidí leer ese libro. Empecé leyendo el cuento señalado, y me atrapó. Leí todo el libro en las vacaciones de la escuela. Había otro cuento magnífico sobre un detective francés que buscaba una carta que estaba escondida, pero en realidad el escondite era dejarla disponible para que todos la vieran y descartaran la posibilidad de que fuera la verdadera carta. Ese fue el único libro que llevé conmigo cuando fui a estudiar en la universidad, y uno de los pocos que conservé de aquella época. Un dolor en el pecho me inundó cuando recordé cómo lo perdí. Mi primera mujer, Jennifer, vendió todas mis cosas cuando la abandoné por mi segunda esposa, Rosaura. Nunca me perdonó que la dejara por una latina, y a pesar de que mi hijo me ayudó a identificar la librería de segunda mano adonde Jennifer había vendido toda mi biblioteca, el libro no pudo ser recuperado porque se había vendido una semana antes de que diera con la librería.

Cuando nos acercamos al lugar, me volvieron a esposar. Vimos una casa decimonónica, de madera y piedra, rodeada de tanques, carros policías y tropas. Una especie de atmósfera, como un smog verdigrís, envolvía la casa. Al lado, un lago rodeado de árboles desnudos, la reflejaba desde el aire. Un camino cercano, de tierra compactada, estaba también clausurado por el ejército. El Secretario de Estado me dijo que la íbamos a sobrevolar, y que me fijara bien, porque el helicóptero no se iba a reflejar en el lago. De solo mirar la casa, un sentimiento de tristeza y melancolía me invadió. Pensé que era el recuerdo de mi abuela.

El helicóptero tuvo que elevarse mucho para poder sobrevolar encima de la atmósfera que rodeaba la casa. Como había dicho el Secretario de Estado, aun cuando estaba directamente encima del lago, el helicóptero no se reflejaba en él. Solamente las nubes grises sobre nuestras cabezas se reflejaban en el agua, y también la luna, casi llena, visible de día. Esa misma luna, que parecía más triste al mirarla desde el ras del piso, se recortaba contra la silueta de la casa cuando aterrizamos. Me esperaba el Comandante en Jefe del ejército. Era mucho menos alto que lo que parecía en las fotos.

—Locke-González, solamente usted puede ayudarnos —me dijo al extenderme la mano—. Por favor, averigüe lo que quieren.

Le repetí lo que le había dicho al Secretario de Estado, de que era un buen negociador, y pedí que me soltaran. Me sacaron las esposas, y me presentaron al Secretario General de las Naciones Unidas, quien sin demora me señaló que esto no era solamente una misión del pueblo norteamericano, sino de toda la humanidad. Asentí, le dije que estaba consciente de eso, y que en varios de mis juicios internacionales había defendido a los agricultores del tercer mundo. El Secretario de Estado me recordó que me esperaban. Les pedí que me dieran una copia del cuento en español. No la tenían todavía. Pero estaba en camino. Y, según ellos, no había tiempo para que lo leyera con detenimiento. Les dije que no era una buena idea ir sin saber exactamente lo que había en ese cuento, que nunca enfrentaba mis casos sin una preparación adecuada. Además, tenía la intuición de que era muy importante. Pero insistieron que era imprescindible iniciar las negociaciones sin demora.

Me encaminé a la casa, caminando por un pasillo entre las tropas estacionadas en el prado. A medida que me acercaba, la sensación de melancolía que había experimentado al mirar la casa por primera vez crecía en mi pecho. Llegué hasta los límites de la atmósfera, la barrera invisible que rodeaba a la casa. Una especie de puerta se abrió en esa niebla, dejándome entrar. El Secretario General de las Naciones Unidas intentó seguirme, pero chocó contra la atmósfera detrás de mí, como si chocara contra una pared invisible.

Caminé los cien o ciento cincuenta metros que me separaban de la puerta por un camino de piedras, sintiendo una gran congoja. Gruesas lágrimas, sin razón aparente, rodaban por mis mejillas. Miré hacia atrás, y la atmósfera se puso aún más densa, como una niebla, en donde las tropas y los tanques parecían desdibujados. La casa estaba hecha de una piedra llena de hongos y moho. Parecía muy frágil, a punto de derrumbarse. Sobre la puerta principal, como me habían dicho, unas letras góticas rezaban: Casa de Usher, 1839.

La puerta se abrió. Me esperaba un hombre pálido, con ojos gastados y vidriosos.

—Pase, pase —dijo el hombre con una voz ronca y cansada—. No sabe cuánto le agradecemos que haya aceptado nuestra invitación. Con esa gente que está ahí afuera no hay forma de razonar. Pase, pase sin miedo. No se asuste, va a volver sano y salvo.

Me invadió una pena muy honda por aquel ser, que evidentemente, estaba sufriendo. Lo seguí a través de un pasillo, hasta una biblioteca llena de libros desparramados sobre un viejo escritorio, y hasta en el piso. Al fondo del pasillo, antes de entrar a la biblioteca, vi a lo lejos la figura de una mujer, muy vieja y parecida al hombre, apoyada en una ventana que daba al lago. Me miró por un momento, me sonrió con una sonrisa que parecía de agradecimiento, y volvió a mirar hacia afuera.

—Siéntese por favor —dijo el hombre sacando una pila de libros de una silla—. Me parece que fue ayer cuando tuve aquí mi última conversación con su bisabuelo, o su abuelo. ¿Usted se llama Edgar, también?

—Era mi bisabuelo —le dije—. No, me llamo Allan. Ese era su segundo nombre.

—Sí, lo recuerdo muy bien. Uno de los pocos seres en la galaxia que tuvo verdadera compasión por nosotros. Creo que escribió un libro sobre su visita a esta casa, ¿es verdad?

—No, era solamente un cuento, un cuento corto.

—Bien, bien, no importa. Por lo menos aquí vamos a sobrevivir en la memoria de su raza. Además, independientemente de su longitud, es, de acuerdo a lo que entiendo, una obra de arte. Es lo más importante para la legislación galáctica, el equivalente de un objeto sagrado. Después hablaremos sobre ese escrito. Primero tengo que presentarme. Mi nombre, cuando conocí a su bisabuelo, era Roderick Usher. Pero en esta época no es necesario fingir. Mi verdadero nombre es Upashistan. Yo y mi hermana somos los últimos de nuestra raza. Su nombre es Umashestan, pero su bisabuelo la conocía como Madeline. Pero antes que le cuente para qué hemos venido, ¿desearía usted tomar algo? Tenemos una suspensión de una hidra vegetal de Alfa Centauro, muy similar a lo que ustedes llaman té. Va a ayudarlo a superar la melancolía inherente a este lugar.

—Con mucho gusto —me oí decir sin vacilar.

Upashistan llamó con una especie de chillido muy agudo a la mujer que estaba en el pasillo. Luego me alcanzó un libro.

—Es un regalo. Es el libro que más le gustaba a su ancestro cuando venía a visitarme y pasábamos horas exquisitamente tristes en esta misma biblioteca. Tiene una colección de las lúgubres historias de nuestra raza, traducida a su lenguaje. Es también una forma de decir gracias.

La mujer se acercó con una tetera de bronce y dos tazas de una especie de porcelana translúcida. Sin decir una palabra, nos sirvió el té y se alejó. Su presencia, su cercanía, me provocó una melancolía, un deseo de abrazarla y llorar a gritos por ella, por mi abuela, por todos los seres alcanzados por la muerte. Sin embargo, apenas el té tocó mis labios me sentí con una energía y una lucidez increíble, como si hubiera ingerido un kilo entero de cocaína. Upashistan también había bebido un sorbo, y parecía como si hubiera rejuvenecido.

—¿Se siente mejor? —preguntó Upashistan mirándome con unos ojos que parecían volver a la vida.

—Muchísimo mejor, gracias.

—Verá usted, Allan. Nos queda muy poco té, y muy poco tiempo de vida. Así que voy a ir al grano. Este lugar es el cementerio de los más ilustres próceres de nuestra raza. Los próceres que murieron en la batalla final en donde perdimos nuestro planeta, antes de convertirnos en vagabundos de las estrellas. Elegimos este planeta porque en ese momento estaba expresamente excluido en las zonas de guerras galácticas y los Vobrons, nuestros enemigos, no podían destruirlo, ni buscarnos aquí. Esencialmente, lo que sucedía es que la vida en este lugar no tenía entonces capacidad de viajes interplanetarios, y por lo tanto, estaba excluido por algo que se asemeja a las leyes de reserva ecológica que ustedes establecen en ciertas zonas de su biosfera. Ahora esto ha cambiado. Unos insensatos en su planeta han enviado un satélite muy primitivo en dirección de Aldebarán, con un mensaje que muestra la ubicación de su estrella madre. ¿Reconoce esto? —me dijo mostrándome una reproducción de la placa de una de las sondas espaciales envíadas en los setenta, con una mujer y un hombre desnudos, y un esquema del Sistema Solar.

—Sí, claro. Esa sonda fue muy famosa en mi infancia.

—La sonda ha llegado a la zona controlada por el imperio Vobron. Las coordenadas enviadas, la de los pulsares cercanos a este planeta, y los mensajes son inequívocamente una solicitud de contacto. Para las razas estelares, y especialmente para los Vobrons, significa que pueden ahora hacer contacto interestelar legalmente, e intentar civilizarlos. Es lo que estaban esperando, una oportunidad legal de invadirlos. Lo que en realidad quieren es desafiar un protocolo de protección que intentamos establecer para todas aquellas razas subyugadas y vulnerables a la implacable colonización por los Vobrons, para que no se repita lo que le pasó a nuestra raza. Y quieren además destruir nuestro cementerio, que es la mejor prueba que tenemos de su genocidio. Por eso hemos decidido hacer contacto, antes de que lleguen las razas asesinas. Vamos a trasladar los restos de nuestros ancestros a Titán, la luna de Júpiter donde habitan los eristeandos, que por suerte ha sido recientemente declarada reserva galáctica.

—¿Y qué puedo hacer yo?

—Puede actuar como representante del planeta y solicitar que la amnistía del contacto con las razas exteriores se prolongue por un tiempo prudencial.

—Pero yo no puedo representar a la raza humana. ¿Por qué tendría que ser yo?

—Porque nosotros podemos probar una conexión y una alianza emocional significativa con su estirpe a través del artefacto intelectual creado por su ancestro. Eso nos habilita para hacer una solicitud a la confederación galáctica en su nombre, solicitando que se demore el contacto oficial. Necesitamos además, una copia del libro en el cual su ancestro relata la primera caída de la Casa de Usher, para documentar la relación emocional entre nuestras razas.

—¿Cuánto tiempo va a demorar esa solicitud el contacto?

—Alrededor de unos cien años en su forma de medir el tiempo. Pero les va a dar cien años para prepararse para la invasión que tarde o temprano va a producirse. Sobre todo si siguen mandando mensajes al espacio.

—¿Y si no tenemos éxito?

—Serán conquistados. Destruidos, aniquilados, y posiblemente borrados de la memoria de la galaxia. Como mi raza. Unos pocos se convertirán en mascotas para los adolescentes Vobrons. Otros se convertirán en especimenes crionizados en el museo de la vida interplanetaria. Y el resto, en proteína para el zoológico de Ceres.

—Así, tan sencillo.

—Así de sencillo. Si he entendido bien la historia de este planeta, es lo que le ha sucedido aquí a innumerables sub-razas de su especie. Piense en los que vivían en este continente antes de la llegada de sus ancestros.

—Pero, ¿qué legitimidad tiene lo que diga yo?

—La legitimidad de que ha hecho contacto espiritual voluntario con una raza superior, la nuestra, y que voluntariamente ha pedido una moratoria para el permiso de contacto que ha solicitado el imperio Vobron en la corte interestelar de Alfa Centauro.

—Pero yo no soy el representante del gobierno de mi país, y menos aún de la raza humana.

—Lo es si decide serlo. Nosotros únicamente vamos a negociar con usted. Beba, beba un poco más de ese té, mientras yo le leo la solicitud que presentaremos en su nombre.

Volví a sorber un poco del té, lo que eliminó de alguna forma la premonición de que la casa se iba a caer. La proposición era simple, pedía una moratoria porque aún no estábamos suficientemente desarrollados como para integrarnos a la confederación galáctica. Sonaba razonable.

—¿Cómo sé que esto no es una trampa, que ustedes con este documento no se convierten en nuestros protectores, es decir, nuestros invasores?

—Espere un momento. Le voy a mostrar la historia de mi planeta. Póngase esto —me dijo alcanzándome una especie de anteojos y llamando de nuevo a la mujer con el agudo chillido.

La mujer entró de nuevo en la biblioteca, y una sensación de desazón inmensa invadió mi cuerpo.

—Acompáñeme —me dijo con una voz cavernosa.

Tomé el último sorbo del té, lo que me dio suficientes fuerzas como para seguirla por el tenebroso pasillo, hasta una ventana que daba al lago.

—Póngase los lentes, y mire directamente al agua —me ordenó Madeline.

Al ponerme los anteojos vi una flota de naves espaciales entrando en la atmósfera verdigrís de un planeta. La voz de Madeline me indicó lo que sospechaba: era la flota de los Vobrons, invadiéndolos. Una extraña ciudad, con edificios cónicos, era atacada. El edificio más grande caía, en lo que parecía una implosión. Madeline me confirmó que era la sede del gobierno. Agregó que, cuando mi bisabuelo presenció esas mismas imágenes en 1838, lo habían inspirado para escribir el cuento sobre la casa de Usher, donde se habían refugiado entonces. Las imágenes que siguieron eran escalofriantes. Seres vagamente humanoides eran perseguidos por otros seres, una mezcla de pulpos y de gusanos, que los engullían glotonamente, uno tras otro. Los pulpos luego entraban a las naves y vomitaban una especie de octaedros amarillentos. La voz de Madeline me informó que esos eran los mastines de los Vobrons, los terribles Xeriferos, una raza que esclavizaron para que procesaran las proteínas necesarias en la dieta Vobron. "Son como las abejas en su mundo", agregó la cavernosa voz de Madeline que parecía venir directamente de mi mente, "procesan las proteínas acumuladas en seres basados en el carbono y los hacen digeribles para los Vobrons". Ahí mismo pude ver a un Vobron. Parecía un caballo de mar con dos cabezas, y unas patas como de halcón. Tenía un solo ojo, entre las dos cabezas. El Vobron hundió sus dos cabezas en el octaedro, y Madeline me sacó los lentes. Me escoltó luego en silencio hasta la biblioteca.

—¿Se ha convencido? —preguntó Upashistan.

—¿Cómo sé que esto no es una trampa, que en realidad a ustedes les interesa solamente preservar el cementerio de su raza?

—Mire Allan, el cementerio va a ser trasladado a Titán apenas usted nos traiga una copia del libro de su ancestro. Algún día, esperamos poder repatriarlo a nuestro planeta. A eso hemos venido, a llevarnos los restos de nuestros antepasados antes de que ustedes dejen llegar a los Vobrons. Invadirlos no es lo que nos interesa, somos una raza pacífica. Pero además, queremos protegerlos. Si nos interesara solamente nuestro cementerio, simplemente nos habríamos llevado nuestros muertos durante la noche, sin necesidad de usar la preciosa energía de nuestra nave para reconstruir esta casa y traerlo a esta cita. Simplemente queremos retribuirles una amabilidad a su raza. En el momento en que nuestra nave llegó vencida, hace casi doscientos cincuenta años, pudimos establecernos por un tiempo en su planeta para recuperar las fuerzas antes de volver a pelear, esta vez con las armas legales, a nuestros enemigos. Si hubiéramos querido hacerles daño, se lo hubiéramos hecho ya. Su bisabuelo era un hombre razonable. Fue el único ser que escuchó sinceramente nuestra historia, y nos dio el consuelo que tanto necesitábamos entonces. Usted parece ser razonable también. De hecho, por lo que se puede leer en su mente, su trabajo es justamente el que yo le estoy proponiendo que nosotros hagamos por su raza: defender a los débiles.

—Así es —dije, sintiéndome extrañamente invadido.

—Bueno, firme.

—¿Y qué les digo a todos esos energúmenos que están afuera?

—Que simplemente vinimos a prevenirlos de una invasión. Que nos perdonen porque vamos a llevarnos un pedazo de la superficie de su planeta, donde están nuestros muertos. Que establezcan un gobierno mundial, que luchen por la paz y la igualdad de todos los seres sensibles en su planeta, para prepararse para la guerra que tarde o temprano va a llegar.

—Eso es utópico.

—Es utópico, pero es la única salida. Mientras haya miembros de su raza que mueren de hambre, o guerras innecesarias por recursos que podrían ser fácilmente compartidos, mientras maten a otros seres inteligentes para comer, están invitando una invasión de los Vobrons.

—No me van a creer, no me van escuchar.

—Si no le creen, o no lo escuchan, entonces simplemente les dice que vinimos a prevenirlos, y que usted negoció que nos fuéramos después de que recibió el mensaje.

—Está bien, como diga —le contesté, y firmé el papel.

—Ahora vaya y tráigame ese libro. No se olvide del suyo.

Salí afuera y caminé por el camino de piedra, hacia los soldados, que estaban todos alertas y con las armas listas. El jefe del Departamento de Estado y el Secretario General de las Naciones Unidas querían saber lo que había pasado. Y sobre todo, saber si eran los mismos extraterrestres que habían atacado a los chinos. Levanté el libro que me había dado Upashistan, y todos se callaron. Parecían invadidos por la misma melancolía de la casa.

—Necesito una copia del cuento de Edgar Allan Poe "La caída de la Casa de Usher". Es muy importante. ¿Lo han traído ya?

Entre las manos de los soldados, una copia de una antología de los cuentos de mi bisabuelo llegó a mis manos. Era una copia de la traducción española de los cuentos completos, traducidos por Julio Cortázar. Era la misma edición de la Universidad de Puerto Rico que mi abuela me había regalado cuando era niño. Al examinar el libro, vi que había un señalador celeste donde se iniciaba el cuento. Era el mismo señalador bordado que me había regalado mi abuela. Y el borde estaba rasgado cerca del nombre. Esa era mi copia. Volví a caminar el camino de piedra, con el corazón acongojado y una intensa angustia oprimiendo mi pecho.

Upashistan me esperaba en la puerta. Recibió el libro con un ligero gesto de placer, y me devolvió el señalador celeste. Luego se despidió de mí, abrazándome.

—Tenga valor, y esperemos que tengamos suerte en el tribunal de Alfa Centauro.

—Así lo espero —murmuré.

Miré hacia donde estaba Madeline, y la vi en la ventana, mirando el lago. Me miró y me saludó con la mano. La tristeza me invadió nuevamente. Con lágrimas en los ojos, llorando por ella, por mi abuela, y por todos los seres oprimidos del universo, caminé por el sendero de piedra a través de la niebla. Me esperaban, ansiosos el jefe del Departamento de Estado, el Secretario General de las Naciones Unidas, y el Comandante en Jefe del ejército.

—Van a irse, logré negociar que se fueran. Lo único que quieren es llevarse un pedazo de tierra de nuestro planeta. Y el libro que acabo de darles.

—¿Qué querían?

—Eso es muy largo de explicar.

Un ruido ensordecedor llenó la tierra. El agua del lago trepó por las paredes de la casa, envolviéndola. Y la casa se desarmó como un castillo de naipes que caen rápidamente. Un óvalo anaranjado se formó en el cielo y se elevó despacio. El terreno donde estaban la casa y el lago era ahora un inmenso cráter rectangular. El libro en mis manos temblaba mientras se alejaban. Cuando puse el señalador celeste adentro, me di cuenta de que estaba escrito en español.

—Prepare sus tropas, van a necesitar por lo menos un mes para tapar ese agujero —le dije al comandante poniéndole la mano en el hombro—. Nosotros necesitamos tener una larga conversación con el presidente, antes de convocar una reunión general de las Naciones Unidas.

—Usted es un héroe, Locke-González.

—No estoy muy seguro. Es situaciones como estas, uno nunca sabe para quién trabaja.

LA IMPRESORA

Manuel Winocur
Argentina, 1991

Julián Goldman está parado en la calle Los inmortales, frente a un gran terreno baldío donde el pasto crece brillante y parejo. Aguardaba ansioso, la mano en la frente a modo de visera para protegerse del sol, y estudia el terreno donde se levantará la casa que él mismo diseñó, con el asesoramiento de su amigo el arquitecto Luis Demonte. Repasa cada ambiente, cada mueble en su exacta disposición, tal como los recuerda del programa de simulación que utilizaron. Nunca presenció el fenómeno de la impresión a gran escala, muy popular en los últimos años, pero Demonte le aseguró que la casa quedará tal como se ve en la maqueta digital.

La Impresora 3D existe desde hace años, pero ahora, con los materiales más económicos, se volvió un fenómeno cotidiano. Por ejemplo, Goldman tiene en su departamento una moderna cafetera que Demonte diseñó para él y le envió por correo electrónico. Como él no puede permitirse una impresora personal, tuvo que llevarla a un local de impresión cerca del Centro. Él vive con su mujer y sus dos hijas en un departamento demasiado pequeño y lúgubre para su sueño de tener una vida tranquila en los suburbios, donde sus hijas puedan tener un perro, hacer fiestas con sus amigos o nadar en una piscina. Goldman se casó muy joven. Tenía un pequeño puesto en una empresa de software, de administrativo, pero su dedicación al fin le valió un aumento que ahora le permite comprarse una casa de LifePrint.

LifePrint, una compañía dedicada exclusivamente a las impresiones 3D, fue la primera en desarrollar una impresora de dimensiones colosales, con la que llevó a cabo los primeros proyectos de infraestructura impresa de la humanidad: viviendas económicas, prolijas, cuya construcción no demanda más que una tarde. Las casas de LifePrint tuvieron un éxito inmediato y se pusieron muy de moda en los lugares de veraneo, y en los suburbios, en la misma calle Los inmortales se ven, desde donde se encuentra Goldman, al menos tres casas impresas, reconocibles por su textura porosa y limpia, las paredes color pastel y sus líneas redondeadas. LifePrint ofrece la opción de diseñar uno mismo su casa soñada, y si bien la falta de habilidad de algunos autores queda en evidencia en otras creaciones de la misma calle, Goldman cuenta con la ayuda de Demonte, el arquitecto más inteligente y exitoso que él haya conocido; gracias a su habilidad, el sueño de Goldman se cumplirá hasta en el más mínimo detalle. Su amigo llega ahora, al mediodía, poco antes de que trasladen hasta allí la maquinaria de LifePrint.

—Vendrán en cualquier momento —dice Demonte—. ¿Has visto alguna vez la mega-impresora?

—No —dice Goldman—. Espero que no se retrasen...

—No hay apuro. ¿Y tu mujer y tus niñas?

—En casa de su tía Alberta, pasarán allí el fin de semana. Yo quería que vieran el nacimiento de nuestra nueva casa, pero María insistió en dejar que la máquina trabajara en paz. Te aseguro que ella está tan emocionada como yo por la mudanza, pero creo que el fenómeno de la impresión le da un poco de miedo, vaya uno a saber por qué.

—Es algo mágico. Si uno no sabe cómo funciona, pensaría en un milagro. Hasta yo, que conozco el mecanismo al detalle, no dejo de sorprenderme cuando la casa surge de la nada.

Si Demonte no trabaja en LifePrint, es solo porque no quiere. Maneja con habilidad los instrumentos de diseño de impresión, pero por alguna razón se niega a emplearse allí. Asegura que es mejor vivir en una casa de fabricación humana, porque si algo anda mal, al menos hay a quién echarle la culpa. Claro que el peligro de derrumbe de las casas de LifePrint es casi inexistente, pero de todos modos Demonte prefiere una casa de madera y ladrillo, que según él absorbe mejor el sonido.

—Si trabajaras en LifePrint, de seguro pronto ascenderías a gerente y ganarías mucho más.

—De hecho, me han ofrecido ese puesto el mismo día en que fuimos a hacer el diseño de tu casa, mientras estabas en el baño. Eso es lo que odio de las grandes corporaciones, son invasivas. No tengo nada contra ellas, pero detesto que me anden encima, que a cada paso que doy vea algún cartel o alguna casa que me recuerde que existen. Mira el horizonte, querido Goldman, allí se acerca la impresora.

Goldman da un salto de felicidad. Este es un momento clave en su vida. Desearía poder compartirlo con su familia, pero qué más da. Su amigo Demonte se encuentra con él, y pronto su casa mostrará todo su esplendor en esta calle soleada, donde el pasto crece brillante y parejo. A medida que la Impresora se acerca, crece la ansiedad de Goldman, quien experimenta una cierta decepción al advertir que en lugar de la maravillosa máquina lo que llega es una fila de cinco gigantescos camiones con el logo de LifePrint. Claro, piensa, la traen desmontada. De inmediato diez hombres bajan de los camiones y, mientras uno de ellos revisa sus papeles y le pide firmas a Goldman para completar el trámite burocrático, los otros comienzan a bajar la maquinaria y a ensamblarla. Demonte contempla pensativo el sector de pasto y aire que en pocas horas será ocupado por la construcción. Desde hace ya varios años que la Humanidad ha encontrado en la computadora su manera de expresión más cómoda y práctica, solo que ahora cuenta con el poder de llevarlo a la realidad. Como dice el slogan de LifePrint: "Un sueño impreso en el mundo real"

En menos de una hora la Impresora está lista. Consta de tres partes: en el fondo de la parcela han montado un gran reservorio donde se encuentran los cartuchos comprimidos de todos los materiales necesarios. Demonte le explica a Goldman que el programa de simulación calcula la cantidad exacta de cada componente: la argamasa de la pared, cobre para los cables, plástico, cemento y varios materiales sintéticos livianos para el techo y los muebles; la impresora cuenta además con brazos automatizados para instalar todas las placas de silicio de la computadora central de la casa, los televisores, equipos de música y artefactos electrónicos de cocina. Frente al reservorio de materiales, un enorme cubo de vidrio determina el lugar donde se emplazará la vivienda, y sobre este receptáculo se encuentra la Impresora misma: desde su techo de metal surgen brazos con pomos aplicadores para depositar el material, y otros brazos cumplen funciones diversas, cien o doscientas extremidades que ahora comienzan a moverse con la precisión de los nadadores sincronizados. Goldman pregunta:

—¿Es necesario el cubo de vidrio?

—Verás —dice Demonte—, todos los materiales están fundidos a altas temperaturas. Por eso no se puede usar la madera, o cualquier material que no pueda ser llevado a un estado líquido o viscoso. La Impresora crea todos los objetos desde cero, salvo por las placas de silicio, y por eso necesita plena libertad para moldear. Para que las estructuras no se desmoronen es necesario que los materiales se solidifiquen al instante, y para eso se utiliza un gas helado que no conozco bien. Durante el proceso, algunos brazos largan ese gas, que enfría y solidifica el material. Imaginarás que no se puede permitir que ese gas se expanda, sería peligrosísimo…

Con el proceso de Impresión en marcha, los diez empleados de LifePrint se ponen a beber un refresco y a jugar a las cartas en el pasto, junto al emplazamiento. Uno de ellos se acerca a Goldman y le ofrece un par de sillas para que puedan sentarse a mirar la impresión. Goldman le pregunta a su amigo por qué el cubo que detiene el gas es de vidrio y no de algún otro material más resistente, y Demonte le dice que gran parte de la gracia, y del negocio de LifePrint, está en el espectáculo.

A la orden de un director invisible, los brazos se despliegan y estiran para comenzar a imprimir la base de la vivienda. Los pomos aplicadores dejan finísimas capas de material con frenética precisión; delinean las bases del edificio, los contornos de las tuberías y los cableados subterráneos que de a poco comienzan a insinuar su forma definitiva. Varios brazos tubulares, que se mueven a la par de los pomos aplicadores, largan pequeñas e intensas bocanadas de un humo celeste que pronto invade todo el cubo de cristal; ahora los brazos se ocultan y resurgen entre el humo celeste, fantasmas maquínicos que se mueven en una perfecta sincronía practicada miles de veces; debajo de ellos, la casa se levanta de a poco, capa por capa. Como la pared frontal está algo rezagada, los espectadores pueden ver cómo se forman los muebles, las sillas y mesas, desde sus patas hasta la última capa horizontal de material, como si se levantara un telón invisible que las cubriera. Los brazos más finos se deslizan entre los otros para insertar con cuidado las placas de silicio en las paredes; luego, un pomo recubre la pared de material; luego el humo celeste los solidifica, y todo sucede en cuestión de minutos. Goldman no se permite ni siquiera pestañear, le tiembla el pulso, no quiere perder ni un solo detalle de lo que sucede ante sus ojos. Un rato después, acostumbrado al movimiento de la máquina, puede observar mejor los detalles, puede ver como los brazos se mueven en un entramado de rieles dispuestos en el techo metálico de la máquina: cruzan varias veces las mismas intersecciones sin nunca chocarse, y siempre llegan a tiempo para largar el gas helado, o para aplicar una fina capa de material que brinde los toques finales a algún mueble de la casa. De pronto, a otra orden del director invisible, todos los brazos se detienen por un instante, vuelven a su posición inicial, y vuelven a abocarse a su trabajo. Terminado así el primer piso, pasan al segundo. Cuando el humo se hace demasiado denso y la pared frontal ya oculta el segundo piso, Goldman pierde la concentración y parte del interés.

–¿Cuánto tiempo más llevará?

—Dos horas más, supongo —dice Demonte—. Cuando termine la impresión hay que esperar que desagote todo el gas, y los técnicos tienen que corroborar que la computadora central funcione bien.

—¿Es necesario?

—Es protocolar, para tranquilizar a la gente. Que yo sepa, nunca hubo que hacer ningún ajuste.

—Tal vez haya otras personas, además de mi mujer, que le tienen miedo a la impresión...

—Puede ser, hay gente para todo…

—¡Qué locura! ¿No viste cómo se mueven esas patas de araña? La máquina es infalible, el hombre no.

—Pero el hombre crea la máquina. De lo imperfecto, solo puede nacer algo imperfecto.

—No te pongas filosófico. La impresora no es algo vivo, es pura ecuación. Si no se puede confiar en las matemáticas, entonces no hay nada seguro en el mundo. Vamos, te invito a tomar algo.

Luego de comprobar con los empleados de LifePrint que el proceso tomará unas horas más, Goldman arranca su auto. Él y Demonte deciden almorzar en el centro comercial. Ya es mediodía, volverán cuando acabe la impresión.

Dos horas y media después la casa está lista, el gas celeste desagotado por completo, y la máquina desarmada y prolijamente guardada en los cinco camiones de LifePrint. Tras haber completado los últimos trámites, Goldman puede al fin entrar a su casa, seguido por Demonte que camina con cuidado, como con temor.

Todo está en su sitio. Goldman, encantado, examina las habitaciones y el resto de los ambientes, los muebles de resina y sus cajones que se abren por primera vez. Demonte, por su parte, revisa la computadora central, ubicada en el primer piso, un nuevo modelo con reconocimiento de voz, y una interfase más simple y amigable para los usuarios cotidianos; el software, programado por una computadora a su vez programada para desarrollar algo más adecuado para el propietario. ¿Cómo sabe la computadora qué es lo mejor para el ser humano? No lo sabe. Sabe qué es lo más cómodo, que no es lo mismo. En ciertos momentos de la vida de una persona sea acaso mejor no estar demasiado cómodo, pero la computadora nunca podría llegar a una conclusión así. Goldman, visiblemente agitado, se asoma por la puerta del comedor:

—Subí rápido, Luis. En mi habitación hay algo extraño.

Más allá de las blancas escaleras y de un blanco pasillo se encuentra el cuarto de Goldman: una ventana, un escritorio provisto de una computadora, paredes verde manzana y un armario del mismo color, todo prolijamente ordenado. Goldman señala dentro del armario: allí, bajo las perchas nunca utilizadas, hay una impresora. No cualquier impresora: una réplica exacta de la máquina de LifePrint, del tamaño de un perro grande, ocupada en imprimir una casa a toda velocidad, un modelo a escala de lo que presenciaron en las últimas horas. Lo que se imprime dentro del armario es una casa idéntica a la de Goldman, una suerte de maqueta. El humo celeste, los brazos metálicos todo es igual. Goldman dice:

–Que broma tan extraña…

–Imposible –dice su amigo–. La gente de LifePrint nunca invertiría su dinero en tonterías.

–Pensé que el programa de simulación calculaba solo el material necesario.

–Así es, pero por precaución la empresa siempre lleva algo de más. Que yo sepa, nunca hizo falta. Quizá los empleados de LifePrint ni se fijaron…

Ahora, en el placard, la impresora está por llegar al segundo piso. Lo único que difiere de la impresión real es la ausencia de placas de silicio: los pequeños brazos mecánicos, eternamente programados para hacer un trabajo inútil, insertan placas invisibles en los agujeros que luego se llenan de material. Goldman dice:

–No puede ser un error, el programa no tiene la información necesaria para imprimir esto, debe ser la ocurrencia de alguien…

–Tiene que ser un error –dice Demonte–, por más que las posibilidades sean mínimas. La mega-impresora debe contener los planos de su propia fabricación; de hecho, ella misma fue impresa por otras máquinas de Lifeprint, claro que por partes. Si bien es físicamente capaz de replicarse, no sé cómo habrá obtenido los detalles de su propia estructura… es como… me parece ridículo decirlo, pero es como si fuera consciente de su propia existencia.

–Ahora te estás poniendo filosófico en serio. ¿Qué posibilidades hay de que una máquina así desarrolle una conciencia de sí misma?

–No sabría decirlo, pero lo cierto es que se replica ante nuestros ojos. Si fuera un ser vivo, o un virus…

–¡Pero no lo es!

–Parece una locura, pero quizá haya adquirido una suerte de instinto, algo básico en el reino animal, el de multiplicarse tantas veces como pueda. Pero no, tienes razón, seguro que alguien se equivocó en la etapa de desarrollo, en el programa de simulación. Soy yo quien busca una historia fantástica donde no hay más que errores humanos.

Goldman, hipnotizado frente a la impresión en miniatura, se imagina a sí mismo y a su amigo muy pequeños, sentados en el césped de la calle Los inmortales, atentos al milagro. Lo ve como desde afuera y por alguna razón piensa que toda la situación es estúpida; se siente irritado, estafado. Demonte anuncia que debe ir a hacer trámites en el Centro y se retira. Goldman piensa que en realidad se ha ganado una impresora gratis que tal vez pueda utilizar en el futuro, y evitar así las largas colas en los locales de LifePrint. Decide darse un baño para relajarse.

El cuarto baño es celeste, con azulejos brillantes de resina inmaculada que, como toda la casa, parecen montes de plástico sólido. Goldman se desnuda, se recuesta en la bañera y cierra los ojos. Para probar el sistema de computación central, dicta sus órdenes: ducha tibia, bastante presión. Piensa en lo mucho que les gustaría a sus hijas jugar con la computadora central, corretear por la casa y apagar y encender las luces de cada ambiente con solo aplaudir.

Pero algo anda mal. Sobre su cuerpo se derraman densas gotas de algo viscoso que le quema la piel; de la canilla tampoco sale agua, sino más de ese líquido opaco. Goldman intenta escapar, pero no lo consigue: sus pies están pegados al fondo de la bañera, porque el material se solidifica al contacto. El dolor es tan intenso que Goldman lo siente tan solo unos pocos segundos, hasta que se apagan sus terminaciones nerviosas. Intenta sacudir manos y pies, pero no puede liberarse. La ducha dispara ahora con regularidad una lluvia de material oscuro, que Goldman reconoce como una de las mezclas que alimentan la impresora de LifePrint. La lluvia le cae en pleno rostro, le quema los ojos y la boca, el pecho, para luego dispersase y solidificase. Desesperado, Goldman lucha por una bocanada de aire, mientras el cuarto de baño empieza a llenarse de ese infame humo celeste. A pocos segundos del fin, recuerda lo conversado con Demonte, recuerda tres cosas que dijo su amigo, y llega a tres conclusiones:

1) La impresora contiene los detalles de su propia fabricación.
2) La impresora es consciente de su propia existencia.
3) La impresora intentará replicarse cuantas veces pueda.

YO TAMBIÉN SOY HIJO DE PEDRO PÁRAMO

Yonnier Torres Rodríguez
Cuba, 1981

A Elizabeth,
por presentarme a Juan Rulfo de cuerpo completo

1. Vine a la Tierra porque me dijeron que acá vivía mi padre, un tal Pedro Páramo.

Mi madre lo dijo y me sostuvo la mirada con solidez durante un par de minutos. Luego suspiró. En el mirar y en el suspiro, se le fueron las pocas fuerzas que le quedaban. Yo le prometí que vendría a verlo en cuanto ella muriera.

Con un dedo señaló la mesita de noche. Dentro guardaba un sobre blanco con todos sus ahorros, el nombre de una ciudad y una fotografía vieja, carcomida por los bordes, amarillenta, parecida a esas que descansan en los estantes de cristal del museo universitario.

—¿Este es mi padre? —le pregunté.

Ella asintió. El tipo era muy diferente a como yo lo imaginaba. En realidad no me parecía tanto a él, quizás en la forma de las cejas o en la tristeza de los ojos, esos ojos de vaca maltratada por la sequía.

—¿Esta es el lugar donde vive? —volví a preguntar.

Ella asintió nuevamente con una caída lenta de los ojos.

—La Habana —dije en voz baja—, nunca oí hablar de tal sitio.

Apreté las manos de mi madre. Ella estaba por morirse; yo en plan de prometerlo todo.

Acerqué el oído a sus labios.

—No dejes de ir —dijo en un susurro—, estoy segura que le dará gusto conocerte. Cóbrale caro el abandono de todos estos años.

No pude hacer otra cosa, dije que lo haría; y de tanto, lo seguí diciendo aún después que llegaron los ángeles de la muerte, con sus uniformes azules, sus bolsas de nylon y sus talones de firma.

Al principio pensé no cumplir la promesa. De todas formas ya mi madre estaba muerta. A mi padre nunca lo conocí, nunca me hizo falta. Un viaje me vendría fatal. Mi empresa estaba a punto de ser inspeccionada. Debía terminar todos los informes, procesar los datos y reemplazar los medios básicos en desuso desde la última revisión del inventario.

De no haber sido por la rebaja de plantillas, el despido y el desamparo, nunca hubiera puesto un pie en la Agencia de Viajes Interespaciales.

Cuando uno no tiene nada qué hacer, la cabeza se le llena de ideas tontas. Estuve dos semanas tirado en el sofá, enganchado de la cerveza, los partidos de fútbol, las revistas de autos y la página desierta del periódico donde debían aparecer las ofertas de empleo. Se me revolvieron los sueños, comencé a darle vueltas a las ilusiones y se comenzó a formar un universo alrededor de la esperanza que era aquel señor llamado Pedro Páramo, el marido de mi madre.

Establecí una lista de prioridades. Saqué cuentas, racioné los ahorros. Recordé que hacía tres años no tomaba vacaciones. Hice las maletas y ahora estoy en la Habana, dentro de una cueva demasiado húmeda, demasiado incómoda, incluso para un turista poco exigente, como yo.

Mi compartimento no es estrecho. De una pared a la otra debe haber alrededor de cinco metros, quizás un poco más. He encontrado una roca que sobresale y sirve de almohada, incluso he logrado soñar mientras duermo; pero en cuanto amanece me atacan los dolores de espalda y un hambre voraz me golpea el esternón.

2. Después de hacer la cola en la Agencia me dijeron que no había viajes directos hacia la Tierra. La nave principal solo llegaba hasta Júpiter. Una vez allí podría alquilar una cabina independiente de mediana velocidad.

—¿Cómo es posible? –pregunté– Hasta hace unos años había naves para todas partes, incluso los precios no eran tan altos.

—Antes los viajes eran subsidiados por el Estado. Estamos en crisis, ¿o es que no ve la televisión?

En realidad de la televisión lo único que yo veía eran los partidos de fútbol.

—Usted no se preocupe. Desde Júpiter hasta la Tierra hay solo tres días de camino. Las cabinas son amplias y muy baratas. Casi nadie las usa. Para serle sincera, en la Tierra no hay nada interesante. Si yo fuera usted, tomaría una reservación en el balneario de Júpiter, sus playas son las mejores del Universo.

—Deme un pasaje, luego veré qué hago –le dije mientras las personas en la cola comenzaban a protestar por mi tardanza frente a la ventanilla de reservaciones.

El boleto incluía varios servicios en cuanto abordara la nave: horarios de piscina, noches de cabaret, mesa buffet para desayuno, almuerzo y comida, e incluso sesiones de peluquería y gimnasio.

Los cuatro días de viaje fueron una maravilla: conocí a tres chicas que montaron en Urano para bajar en Saturno, a una pareja que celebraba veinte años de casados, a un escritor de Neptuno que se ganó el viaje como premio de un concurso literario sobre el cuidado del medio ambiente, y a un tipo muy raro, que como yo, iba hacia la Tierra y se sentaba cada día a mi mesa del desayuno para darme consejos y hacerme preguntas.

3. Cada vez que está a punto de oscurecer y el viento frío del norte cubre toda la cueva, recuerdo nuestras conversaciones, los avisos que intentó darme para que desistiera del viaje y me quedara en Júpiter, a la orilla del mar, tomando whisky con hielo, mirando a las chicas pasar con sus cortos trajes de baño, leyendo una novela (o haciendo las tres cosas a la vez).

—Será mi último viaje —dijo el primer día mientras untaba mantequilla a una rebanada de pan, el negocio va cada vez peor, en la Tierra el mercado no existe, nadie compra, nadie vende. Las lluvias de fuego son cada vez más largas y repentinas. No deberías ir, te aburrirás por completo.

A ratos miraba hacia la pared, me describía las calles desoladas, el viento del día arrastrando las llamas hacia los edificios cubiertos de hollín, la ausencia del agua y la arena del desierto regada en todo el planeta. Podía ver en sus ojos una especie de nostalgia, un pequeño brillo allá dentro, que se encendía de a poco, para luego volverse a apagar. Le pedí que me disculpara un minuto, fui hasta las bandejas de helados, cubrí todo un plato y, cuando regresé, me dijo:

—De todos modos, ¿qué va a hacer en la Tierra?, si se puede saber.

—Voy a la Habana, quiero conocer a mi padre.

—Ah —exclamó el tipo. Tomó otra rebanada de pan y hundió la lanceta en la vasija de la mantequilla.

—Se alegrará de verlo —dijo—, hace mucho que nadie va por la Habana. Seguro se alegrará de verlo.

Cuando terminé el helado fui por un poco de pastel de chocolate. El tipo se marchó a su habitación y cada mañana, durante los cuatro días que duró el viaje, repetimos la misma conversación, me hacía las mismas preguntas, yo le daba las mismas respuestas.

El último día llevé al desayuno una jaba de nylon. La llené de provisiones, debía ahorrar lo suficiente para mi estancia en el Aeropuerto Interespacial de Júpiter. Me habían dicho que la comida allí era carísima y no sabía a ciencia cierta cuanto tardaría en conseguir una cabina independiente hacia la Tierra.

El tipo acomodó una silla frente a mí, trajo en su plato varias rebanadas de pan, una mantequillera y comenzó la conversación. Al rato me preguntó:

—¿Qué sabe usted de su padre?

—No lo conozco, solo sé que se llama Pedro Páramo.

—Ah —exclamó el tipo y después de unos minutos, cuando anunciaron por los altavoces que aterrizaríamos en un par de horas, dijo:

—Yo también soy hijo de Pedro Páramo.

—¿Lo conoce?

—Es un rencor vivo.

—¿Dónde lo puedo encontrar?

—Pedro Páramo murió hace mucho tiempo.

Se levantó de la mesa.

Tomé mi jaba de nylon y le dije:

—Compartamos una cabina individual. A fin de cuentas vamos para el mismo sitio.

4. A veces la luz de la luna se mete en la cueva y me atrevo a sacar mis piernas a la superficie. Solo entonces tengo un rato de sosiego. Me atrevo incluso a formular preguntas de carácter existencial y contar las horas que faltan para mi regreso.

En el Aeropuerto de Júpiter el bullicio era insoportable. El tipo me dijo que debíamos comprar unos cubos de conversión.

—En la Tierra ya no queda agua.

—¿Allá no llueve?

—Llueve fuego, sobre todo en los meses de verano, sobre todo en la Habana, cuando el sol está más cerca. Estos cubos convierten la tierra y la piedra en agua. Tienen en el fondo una resistencia que se rompe con facilidad, es recomendable comprar varias de repuesto.

Anduve con mi carrito por los pasillos del supermercado. Compré dos cubos, varias resistencias y unos paquetes de refresco instantáneo que hace años no veía en ningún sitio. Alquilamos una cabina de mediana velocidad y tres días de viaje fueron suficientes para que el tipo me contara toda su vida:

La pobreza, los viajes a Saturno en busca de productos para revender, el alcoholismo de la madre, la responsabilidad de cuidar a sus dos hermanos y los años entre el fuego de la tierra, la aridez de los cerros y el desamparo en la Habana. Me mostró incluso la foto que conservaba de Pedro Páramo, carcomida por los bordes, amarillenta, muy parecida a la mía, muy parecida a las que descansan en los estantes de cristal del museo universitario.

Cuando llegamos a la Habana me dijo que él debía seguir para Santiago. Alquilaría un caballo de hierro, regresaría dentro de siete lunas.

Le pedí que me indicara dónde encontrar una posada, un hotel o una taberna. Le pedí que me indicara dónde encontrar noticias sobre la vida de mi padre. Me aconsejó que preguntara por Eduviges, ella tenía una buena cueva.

—Ya en la Habana no quedan posadas, hoteles o tabernas. Las cuevas son los sitios más seguros. Allí las lluvias de fuego no podrán hacerte daño. Eduviges siempre les arrienda compartimentos a turistas, quizás tenga lugar para ti.

Se despidió con un saludo de la mano. Me quedé al centro de la plaza desierta. Empujé la cabina hacia un rincón, la cubrí con la coraza de hierro, activé la recarga de energía e ingresé la clave de seguridad.

Dentro de siete días estará lista, pensé, y con mi java de nylon al hombro salí a preguntar por la arrendataria.

5. Al fondo de la Plaza encontré una iglesia derruida, la cúpula ardía y el altar estaba cubierto de cenizas. Dentro, un sacerdote, o quizás un obispo, o un cura (no sabría decir con precisión, desconozco por completo el significado de los símbolos en la vestimenta religiosa de la Habana) rezaba frente a la imagen del Cristo crucificado. El rostro de Cristo estaba todo negro y la mitad de una pierna se había caído al suelo. Me acerqué despacio e interrumpiendo sus rezos, le pregunté si conocía a una tal Eduviges. Se puso de pie, casi sin mirarme señaló los altos ventanales. Detrás se levantaba un cerro inmenso, agujereado de cuevas, como una colmena.

El sacerdote (obispo o cura) se arrodilló a los pies de Cristo, continuó sus rezos. Por unos segundos tuve deseos de imitarlo, pero no he rezado nunca, no sabría cómo hacerlo. Le di las gracias y caminé hacia el cerro sorteando las llamas que cubrían el camino.

Esa era una mañana de mucho calor, me parecía estar en la punta de un volcán, en las fauces del infierno. Saqué un pañuelo que traía en el bolsillo, me sequé la frente, el cuello. Las gotas de sudor rodaban por mi espalda. Traía la camisa empapada. La botella de agua ya estaba vacía. Decidí recoger algunas piedras para convertirlas en cuanto tomara un descanso.

En la base del cerro dormitaba un hombre. Le pregunté por la cueva de Eduviges, me dijo que estaba allá en lo alto, a trecientos metros.

—Yo soy guía de turismo —dijo luego—, mi trabajo es subir a la gente. ¿De dónde vienes?

—De Plutón.

—Lejos, muy lejos —sacó una pequeña agenda, tomó un lapicero de su bolsillo y dijo—: escribe aquí tu nombre, número de pasaporte y firma al lado. Quédate con el comprobante.

El hombre comenzó a subir, lo seguí de cerca. Me aconsejó agarrarme de algunas matas chamuscadas que salían de entre las piedras, dejando dentro todas sus raíces. Cuando cubrimos los primeros cien metros le pedí un descanso. Nos sentamos sobre una roca e intenté mirar hacia abajo.

—Nunca hagas eso —me dijo—, a partir de ahora el camino se pone peor.

Miré hacia arriba, casi no había matas para agarrarse.

—Tendremos que escalar a mano limpia.

Me mostró las suyas, las palmas eran duras como roca. Le quité la tapa al cubo, eché dentro algunas piedras, llené la botella de agua y le brindé un poco al hombre.

—Guárdela para usted. Yo nunca bebo en la subida.

—¿Cuántas veces has subido?

—Muchas, demasiadas. Pero en los últimos tiempos casi no vienen turistas. La Habana ha perdido sus atractivos. ¿Quién le recomendó que se arrendara donde Eduviges?

—Un viajero interespacial. Trae y lleva mercancías de un sitio al otro.

Le di santos y señas de mi acompañante.

—Me suena que su amigo es Abundio. Un buen tipo, siempre le enviaba turistas a Eduviges. Ella era muy generosa y le pagada buenas comisiones. Lástima que haya muerto, y de esa forma tan triste, en que morimos la mayoría de los que vivimos en la Tierra.

—Seguro se confunde –le dije–, justo hoy mi amigo tomó un caballo de hierro hacia Santiago.

—Santiago fue tragado por las llamas.

—Quizás entonces regrese antes.

—Abundio murió hace mucho tiempo –dijo el guía y con una seña de la mano me hizo entender que seguiríamos escalando.

6. Hoy recuerdo con exactitud toda la subida. A veces me paro en el borde de la cueva, miro hacia abajo y me pregunto cómo haré para llegar a la base, cuando se cumplan los siete días y mi cabina esté lista.

Cerca de los doscientos metros nos agarró la noche. Entramos a una pequeña cueva abandonada.

—Continuaremos al amanecer. Trate de dormir un poco –dijo el hombre.

Lo intenté, pero el lugar era muy frío. Nunca antes había dormido sobre rocas. El guía notó mi inconformidad.

—¿Cuánto tiempo piensa estar en la Habana?

—Solo una semana. Vine a conocer a mi padre pero me han dicho que ha muerto. Quiero saber algo de su vida. Creo que Eduviges lo conoció.

—Eduviges ha conocido a todo el mundo. ¿Cómo se llama su padre?

—Pedro Páramo –le dije.

—Ah –exclamó el tipo. Luego hizo silencio. Desde algún lugar llegaban los ladridos de un perro. Se oía el crepitar de la cúpula en la iglesia y el viento que movía las matas chamuscadas del cerro.

—Yo también soy hijo de Pedro Páramo –dijo

—¿Lo conoció?

—Era pura maldad.

—¿Qué me puede contar de él?

—Pedro Páramo murió hace mucho tiempo. Solo conservo este retrato –me mostró una foto carcomida por los bordes, amarillenta, parecida a la de Abundio, a la mía, a las que descansan en los estantes de cristal del museo universitario.

Durante el resto de la noche el guía me contó su vida. Los vagos recuerdos que le quedaban de su madre y de su infancia en Cienfuegos, una ciudad que colindaba con el mar.

—¿Cómo es el mar? –le pregunté

—¿Nunca lo ha visto?

—Solo en las fotografías del museo universitario.

—¿En Plutón no existe el mar?

—No.

—En la Tierra tampoco —respondió.

Pude notar su nostalgia en el vaho caliente que se desprendía de la cueva, pude ver en el fondo de sus ojos un pequeño brillo, como una luz tenue que se apaga de a poco.

7. Los últimos cien metros fueron el tramo más difícil. Cuando llegamos a la entrada de la cueva, el hombre me pidió que volviera a firmar.

—Eduviges debe estar al fondo, ya casi es la hora del almuerzo.

Sin dar tiempo a despedidas, comenzó a bajar.

Caminé por el interior de la cueva. A ambos lados había pequeños cuartos donde se movían algunas sombras. Una mujer me salió al paso:

—¿Quién anda ahí? —preguntó.

—Necesito ver a la señora Eduviges.

—Soy yo.

La mujer debía pasar de los sesenta años, tenía la piel delgada, el cabello cenizo, hablaba con un deje de tristeza y por mucho que lo intenté no pude ver sus ojos.

Me entregó una de las mejores habitaciones. Después de tomar los datos, le conté los motivos de mi viaje:

—Entonces tú eres el hijo de Dolores, yo sabía que ibas a venir.

—¿Cómo lo sabía? —le pregunté.

—Los hijos de Pedro Páramo siempre vienen a la Habana. Quieren saber algo de su vida. Me preguntan, les cuento. Luego se vuelven a ir.

Le dije que había conocido a dos, uno estaba para Santiago, el otro trabajaba en la base del cerro como guía de turismo.

—En la base del cerro siempre ha trabajado Terencio. Un buen tipo.

Le di santos y señas del guía.

—Ese mismo es, pero no debió haberte subido. No debiste confiar en él.

—¿Acaso no dice usted que es un buen tipo?

—Terencio murió hace mucho tiempo.

Durante toda la tarde Eduviges habló sobre mi padre, también sobre mi madre y la amistad entre ellas. Me dijo que nunca supo en realidad por qué Dolores se fue a un sitio tan lejano.

88

—Es cierto que la Habana tiene sus males: esta sequía, las lluvias de fuego y la desolación; pero la Tierra de uno es la Tierra de uno y siempre se regresa, aunque sea con el pensamiento.

—Mi madre nunca habló de la Habana, ni de usted, ni siquiera de Pedro Páramo.

—Tu madre debió olvidar muchas cosas, debió sufrir. Siempre que se olvida, se sufre.

8. Comienza a amanecer, la luz se clava en las paredes de la cueva. Despierto, pero mantengo los ojos cerrados. Se han cumplido los siete días. Mi cabina debe estar lista. Eduviges me ha contado todo sobre mi padre, aun así creo que el viaje ha sido una pérdida de tiempo.

Tomo el cubo, echo dentro algunas piedras y enciendo el botón de conversión. Escucho unos ruidos en el fondo de la cueva.

—¿Eduviges, eres tú?

—No, yo soy Damiana.

Una chica de pelo negro y piel muy blanca, casi transparente, camina por el suelo, recuesta la espalda a la pared, en un sitio que aún el sol no había ocupado y me mira con sus ojos de vidrio.

—¿Quién eres? —pregunta.

Le cuento los motivos de mi viaje. Le digo que estoy por irme. Me asomo al borde de la cueva y una vez más me pregunto cómo haré para bajar hasta la base del cerro.

—Llévame contigo, por favor, no soporto un día más en la Habana.

Intento decirle que la cabina es pequeña, quizás quepan dos, pero para tres personas el sitio es muy estrecho:

—Estoy esperando a un viajero, a un amigo que debe regresar hoy de Santiago.

—Santiago está bajo las llamas —me dice—, tu amigo no va a regresar. Llévame, por favor, aquí no tengo futuro. Haré lo que tú quieras. Estoy tan cansada. No quiero morir de sed, como mueren los que se quedan en la Habana.

La chica me vuelve a mirar con sus ojos de vidrio, acerca sus labios a mi oído e intenta clavarme las ideas: "a veces creo que el fuego me corre por las venas, que me voy a desmoronar, como si fuera un montón de piedras".

Le pregunto si tiene pasaporte, permiso de viaje. Le digo que traficar personas de un planeta al otro es ilegal, a ella la devolverían, a mí me podrían meter preso.

Sus labios se pegan más a mi oído, me lame la oreja. Su lengua es como papel de lija.

–Yo puedo ayudarte a bajar el cerro, si intentas hacerlo tú solo, te caerás por la pendiente.

Miro hacia abajo, la chica tiene razón, le digo que la llevaré:

–Haremos el intento. Antes debo despedirme de Eduviges.

–¿Eduviges dices?

–Sí, ella me contó todo sobre mi padre.

–Sobre Pedro Páramo.

–¿Cómo lo sabes?

–Eduviges siempre hablaba sobre Pedro Páramo. Era un tipo famoso, una mala hierba. ¿Dónde viste a Eduviges?

–Aquí, en esta cueva.

–La pobre, murió hace mucho tiempo. Su alma aún debe estar penando.

9. Bajamos el cerro. Damiana va delante, marca el camino. En la base encontramos a Terencio, dormita bajo el ala ancha de su sombrero.

–No lo despiertes –me dice la chica–, los hijos de Pedro Páramo no son gente de confiar.

Bordeamos los charcos de lava. Cruzamos la iglesia, por unos segúndos tengo deseos de hablar con el sacerdote (obispo o cura), pedirle su bendición, pero nunca le he pedido la bendición a nadie, no sabría cómo hacerlo.

La cabina está justo en el lugar dónde la había dejado. Ingreso la clave de seguridad, nos acomodamos dentro y le digo a Damiana que debemos esperar al menos un par de horas por mi amigo.

Miro hacia el horizonte, pero no veo ningún caballo de hierro, en realidad nunca he visto un caballo de hierro, no sabría cómo identificarlo.

–Tenemos que irnos –me dice Damiana–, pronto va a llover. Si nos agarran las llamas, no podremos salir.

Vuelvo a mirar al horizonte. Cierro la última compuerta.

Despegamos.

Damiana se queda en un rincón, me mira con sus ojos de vidrio. Su mirada es densa, abrazadora, como si yo fuera un cuerpo inerte y sus ojos el desamparo.

10. El bullicio en el aeropuerto de Júpiter es ensordecedor. Le digo a la chica que se escurra entre las filas, que nos veremos afuera. Entrego mi pasaporte, le ponen el cuño. Espero a Damiana durante un par de horas y no aparece. Voy hasta el centro de información. Le pido a la Pantalla Insomne que muestre las imágenes de las cámaras de seguridad. No veo a la chica en ninguna parte. Digo en voz alta su nombre y le pido a la Pantalla una búsqueda completa.

—Debe ingresar los apellidos —me dice—, una búsqueda por nombre simple es muy larga.

—Prueba con Páramo, por favor, con Damiana Páramo.

En la Pantalla aparece una foto de la chica.

—Damiana Páramo murió hace tres años —dice la Pantalla—. Murió de sed, como mueren las personas en La Habana.

Camino despacio hacia afuera. Alguien entra al aeropuerto y reparte catálogos del balneario. Miro el mar, la imagen es muy parecida a las que descansan en los estantes de cristal del museo universitario.

Pido un taxi.

Le digo al chófer que conduzca hasta la playa.

Me dejo caer sobre el asiento trasero del auto y me comienzo a desmoronar, como si fuera un montón de piedras.

FINALISTAS

ABUSOS HORARIOS

Javier Debarnot
España, 1976

Marcos repasó por enésima vez en su billete los horarios de los vuelos Buenos Aires-Roma y Roma-Madrid. Y volvió a maldecir por la eterna escala de seis horas en el aeropuerto de la capital italiana. "Algo inventaré", se resignó para adentro ya despojado de su equipaje. Sintiéndose ágil y liviano al solo cargar una mochila y los tickets de embarque, se sentó en su asiento 19-J sin saber que esa libertad tenía las horas contadas.

—Levante sus manos y póngalas detrás de la cabeza, ¡ahora! —le gritó un policía español. Casi en simultáneo, otro agente más grandote lo tiraba con rudeza contra una de las paredes de la terminal internacional de Barajas. Marcos intentó un casi tartamudo pedido de explicación, pero sus súplicas no se hicieron eco en los oídos de la ley y al cabo de pocos minutos ya estaba en una comisaría de Madrid.

—Está arrestado por el asesinato de un hombre en Roma, tiene derecho a un abogado —así, con esa exacta, escueta y escalofriante frase fue recibido en el destacamento policial.

Había tenido un viaje sin mayores sobresaltos. Había llegado a Italia y pasado la tediosa escala en tierra entre lectura y tabaco, con cinco cigarrillos fumados compulsivamente en las salas destinadas a tal fin. El vuelo Roma-Madrid se le había consumido como un video clip comparado con el trayecto largo con el que cruzó el Atlántico desde Argentina. Y de golpe, los tres policías armados hasta los dientes esperándolo en el aeropuerto de Madrid, culpándolo de haber matado a un tipo en un centro comercial italiano.

Después de la desesperación inicial, Marcos se calmó porque estaba convencido de que se trataba de un error, uno de esos bien grandes. Pero la tranquilidad le duró poco más que un parpadeo cuando un policía tiró un par de fotos sobre la mesa del comisario. En ambas, no solo se lo veía claramente a Marcos, sino que también se advertía que la víctima no era una persona ajena al presunto asesino. Era un hombre que había compartido el trayecto largo del vuelo con él, ubicado en la fila

18 junto a su mujer. Y supuestamente, el acusado lo había acribillado con tres balazos en el estacionamiento del shopping "Porta Di Roma".

—Tenemos a varios testigos que dicen haberlo visto discutir con él en el avión. Hombre, está en graves problemas —lo desmoronó un oficial mientras sorbía su café—, por no decir que no lo salva ni Dios.

Era lo único que Marcos no podía negar. Las dos cosas. Que no lo salvaba ni Cristo ni que el entredicho con la víctima Francesco Zibaldi no había existido. Mientras sobrevolaban todavía territorio brasileño, el inicio de todo fue un cruce de miradas entre él y la bellísima mujer del italiano. Pero no había sido un intercambio visual cualquiera. Después de un comentario acerca del lugar disponible en el maletero superior, la exuberante Isabella le sonrió a Marcos mientras lo fulminaba con sus ojos color miel. Y Francesco captó esa escena con la precisión quirúrgica de un enfermo de celos.

—*Ma´* qué extraño, un argentino creyéndose el *piu bello* de la aeronave.

—¿Perdón, creyéndose qué?

—Mejor calla y dejemos *aquesta* discusión aquí, que ya no se me canta seguir parlando contigo.

—Se está confundiendo…

—Pero te digo que calle … ¡Oigan! —gritó llamando la atención de veinte pasajeros a la redonda— Tengan *tutto* el cuidado con este argentino que le agrada la *dona* del prójimo —y se sentó sin decir más.

A Marcos no le importó en ese momento que el italiano tuviera físico de jugador de rugby y se le hubiera abalanzado con un derechazo directo al pómulo. Pero lo que lo detuvo fue tomar conciencia de cuán poco atinado sería iniciar una pelea a 14 000 pies de altura faltando ocho horas para llegar a destino. Entonces se sentó callado, mordió los labios y, de haber sido posible, hubiera usado una de esas bolsas de papel que se guardan en el asiento de adelante para devolver toda la bronca que se le revolvía en el estómago. Todo por culpa de ese gorila metido en el cuerpo de un italiano que lo había dejado en ridículo con tanto viaje por delante.

—Les juro que todo quedó ahí. Jamás volví a dirigirle la palabra ni a tener contacto con este tal Francesco —se deshacía en explicaciones ante los policías, aunque no podía dejar de admitir que el tipo que se veía disparándole a la víctima en el centro comercial era muy parecido a él, además de estar exactamente igual de vestido. Mismo peinado, misma contextura física, mismo todo. Un escalofriante calco de Marcos pero en versión asesina.

Sin tiempo para más reclamos ni explicaciones, y debido a los incesantes pedidos de la Justicia italiana exigiendo la presencia del acusado para "tirarlo a los leones", el joven argentino fue extraditado. A pocos días del crimen ya se encontraba en un juzgado de la zona céntrica de Roma, aguardando por una impiadosa sentencia. La prensa sensacionalista hablaba de 30 años de prisión, argumentándose en una supuesta premeditación y sangre fría para ajusticiar a Francesco por la espalda. En cada telediario se recalcaba la intachable conducta de la víctima, pintándolo casi como el "Gandhi genovés".

El día del juicio llegó muy pronto para Marcos. Apenas había conocido al abogado que le proporcionó el poder judicial italiano, un profesional de las leyes cuya defensa pendía de una leve brisa para desmoronarse, como un castillo de naipes armado junto a una ventana abierta de cara a una ventosa avenida. No pudo conseguir ni siquiera a una persona que atestiguará haber visto a Marcos en el aeropuerto de Fiumiccino. O alguien que declarara que el acusado estuvo todo ese tiempo leyendo, y no enfrascado en una venganza absurda y exagerada que lo llevaría a matar a Zibaldi con la saña de un asesino sicótico.

Cuando todo iba encaminado hacia una inapelable sentencia condenatoria para Marcos, apareció un hombre cargando varias carpetas. Captando la atención de la sala, subió al estrado como testigo de la defensa, presentándose como el Dr. Furlang, un científico español con una extensa trayectoria en el exterior que incluía prestigiosas universidades norteamericanas. Eran las cuatro de la tarde cuando, en perfecto castellano, comenzó su exposición que iba siendo traducida al italiano casi en simultáneo.

—Antes de empezar mi argumentación les pido algo sencillo a todos los que están en la sala: juez, abogados, jurado y periodistas. Les pido que miren la hora en su reloj. ¿Verdad que son las cuatro y veinticinco de la tarde? Pues miren, me voy a acercar al acusado y le voy a preguntar qué hora registra su reloj. Juro que esto no está preparado.

—Sé que son las cuatro y media, pero en mi reloj son las once y veintisiete de la mañana —contestó el joven sin saber hacia dónde llevaba todo eso.

—Claro —continuó convincentemente Furlang—, Marcos conserva todavía la hora correspondiente a Argentina, de donde salió hace tres días. Y les informo que, por si no hicieron la cuenta, la diferencia son 5 horas. Supongo que la mayoría de ustedes habrá hecho un viaje en avión que implicara un cambio en los husos horarios. Cuando se vuela de oriente hacia occidente, hay que ir disminuyendo horas. Por el

97

contrario, cuando vamos de occidente hacia oriente, las horas hay que añadirlas. En este último caso, quizás alguno se haya preguntado alguna vez: "¿y a dónde van esas horas que me salteo? ¿quién me las devuelve?". Ahora mismo les voy a dar la respuesta: nadie devuelve esas horas, como se imaginarán, pero prepárense para escuchar una revelación que solo conocen los organismos de inteligencia más poderosos del mundo.

El doctor Furlang continuó con su exposición, sintiendo que cada una de sus palabras sonaba firme en los oídos de todos.

—El cuerpo humano no está preparado para esa "sustracción" de un período de tiempo superior a las dos horas. Es antinatural para los parámetros de evolución temporal de cada uno de los microorganismos y células del individuo, y por lo tanto, cuando se producen estos bruscos cambios de husos horarios, se manifiesta una importante serie de malestares que van desde problemas de circulación, coágulos, trombosis, y paros cardiorrespiratorios, que por supuesto pueden conducir hasta la muerte. Este fenómeno conocido como el Síndrome de Jet Lag fue descubierto con los primeros vuelos transatlánticos que datan de principios de siglo. Hubo cientos de víctimas mortales y a punto estuvo de desatarse un escándalo que seguramente hubiera cambiado el curso y la historia de la aviación comercial. Pero todo gran problema tiene una gran solución, que se traduce en la cantidad de ceros que le dan forma a una cifra millonaria. Los gobiernos más poderosos le dieron el ultimátum a las compañías aéreas: debían solucionar este grave inconveniente, y entonces éstas le pagaron millones de dólares a un grupo de los más prestigiosos científicos, para que idearan la forma de evitar el mortal Síndrome de Jet Lag —culminó esa frase Furlang y hábilmente dejó pasar unos segundos que acrecentaron la ansiedad de los presentes.

—Estos genios lo lograron, y como todos los grandes genios, fueron adelantados a su época. Después de diversos estudios donde exploraron teorías de física cuántica y cuarta dimensión, llegaron a una conclusión: lo más viable para evitar todos los síntomas que les mencioné sería crear un desdoblamiento de la materia en el propio ser humano. Dicho en términos no científicos, para que todos puedan entenderlo, sería como una especie de "alter ego" pero tangible; un clon, diríamos en los tiempos que corren. ¿Para qué? Para que absorba esos malestares que se pueden producir debido al abrupto salto temporal, dejando ileso al organismo original que reaccionará como si nunca hubiera pasado nada. Pero la pregunta que todos ustedes estarán pensando es:

¿cómo hacer que se desdoble el organismo dejando salir a ese clon que se quedará con los probables virus? La respuesta es tan simple como sorprendente: con un impulso electromagnético.

Eran casi las cinco cuando los periodistas italianos, argentinos y españoles tenían la inconfundible percepción de que estaban ante la noticia de la semana. Seguramente desde la puerta del juzgado abrirían la transmisión en vivo todos los informativos. Mientras tanto, el doctor proseguía.

—Hay una norma vigente dentro de la Ley Internacional de Aviación. Por supuesto que es ultra secreta y sé que voy a tener problemas por revelarla, pero la cuestión es que esta norma rige la instalación en toda aeronave comercial de un dispositivo conocido en la jerga como JLN, que son las siglas de Jet Lag Neutralize. Todos los que han volado sabrán que, antes de despegar, desde la cabina se les pide a los pasajeros que desconecten todo artefacto electrónico para que no interfiera con los instrumentos de comando. Les informo que es todo una fachada —subía y bajaba el tono Furlang, con la habilidad de un maestro de ceremonias—. Es verdad que es fundamental que no haya interferencias, pero no para despegar sino para calibrar el JLN. Este sistema electromagnético está conectado a la base de todos los asientos, y con solo oprimir un botón, produce el efecto buscado.

—Cuando se está volando a gran altura, promediando el trayecto, es el momento adecuado para liberar del JLN las imperceptibles pero potentes descargas que provocarán en cada persona el desdoblamiento de su materia orgánica. Es en ese instante donde, para decirlo gráficamente, todos los clones abandonan sus cuerpos o envases originales y se materializan en el espacio físico real. Y entonces debo aclararles algo crucial en todo este accionar: en los instantes previos a esta situación, siempre se simula alguna turbulencia para que todos los pasajeros se pongan el cinturón de seguridad. Por tal motivo, cuando viene la descarga y nace cada clon, éste intenta separarse del cuerpo que lo contenía pero choca contra el mecanismo de seguridad, y en ese rebote vuelve inmediatamente a formar parte de su cuerpo mentor, por así decirle. Esta transición dura centésimas de segundo, pero es suficiente para que el clon haya absorbido y liberado todos los síntomas del salto temporal. Nadie se da cuenta, nadie sufre, y el vuelo continúa como si nada hubiera pasado.

Por primera vez en un cuarto de hora, intervino el juez de la causa aprovechando la pausa que intencionalmente había hecho el doctor.

—Señor Furlang —arrancó firme y ofuscado—, no tengo palabras, o más bien podría hablar de delirio, ciencia ficción, etcétera, etcétera, para describir todo lo que usted acaba de contar. Pero en el caso de que tuviera un mínimo asidero, ¿qué es lo que nos quiere transmitir concerniente al crimen que cometió el señor Marcos Di Salvo?

—Pues que por algún motivo, está claro que Marcos no tenía puesto el cinturón en la transición de la que les hablé. Su alter ego salió de su cuerpo y nunca volvió a formar parte de él. Entonces, este clon de Marcos resultó invisible en los primeros instantes pero luego se fue materializando tangiblemente hasta tener volumen, forma, peso… vamos, hasta ser una réplica exacta. Y a nivel intelectual, es al igual que la parte física, un desdoblamiento de la psiquis del individuo, pero con un exacerbamiento de los más bajos instintos, léase violencia, rabia, pasión, venganza. Cada clon que escapa tiene dos objetivos: primero no ser descubierto por su modelo original y, segundo, cumplir con un deseo reprimido de este último.

En ese preciso instante Marcos se sirvió el tercer vaso de agua y se lo bebió, aunque le hubiera venido mejor echárselo en la cara para reaccionar. Estaba como atontado.

—Para resumirles: el clon de Marcos permaneció oculto durante lo que quedó del trayecto hasta Roma. Quizás se escondió en el baño, o fue a ocupar algún asiento libre en otro sector del avión. De alguna forma burló la vigilancia en el aeropuerto y ganó la calle. Siguió a Francesco Zibaldi hasta su barrio, consiguió un arma y simplemente esperó el momento propicio para ajusticiarlo, todo esto mientras el Marcos original, éste que aquí vemos —lo señalaba ampulosamente—, estaba tranquilo esperando que se consumiera su escala en Fiumiccino y luego iba a seguir su vuelo rumbo a Madrid. Su único pecado pudo haber sido pensar, luego de la discusión con Zibaldi, "que mataría a ese tipo". Pero que yo sepa, y me dirijo al jurado, no pueden juzgar a nadie por un arrebato de malas intenciones. Si no, no existirían cárceles en el mundo que pudieran contenernos a todos nosotros, ¿no? —Furlang tomó una bocanada de aire y volvió a arrancar con más firmeza que nunca— Marcos Di Salvo es absolutamente inocente del cargo del que se le acusa, y pido en este mismo momento que sea absuelto y que pongan todos los servicios de inteligencia y seguridad en pos de atrapar al verdadero asesino, es decir, su clon o alter ego. Esto es todo lo que tengo para decirles. Muchas gracias.

Marcos fue condenado por homicidio calificado a los pocos minutos. Y al doctor Furlang lo internaron en un neuropsiquiátrico ubicado en las afueras de Turín. La prensa italiana quedó satisfecha porque al joven le cayó todo el peso de la ley: veintisiete años de prisión en una cárcel de máxima seguridad, considerada de las más duras de Roma. A poco estuvo Marcos de estallar en un brote de locura cuando le comunicaron la sentencia. Su abogado ni atinó a pedir una apelación, al menos durante esa jornada que se recordaría como "el día del circo más desopilante de la historia judicial italiana".

Meses más tarde, Marcos ya se había malacostumbrado a su nueva vida. Una rutina que no se le desea ni al peor enemigo, su día a día en el pabellón condimentado con los peores ingredientes que puedan imaginarse: maltratos, vejaciones, soledad y pérdida de esperanza. Y no pasaba una sola noche en la que antes de conciliar el sueño no se preguntara qué había ocurrido en aquel vuelo y en aquella escala maldita. Ningún médico pudo comprobar algún tipo de síndrome de doble personalidad ni nada por el estilo. Él no podía más que negar que hubiera asesinado a Zibaldi, pero nadie le daba crédito y era tratado como un lunático desequilibrado.

Una mañana volvía del patio y se dirigía a la cocina donde cumplía sus labores de limpieza, pero un guardia lo interceptó a medio camino.

—Oye, argentino maricón —se le mofaba el policía más inescrupuloso de la prisión—, tienes una visita, dirígete ahora mismo al despacho del alcalde.

El recluso dejó la pila de trapos que iba cargando y, sorprendido, modificó el trayecto mientras iba nutriéndose de incertidumbre y ansiedad, porque jamás habían ido a verlo. En eso estaba Marcos, turbado en sus intrigantes pensamientos cuando el guardia le gritó desde el pasillo.

—Por cierto, no sabía que tenías un hermano gemelo.

CÁNCER

Manuel Urrutia Messina
Chile, 1981

> *"¡Maldito creador! ¿Por qué me hiciste vivir?*
> *¿Por qué no perdí en aquel momento*
> *la llama de la existencia*
> *que tan imprudentemente encendiste?"*
> *Frankenstein*
> Mary W. Shelley

Las definiciones se suceden una a la otra repitiendo una y otra vez lo mismo, en resumen, basta con que solo una célula de nuestro cuerpo, una unidad de nuestro organismo, ínfima, microscópica, insignificante comparada a la gran masa de células que nos compone, pero basta que una de ellas por algún motivo (acá las explicaciones son varias, pasando por conjunto de genes defectuosos hasta los efectos ambientales sobre la expresión de los mismos) pierda el control, deje de hacer lo que debería hacer y comience a multiplicarse sin parar, sin que las innumerables señales que controlan nuestras funciones le digan que lo haga y peor aún, sin hacer caso a las señales de alto que el organismo pueda enviar sobre ella.

Con el tiempo ya no tenemos una célula, se ha multiplicado a tal nivel que sin darnos cuenta son cientos, esos cientos pronto serán miles y antes de que podamos presentar algún signo de enfermedad, serán millares. Cuando el tumor, esta masa deforme sin función fisiológica, sin identidad (un verdadero alien que se ha gestado dentro de nosotros mismos y con nuestros propios genes) ya no puede crecer más, algunas de estas células ya malignas lo abandonan viajando por nuestro sistema, listas para multiplicarse en otro sitio, en otro órgano, lejano a su origen, pero casi siempre mortal, este es el paso que la medicina describe como "metástasis". Es un proceso complejo, que determina el paso de una célula normal a una célula en verdad monstruosa, no solo por su arquitectura irregular, sino que también por sus capacidades, se divide sin importar lo que ocurra, aun si los nutrientes escasean, sigue dividiéndose y sus hermanas van muriendo en el proceso para dar paso a nuevos monstruos microscópicos, que se dividirán y por falta de nutrientes morirán, pero sus descendientes seguirán el proceso, en una cadena sin fin que se repetirá hasta que ya no quede nada en el pobre desdichado que las alberga, hasta llevar a la muerte a quien les diera origen.

He aquí donde quiero iniciar este relato, el relato de mi vida, del terrible destino que me llevó a perderlo todo por este demonio y por la necia ambición de intentar conquistarlo. Si estás leyendo esto, te lo pido, no confíes en nadie, podría ser cualquiera.

Para el 2001 ya había perdido a mi padre y hermano mayor producto el primero de un cáncer de próstata que se lo llevó de manera fulminante y el segundo de una leucemia que no lo abandonó desde que tenía seis años. Ese mismo año a mi madre le diagnosticaron cáncer de mamas, el cual resultó, pese a las estadísticas, devastador.

Mi rabia se enfocaba no solo en contra de la enfermedad sino también en los científicos, todos aquellos en el mundo que no habían podido dar con las claves para erradicar este mal. Me explico, en 1953 el investigador C.H Waddington, tras años de estudiar algunas cualidades genéticas en animales y también en personas enfermas, se dio cuenta que siempre existía un componente ambiental, uno muy fuerte, capaz de determinar el color en ciertos ratoncitos de laboratorio o la presencia o ausencia de una determinada enfermedad en los seres humanos. No fue hasta el 2001 que con la finalización del ambicioso proyecto del genoma humano que los investigadores se dieron cuenta que lo que Waddington había nombrado como "epigenetica" era la clave para entender la genética. Fue algo como esto: "Terminamos el genoma humano" "Y, ¿cómo funciona? ¿Ya podemos curar todas las enfermedades?" y bueno, la respuesta fue un rotundo NO, no era posible solo con el mapa del genoma determinar la expresión de los genes, es más, los famosos "genes basura", término utilizado para denominar los espacios del genoma que no eran codificantes, que por años se pensaba que no servían de nada, considerados meros errores en el tejido de la evolución, eran en verdad códigos claves del sistema, no codificaban como los otros genes, pero estos intrones (regiones no codificantes del genoma) eran esenciales para que los exones (regiones codificantes) se expresaran o no se expresaran... y aquí viene la peor parte de la historia, estos intrones, son controlados por el ambiente, sí, así como lees, lo que fumas, lo que bebes, el ejercicio que haces, las horas tras la pantalla, el tiempo que duermes, el cómo duermes, el cómo vives, relajado, estresado, en resumen TODO es lo que comanda el cómo se expresaran tus genes, entonces ¿Qué paso con la gran esperanza del genoma? Pues que quedo en muy poco, ahora había que descifrar el epigenoma, y este es mucho más complejo ¿Cuántos

103

factores ambientales son capaces de interactuar con el epigenoma? La respuesta: incontables.

Para mi quedaba claro que la incompetencia de los investigadores, su arrogancia, jamás nos dejaría ver la verdad sobre estas células malignas, tendría que hacerlo yo mismo. Los años pasaron y me encontraba ya desesperado por hallar la cura al cáncer, ya había perdido a toda mi familia por la maldita enfermedad y ahora me enteraba que mi novia, con la que tenía pensado pasar el resto mi vida también era víctima del temido monstruo.

Los médicos intentaban tranquilizarnos con la esperanza de vida mejorada que existía con la enfermedad, con los exitosos nuevos tratamientos y con todo eso que yo no quería escuchar, recuerdo que aquel día, el oncólogo adivinando mi pesimismo se tomó más del tiempo necesario para intentar calmar mi angustia, sí, la mía más que la de ella, porque era mi cara la que parecía estar muriendo. Sin embargo a los esfuerzos del especialista, yo solo escuchaba CÁNCER, una y otra vez, esa palabra y todo lo que sabía al respecto. Repasaba sistemáticamente lo que hacíamos: no fumábamos para evitar enfermar, corríamos 45 minutos todos los días para mejorar la circulación y la capacidad antioxidante natural de nuestros cuerpos, no comíamos grasas para evitar su capacidad oxidante, no bebíamos ni comíamos en exceso, hacíamos yoga tres veces por semana para librarnos del estrés… todo para nada… algo en el ambiente, algo en sus genes había decidido convertir a una sola de sus células en un demonio que creció sin piedad hasta invadir su cuerpo.

Las semanas pasaban y la cosa iba a peor, el tumor ya extirpado daba claras muestras de malignidad y ahora comenzaba la famosa y desagradable quimioterapia. Aquí hay que aclarar un poco en que consiste. Verán, ya que las células malignas son básicamente células nuestras, es imposible o casi imposible crear un fármaco que sea capaz de eliminarlas solo a ellas, entonces lo que se hace es dar un fármaco (una batería de ellos) que lo que hacen es inhibir la maquinaria de división celular… ¿De qué células? DE TODAS nuestras células, es por eso que esta terapia es tan agresiva, al intentar matar el tumor, de paso vamos matando a nuestras células normales, así es como se cae el cabello, todo hace mal al estómago, hay vómitos y sangramientos… o sea que con la esperanza de destruir al desgraciado, vamos destruyendo al paciente y cruzando los dedos para que el paciente sea más fuerte que el cáncer.

En esa etapa estaba ella, yo, bueno yo seguía investigando cultivos celulares, buscando una droga que solo matara a la bestia y no a la bella, leyendo artículo tras artículo que me diera una pista para poder salvarla, estaba convencido que los médicos no podrían hacerlo, tal como con mi familia, la medicina conocida me fallaría una vez más.

Fue en una de esas charlas de ñoños donde encontré la que creía sería la respuesta definitiva, el cambio de enfoque que necesitaba. Dos estudiantes estaban discutiendo sobre la posibilidad de que un súper héroe fuese real o no, sus poderes incluían regeneración inmediata, lo que lo hacía prácticamente inmortal al tener tal capacidad. Algo hizo "click" en mi cabeza. Todos los investigadores buscábamos formas de vencer al cáncer, de atacarlo y destruirlo, pero todo lo que entendíamos de él nos decía que era prácticamente indestructible, mientras tuviese nutrientes, se seguiría dividiendo por siempre, es más, hay cultivos de células cancerosas sacadas de pacientes que murieron hace más de cincuenta años y sus células siguen vivas y multiplicándose, usándose como modelo de estudio en distintas partes del mundo. Quizás esa era la respuesta, no atacarlo, no destruirlo, sino que controlarlo.

Esa noche me quedé en el laboratorio estudiando y pensando en las posibilidades, usar el mayor mal que ha conocido el hombre en su beneficio, una pierna amputada, no importa, la podemos hacer crecer de nuevo, problemas neurodegenerativos, no importa, podemos regenerar las neuronas. Oh sí, estaba extasiado ante las posibilidades, tanto que por un momento olvidé que mi novia se encontraba batallando por su vida en ese mismo momento.

Los meses que siguieron no fueron fáciles para ella, la enfermedad avanzaba sin piedad, agotándola y secándola desde dentro. Sus vivaces ojos se desteñían ante mí, yo por mi parte me encontraba cada vez más alejado de ella, refugiado en mi trabajo, en mis adelantos, secretamente, había dado con grandes respuestas para controlar las malvadas células, me quedaba trabajando en las noches, para que nadie más viera lo que hacía, no quería que algún comité académico me censurara antes de poder llegar a una conclusión convincente. Gracias a vitaminas como el ácido fólico, que es capaz de alterar la expresión de los genes, y otros elementos como algunos metales pesados, pude llegar a controlar la taza de multiplicación en los cultivos, en otras palabras estaba controlando la enfermedad. Claro que por lo radical del tratamiento era imposible aún aplicarlo en seres vivos, pero yo no contaba con tanto tiempo ni paciencia, así que una vez más a escondidas comencé a provocar la enfermedad en ratas de laboratorio, no fue sencillo y la gran mayoría moría producto de los tumores. Después de probar distintas dosis y tratamientos, al cabo de unos meses había conseguido reproducir y controlar el cáncer en tres especímenes. Superando mis expectativas, los animales no solo podían sobrevivir a las infecciones bacterianas que les inoculaba, sino que además eran capaces de regenerar miembros, tal y como lo había soñado, en verdad no esperaba resultados como esos en tan poco tiempo. Pero como dije, el cáncer se multiplica a gran velocidad y aunque tenía controlada esa parte, los animales mantenían un metabolismo muy acelerado, comiendo hasta tres veces lo normal. Una tarde tuve que salir de urgencia, mi novia había tenido un problema en la sesión de quimioterapia y corrí a verla, ella lucía cansada y entonces me di cuenta que estaba muriendo, no le quedaba mucho tiempo, los tratamientos médicos estaban fallando y la enfermedad estaba ganando la batalla. Por primera vez en meses sostuve su mano y pedí perdón por estar tan alejado, ella ni siquiera se inmuto, me sonrió como si me comprendiera y a la vez como si me perdonara.

En ese momento entendí que tenía que salvarla, ella no aguantaría más, no podría esperar que perfeccionara la técnica, tenía que arriesgarme, tenía que perfeccionarla en ella.

Los días siguientes trabajé contra reloj, como un autómata sin preocuparme en los que me rodeaban, nadie me preguntaba nada por suerte, conociendo la situación de mi novia, las personas me dejaban tranquilo, me daban mi "espacio". Tomé los cultivos transformados junto a las vitaminas y tóxicos necesario, calculé la dosis con una relación en base al área corporal de las ratas y un ser humano, consciente de lo simplón del cálculo. Al final, cuando ella estaba en su tratamiento, espere que durmiera producto del cansancio, que no hubiese enfermeras cerca e introduje por el suero, directo a sus venas todo lo que había hecho, cruzando los dedos porque surtiera efecto, tal como con las ratas.

Los días pasaron y me olvidé por completo del laboratorio, no me alejé de mi novia en lo absoluto, esperando que el milagro, mi milagro, ocurriera.

El milagro se efectuó cuatro días después de mi intervención, despertó radiante, la sombra de la muerte que estaba en su mirada había desaparecido, su calva cabeza mostraba una incipiente cabellera y todo en ella era VIDA, vida y hambre.

Con la quimioterapia comer le resultaba doloroso, ahora no paraba de hacerlo, impresionando a las enfermeras y a los médicos que no se explicaban tal cambio de ánimo, a los siete días le hicieron nuevos exámenes para ver el avance de la enfermedad, con incredulidad se dieron cuenta que esta había desaparecido casi por completo, todos estaban sorprendidos, menos yo, quien había no destruido a la enfermedad, la había controlado, convertido en algo nuevo, algo que podría no solo salvar vidas sino que llevar a la humanidad entera a una nueva era, mi era.

Mirando hacia atrás me doy cuenta que mi deseo de salvarla a ella se vio opacado por mi ego acrecentado ante mi descubrimiento, que tonto fui.

Abandonó el hospital en poco tiempo, ya no eran necesarias las sesiones de quimioterapia, ella era otra persona, más fuerte, más vivaz y más hambrienta.

Volví al laboratorio para encontrar una extraña sorpresa en el bioterio. Solo estaba uno de los animales, los otros no aparecían por ninguna parte, pensé en un robo, algo muy común entre investigadores, pero entonces miré a la rata fijamente, la note más grande y con un tinte rojizo en su hocico y patas, cuando me acerqué a la jaula la rata se lanzó hacia mi derribando su prisión, mis reflejos fueron rápidos y pude saltar hacia atrás evitando el ataque de aquel hambriento ser. Hambre, eso era, me había olvidado de esa voraz hambre que tenían, les había dejado suficiente comida para varios días, suficiente si fuesen animales normales y no lo eran, ahora aquella rata era la única sobre-viviente, la victoriosa que había devorado a sus hermanas. Corrí a cerrar la puerta del bioterio, intentando contener a la nueva bestia, no podía dejar que escapara. Con sus capacidades sería un serio problema si llegaba al exterior.

Me puse atento, intentando encontrar al animal, pero no tuve que hacerlo, él me encontró a mí. Se lanzó a mi cara dispuesto a terminar conmigo, a devorarme tal como lo hizo con sus hermanas. Desnuqué al animal y contemplé con terror cómo volvía a la vida, vi entonces mi creación por lo que era, un monstruo inmortal y hambriento, insa-ciable. Enjaularlo nuevamente me costó toda mi fuerza física y me dejó los brazos y manos llenos de arañazos y mordidas. Le di a la rata kilos y kilos de alimento, pero no parecía satisfecha, al cabo de unas horas no quedaba alimento que darle y el hambre crecía en ella, podía verlo en su mirada, estaba lista para comerme si no encontraba más comida.

Agarré la jaula y desesperado corrí hacia el incinerador, equipo que la universidad ocupaba para desechar materiales orgánicos hacía unos años, había escuchado de uno de los conserjes que aún funcionaba. Sin que me vieran lo puse en marcha y arrojé el animal con todo y jaula dentro de las llamas. Le vi moverse e intentar escapar, vi su cuerpo quemarse y regenerarse al mismo tiempo que los huesos se negaban a calcinarse y volverse cenizas, vi el fruto de mi trabajo amenazando mi existencia.

Llegué a casa de madrugada, cansado y herido, mi corazón latía a toda capacidad y mi mente solo podía pensar en una cosa, mi novia.

La encontré sentada en la mesa de la cocina, comiendo, sin detenerse en los modales, comía con las manos, devoraba como si en eso se le fuese la vida, la puerta de refrigerador abierta y el aparato que en la mañana estaba lleno, ahora estaba vacío. Sus ojos no eran los de mi chica, eran algo más, apenas y me miró, continuó comiendo ignorando mi presencia. Hice ademan de acercarme, pero entonces se movió inquieta, su mirada fija sobre mí. Por un momento pensé que se avergonzaba de su estado, de su forma de comer como un animal, pero no, pronto entendí que estaba igual que la rata, hambrienta, cegada por ello y que ahora mismo me observaba como un contrincante, como alguien que podía quitarle su comida. Di un paso hacia atrás y ella pareció relajarse, sin dejar de vigilarme continuó devorando los huevos crudos, con todo y cáscara.

Salí de la casa y caminé sin pensarlo hacia algún minmarket, de esos abiertos las 24 horas, necesiaba comprar más comida, necesitaba mantenerla satisfecha, necesitaba evitar que el hambre la llevara a cometer una locura. Volví a casa con las manos cargadas, ella parecía normal, más tranquila, la encontré limpiándose el rostro y arreglándose el cabello, que a esas alturas ya había crecido, en poco tiempo lo tenía tan largo como antes de la enfermedad, incluso más. Me fijé en sus uñas, largas y gruesas y le tuve miedo, por primera vez.

Pasaron los días y parecía cada vez más normal, su apetito era terrible, pero me preocupaba de mantener grandes cantidades de comida en casa, cosa que nunca le faltara que comer, ella por su parte se comportaba bien, no hablamos de aquella noche y ella no parecía preocuparse por lo rápido que le crecía el cabello y las uñas, simplemente los cortaba a diario, para mantener un largo decente.

Nuestras vidas transcurrían como la de cualquier pareja normal, con la salvedad de que ella consumía grandes cantidades de comida y cada vez que lo hacía se volvía como aquella vez, peligrosa, muy peligrosa. Yo comía fuera de casa, ella dentro, para no toparnos en esos momentos. Empecé a notar más cambios, cambios que a mi novia no parecían preocuparle, ya no dormía, varias veces desperté en medio de la noche y ella se encontraba viendo televisión o sumergida en saciar su hambre. Cuando se lo comenté, dijo simplemente "no tengo sueño, no estoy cansada" y la respuesta debía ser suficiente porque no le interesaba ahondar más en el tema, por mi parte yo cada vez estaba más preocupado y también dormía menos, ahora al ver sus uñas tan largas y gruesas, temía por mi vida, temía ser devorado por su hambre.

El primero en desaparecer fue el labrador de los vecinos, un perro muy amigable y juguetón. La pequeña hija del matrimonio de al lado vino a vernos y a preguntarnos por su mascota, llevaba varias noches sin volver a casa. Un escalofrío recorrió mi espalda y mis ojos fueron directamente a la que alguna vez fue la mujer de mi vida.

Cuando vi su mirada ya no tenía dudas, lo peor era ver a quien iba dirigida.

—No, lo siento pequeña, no lo hemos visto— y cerré la puerta con rapidez, temeroso de que la bestia que ocupaba el cuerpo de mi amada saltara sobre esa pequeña niña engulléndola en el acto.

Cada vez más me ausentaba del trabajo, tenía miedo de dejarla mucho tiempo sola, fue uno de esos días en que tuve que ir a trabajar por una urgencia en el laboratorio que volviendo a casa vi a una patrulla estacionada frente a la entrada de mis vecinos, la mujer lloraba desesperada y el padre se veía pálido mientras conversaba con los oficiales, a mi alrededor, los demás vecinos cuchicheaban y la palabra "desaparecida" se escuchaba en cada conversación.

—¿Dónde está? —pregunté apenas entré a casa y la vi sentada frente al televisor.

—Tranquilo, nunca la encontraran —me respondió, sin dejar de mirar la pantalla, sin siquiera negar lo sucedido, entendiendo de inmediato mi pregunta, con terror entendí que ese ser sentado en mi sala era el mismo cáncer que intenté controlar.

—No puedes seguir con esto… está mal… tienes comida… tienes…

—¿Suficiente? —me miró fijamente, con unos ojos brillantes, no los de una persona, ojos vacíos como de muñeca— Nunca es suficiente para mi querido, pensé que ya lo habías entendido.

Di un paso hacia atrás, iría de prisa al laboratorio, buscaría algún sedante y la detendría, quizás si la cortaba en pedazos podría meterla en el incinerador. Ella, el monstruo pareció leer mis intenciones, con una rapidez que no era humana se levantó del sillón y saltó sobre mí arrinconándome contra la pared.

—¿A dónde irás?

—A… ninguna parte… a buscar comida.

Olisqueó mi cuello sin apartar su mirada de mí, sus grandes uñas se clavaban en mis brazos.

—Te esperare, querido.

Suavizó el agarre y me dejo ir. El monstruo era astuto, desconfiaba de mí pero, por alguna razón, no se decidía a devorarme ¿Acaso algo de ella seguía con vida?

Tomé todo el tranquilizante que pude del laboratorio, no estaba seguro de cuánto necesitaría, luego pasé por la tienda y compré mucha comida, más que la que había comprado antes, necesitaba distraerla con aquello que más deseaba.

La casa estaba tranquila, calmada, la sensación de sentirme observado era fuerte, un presentimiento de que en cualquier momento el monstruo se abalanzaría sobre mí desde las sombras. Encendí cada luz de la casa buscándolo, pero no lo encontré por ninguna parte.

La tercera en desaparecer, bueno la tercera persona que yo conociera en desaparecer fue mi suegra. Habían pasado seis meses desde la desaparición de mí novia y nadie la había visto, sus familiares y amigos se desesperaron buscándola, los médicos pensaban que era alguna depresión producto del cáncer y los más pesimistas creían que la enfermedad había vuelto y que ella había decidido morir sola sin molestar a nadie, solo yo conocía la verdad, la verdad que no me dejaba dormir tranquilo por las noches, siempre temiendo que el monstruo volviera por mí y acabara con mi vida.

Mi suegra me llamó ese domingo para decirme lo feliz que estaba, que su pequeña había vuelto y que ahora tomaba un té con ella. Aterrado le pedí que saliera de la casa, que se escondiera, pero no escuchó, o mejor dicho, no alcanzó a escuchar, la llamada se cortó y luego, nadie volvió a ver a la mujer.

El siguiente fue mi cuñado, su hermano mayor. Exactamente la misma situación, él me llamó feliz para decirme que su hermana había vuelto, el mismo juego enfermizo donde no podía advertirles del peligro. "¿A qué juegas?", le grité al teléfono aquel día, no hace falta decirlo, pero no volví a saber de él.

Me cambié a un departamento con portero, un hombre que según los vecinos del edificio era muy serio y nunca dejaba pasar a nadie que no viviera ahí. La puerta de mi departamento estaba reforzada y puse barrotes por dentro en las ventanas, me volví un ermitaño y salía solo lo justo para trabajar y entonces de prisa volvía a mi hogar, mi prisión y mi refugio, el único lugar en que me sentía a salvo.

Cada desaparición reportada en las noticias me provocaba un sobresalto, sabía que era ella, era el monstruo que yo había creado. Las paredes del apartamento estaban forradas con recortes de periódicos, todas noticias sobre desapariciones de la ciudad y de pueblos cercanos. Niños, adultos, ancianos, incluso animales, todos su comida, el alimento para saciar el interminable hambre que la dominaba.

Pasaron varios meses más y me encontraba en el laboratorio trabajando, intentando hacerlo cuando lo vi. Del otro lado de la mampara que separaba el área de trabajo. De un sobresalto dejé caer las pipetas con las que trabajaba, mi cuñado estaba ahí frente a mí mirándome fijo. Tragué saliva al ver esos ojos, brillantes, fríos, inexpresivos, no era mi cuñado, era ella.

Tembloroso fui a su encuentro, entendiendo que no corría peligro con todo el personal del laboratorio presente.

—¿Cómo…?

—Te has dado cuenta —dijo sin inmutarse, con una voz masculina algo forzada—, fue después de devorarlo a él —señaló hacia sí mismo—, aún no comía su cabeza entonces lo miré fijamente y empecé a moldear mi cara como la de él.

Una siniestra sonrisa se dibujó en su rostro. ¿Venía a pedirme una explicación?

—Debes detenerte… querida, esto está mal… esto…

—Ella murió en el hospital hace mucho tiempo. Yo, yo soy algo más… no sé bien qué soy, pero algo dentro de mí me dice que tú eres responsable de mi creación.

Me tomó del brazo con fuerza y me llevó a pasear por los pasillos del edificio. Yo temblaba de miedo y la bestia simplemente caminaba y me contaba su historia.

—Fue la televisión, ¿Sabes? Ella me dio la idea, siempre salían reportajes de gente que desaparecía y que nunca más se volvía a ver, era algo tan habitual, que me dije ¿Por qué no hacerlo? Puedes escandalizarte, pero toda esa comida comprada, no es suficiente para mí, en cambio, cuando devoré a aquel perro, el de los vecinos, me sentí satisfecho por primera vez… luego la niña.

Todo me daba vuelta al escucharlo hablar, sin emociones, simplemente me contaba lo que había sucedido, lo que yo ya sabía.

—Un hombre intentó defenderse, me disparó sabes… pero eso no me detuvo, sané de inmediato. Luego otro hombre, un leñador, me cortó la mano, apenas y sentí dolor y bueno —movió la mano con agilidad—, volvió a crecer en cosa de minutos ¿Fuiste tú verdad? Tú me creaste.

Asentí sin hablar, entendiendo el por qué no me había devorado, no era por los sentimientos de mi novia, no, esa criatura intuía que estaba en deuda conmigo y por eso no había terminado con mi vida.

—Me has hecho mejor que todos – sonrío–, puedo oler cosas que nadie más puede y oír, y ver. . pero estoy solo.

—¿Qué? –pregunté horrorizado.

—Estoy solo y no quiero estarlo más… conviértete en uno como yo, volveré a tomar la forma de ella, de tu querida, viviremos juntos, para siempre. No es difícil, la gente desaparece todos los días, nunca nos faltará que comer.

Me solté de su agarré y lo empujé con toda mi fuerza, luego eché a correr. No podía permitirlo, la bestia deseaba un compañero, un monstruo más. Ahora lo entendía bien, cuando inoculé los cultivos transformados y las drogas a mi amada, ese día ella murió, el cáncer se apoderó de su cuerpo, creciendo dentro de ella, tomando su forma, creó nuevas neuronas, nueva personalidad, aprendió de la televisión sobre las personas y ahora con algo de naturaleza humana presente se sentía sola y quería un compañero, me quería a mí.

Como puede despisté el monstruo y llegué a mi refugio, esperanzado de que no pudiera entrar. Escribo esto con prisa, no sé cuánto le tome modificar su cuerpo y parecerse a mí, engañar al conserje y seguir mi olor hasta aquí. El monstruo no puede ser asesinado, solo llevándolo a cenizas puede ser detenido, no haré más como él, lo prometo, si alguien lee esto que tenga cuidado, que no confíe en nadie. Yo por mi parte destruiré todo lo que sé de su creación y antes de que él llegue con mi propia vida habré acabado. El cáncer debe ser eliminado.

CYBERMEN

Alberto Holguín Alfaro
Colombia, 1973

Ubiquémonos en uno de los pasillos de una universidad privada de la ciudad de Bogotá. A uno de los lados del pasillo nos encontramos con una serie de puertas que obviamente conducen a salones de clase. Al lado opuesto del pasillo, contamos un balcón desde el que se puede apreciar el paisaje capitalino, y si nos asomamos desde ese mismo balcón, podemos ver el espacio verde frente a la cafetería, un espacio verde con altos árboles bajo cuya sombra algunos estudiantes departen o duermen, juegan con su computador portátil (algunos incluso lo usan para hacer sus trabajos), otros hasta se toman el trabajo de leer documentos físicos o fotocopias, como comúnmente se les conoce a esas reproducciones que algún profesor envía a sacar a sus estudiantes para luego hacer un control de lectura y sacar una nota.

Ahora vayamos al piso quinto y sigamos a una hermosa jovencita que va saliendo de su salón de clase, un poco amodorrada por la sesión que acaba de tener. Cabe anotar que la escogemos porque estamos ya aquí y simplemente nos llamó la atención. Es de cabello castaño con rayitos, su rostro es ovalado y atractivo, cejas finas y boca pequeña. Pequeña cuando no bosteza, como acaba de hacerlo. Parece ansiosa por llamar a alguien, aunque trata de evitarlo. Llegamos a esa conclusión por las dos veces en las que sacó su celular, dudó en marcar y lo guardó nuevamente en su pequeña cartera negra con manijas de cuero marrón. Voltea a mirar. Por un momento pareciera que puede vernos... pero no. Es imposible. Retorna sus pasos y se dirige al balcón.

Traslademos ahora nuestra flexible y casi omnipresente consciencia forzándola a saltar (no en caída libre, porque hasta ahí puede llegar la historia) por ese balcón del piso quinto, teniendo sumo cuidado de no rozar a la muchacha de cabello castaño con rayitos y descendamos lentamente los cinco pisos que nos separan del espacio verde junto a la cafetería.

113

Nos llega el olor de café y pasteles. Veamos a quién nos lleva todo esto. ¿Podrá ser la pareja que está junto al árbol frondoso besándose y…? No, no, no, eso nos alejaría por completo del propósito que nos ha traído aquí. La estudiante que lee fotocopias, la de cabello negro lacio, camisa ajustada… ¿no? Bueno. No, está bien. No hay problema. Sigamos. Hay más gente al fin y al cabo.

Entonces nos fijamos en el estudiante de último semestre de economía que tiene las piernas cruzadas para apoyar su portátil en el que se encuentra aparentemente trabajando. Lo distrae la mención de su nombre en una voz apenas audible. No alcanzamos a identificar con claridad el nombre, pero es sin lugar a dudas la voz de una mujer. Grita de nuevo. Finalmente el estudiante de economía cuyo nombre nos sigue siendo difícil de entender, levanta la cabeza. En el balcón del quinto piso se encuentra una chica de cabello castaño con rayitos llamándole. Ella sonríe al saber que él la ha visto. Él también sonríe, pero no es una sonrisa de satisfacción o alegría. Parece ser más un gesto de esos que se devuelven por compromiso, como cuando nos sentimos en la obligación de devolver el saludo de alguien con quien no queríamos toparnos.

—¿Ké le va a decir al fin? —dice el mensaje en la ventana de su chat luego de emitir el *beep* de mensaje recibido.

—No sé —digita el estudiante como respuesta—. Mari—k, ojalá las relaciones fueran como una carpeta temporal y se pudieran borrar luego de usarlas.

Busca entre sus emoticones el que representa una carcajada y lo adjunta antes de digitar la última línea y dar enter para enviar. Parece haberse distraído con algún pensamiento, alguna reflexión, si eso es posible dadas sus características. Según podemos ver, es uno de esos individuos que no dedican mucho tiempo a cavilar; se nota que invierte una gran cantidad de tiempo en mantener su buena apariencia física y así mismo gusta de vestir ropa de marca; posee una mirada inteligente, pero tal vez usa su intelecto para resolver problemas inmediatos, como la entrega de un trabajo o el análisis de una estrategia financiera. Seguramente está bien informado en lo que compete a su área de estudio, pero de alguna manera intuimos su deficiencia en el conocimiento relacionado con otras áreas. A su lado vemos una revista muy sofisticada, en cuya portada se pueden ver un par de modelos en provocativas poses y titulares que prometen interesantísimos artículos de análisis y opinión junto a otros que prometen abdominales de acero en cinco días. Junto a la revista, una guía de sitios y actividades para el fin de semana. Hipótesis: se escapará el viernes a buscar refugio en la compañía de sus amigos en un buen barcito (con vitrina) para ejercer aquello que llaman desestrés.

—Jejejejej —apareció en la ventana del chat seguido de una carita amarilla animada riéndose—. Pero la nena está linda. ¿x ké está aburrido?

—Es ke es muy intensa... ve *La era del Hielo* y se pone a hablarle a uno dos horas sobre calentamiento global. mari–k... se deprime viendo *Bambi*... —emoticón con carcajada.

—Jejejejjej. Haga lo que yo hago. Coja el celular y borre el número, sákela de su "carelibro" y de su *messenger*, y si tiene fotos bórrelas. Así se kita la tentación de buskarla cuando esté desprogramado...

—¿Y eso k resuelve?

—Pues k ella se aburre de k no llame y se buska otro —aparece ícono de corazón roto, seguido de carita triste y lágrimas.

No responde al mensaje. Esta vez sí parece estar reflexionando. Mira la ventana de su chat y se queda observando su usuario. Aunque no podemos ver su nombre, alcanzamos a leer su *nick*: Cyberman9.

—Gracias, loko. Nos vemos por ahí —ícono gestual de despedida.

La tecnología a veces nos da la posibilidad de estar en muchas partes al mismo tiempo. No es que Cyberman9 esté precisamente pensando en eso, pero indudablemente disfruta de esa especie de don de ubicuidad que nos ofrece el internet y sus distintos productos y servicios. Podemos ver nuestro círculo de amigos reducido a un pantallazo de rostros sonrientes, tal como lo hace este estudiante escogido al azar. Si dirigimos nuestra mirada nuevamente a la pantalla de su portátil, veremos que cuenta con más de ¡cuatrocientos amigos! Siendo realistas, tal vez establece contacto virtual con cincuenta, máximo; ¿con cuántos tendrá contacto físico? Difícil de juzgar. Se queda mirando por un momento las fotografías y algún que otro mensaje. Sonríe. Esta vez es una sonrisa de autosuficiencia, de saberse poderoso; después de todo está a un *click* de distancia de la información de ésta o aquella persona; puede enterarse de quien está o no está en una relación en este momento, o si lo deseara, podría ocasionar una pelea con solo hacer un comentario malintencionado en la página de alguien. Quizás y solo quizás se llega a preguntar si la existencia de cada una de esas personas se limita a su página; y de ser así, ¿qué pasaría si diera la opción de eliminar a uno de sus contactos? Escucha su nombre de nuevo. Levanta la mirada y se da cuenta que la chica está en el cuarto piso. Mira al frente. ¿Por qué no experimentar con ella? ¿Solo por jugar a ser una especie de dios del ciberespacio?

Evitémonos el desplazamiento hasta el cuarto piso. Obviemos la distancia que separa a nuestros ejemplares y simplemente ampliemos los alcances de nuestra capacidad de observación. Vemos que ella sigue caminando sin separarse del balcón; en su rostro hay una expresión de extrañeza, indudablemente producida por la actitud desinteresada y por la expresión ausente del individuo al que ya decidimos identificar como Cyberman9. Al inclinarse en uno de sus intentos por ver desde el balcón a quien ya sabemos es su pareja, podemos ver los libros que sostiene con su brazo izquierdo: uno es de Introducción a la Psicología y del otro apenas podemos ver su autor: Vladimir Nabokov. También alcanzamos a ver el folleto de un cineclub que usa a manera de marcador de lectura.

Nos damos cuenta de algo que antes no habíamos visto. Ella se viste bien, es atractiva, de eso no hay duda; pero sin embargo hay algo en la forma de llevar su ropa y de combinarla, un algo que desentona. ¿Los colores? No. Se preocupa de que todo haga juego con todo, de pies a cabeza. Hasta el color de su hebilla parece haber sido escogido con cuidado. Tal vez es eso. Trata demasiado de verse bien, como si quisiera compensar algún otro aspecto de ella que considera una deficiencia. Pero no es algo que se note a primera vista ya que a nosotros nos tomó un tiempo notarlo. Quizás sea el tamaño de sus aretes, que aunque enmarcan muy bien su rostro, llaman demasiado la atención. O podrían ser las pulseras, que hacen juego con el collar que es lo único realmente mesurado en todo esa feria de ornamentos que ahora se despliega ante nosotros, dando por un momento la impresión de no haber estado allí antes.

De repente se nos ocurre que por eso es que algunos dicen que la realidad comienza a existir y a tomar forma cuando se tiene consciencia de ella. Vemos restaurantes que creímos que no existían hasta que un día pasamos por esa calle con la intención de comer algo; o nos damos cuenta de que cerca de nuestra casa hay una tienda musical cuando tenemos la intención de regalar una guitarra a un familiar o amigo. La chica o el chico de al lado se vuelven repentinamente atractivos cuando los consideramos como candidatos para iniciar una nueva relación. La realidad se re-crea de acuerdo a nuestras necesidades y moldeamos nuestro universo particular de acuerdo a lo que nosotros queremos que éste sea, engañándonos muchas veces, ahogándonos en esas burbujas que concebimos cual espejismos y que nos da miedo reventar.

Hipótesis: No es la ropa o sus adornos, ni sus maneras, ni su actitud, sino la burbuja que ella ha construido en torno a sí la que desarmoniza en todo ese conjunto de piezas muy bien dispuestas que articulan su personalidad.

Cyberman9 ubica la fotografía de ella en el pantallazo que muestra su red de amigos. Lleva el cursor a su rostro, muy fotogénico, por cierto. Da click derecho y se despliega el menú de opciones. Lleva el cursor hasta la opción de eliminar y oprime click izquierdo.

Si ella pudiese decirnos lo que sintió en ese momento lo definiría como un mareo momentáneo combinado con la sensación de haber olvidado algo en alguna parte. Se sostiene del muro del balcón para no perder el equilibrio y asoma nuevamente su cabeza por encima del muro. Él sigue ahí, con sus piernas cruzadas digitando algo en su portátil. Lo que sigue, lo percibe como si el tiempo se dilatara. El dedo se aparta del *mouse*, él gira su cabeza muy lentamente, como si lo único animado en ese cuadro fuera su rostro, hasta que su mirada encuentra la de ella. Muy despacio ve como se dibuja una especie de mueca en la cara de él. Si el tiempo volviera a su flujo normal, ella hubiera confundido ese gesto con una sonrisa.

Cyberman9 continúa su labor. Ahora borraría todos los correos electrónicos de ella de su bandeja de mensajes entrantes, incluyendo el de la noche anterior en el que lo invitaba a ver otra película en la que sin duda él se quedaría dormido. Selecciona todas las casillas con su nombre y busca con el cursor la opción delete. Click izquierdo.

Al llegar al tercer piso confirma que su pareja sigue en el prado. El flujo del tiempo ha vuelto a la normalidad. Se detiene. Busca el folleto del cineclub y verifica que ha marcado una película que quiere ver en la tarde. Se queda mirando al frente, buscando en el horizonte una memoria perdida. Faltaba algo, estaba segura... Se aferra a su cartera y a sus libros con la misma fuerza con la que se aferraba a la varilla del bus atestado de gente que había tomado temprano en la mañana. Acelera el paso, tratando de no perder de vista a su novio. El ritmo de su respiración aumenta.

Ya la había borrado de toda su red social en distintas páginas. Ahora lo que borraría sería toda información digital que de ella él tuviera en su portátil. Abre la carpeta titulada "mis documentos," hace doble click en la carpeta "mis imágenes" y busca los archivos que contienen las fotos que de ellos habían tomado y que ellos se habían tomado durante los últimos tres meses. Se toma unos segundos para revisar algunas de las imágenes. Llega música de bar a su memoria, el sabor de una cerveza negra, la sensación de labios húmedos. Viento. Paseo a Villa de Leyva. Foto tomada con celular. Las ventanillas del carro están abajo y el cabello de ella es agitado por el viento. Encuentra curioso que una imagen pueda evocar todo ese abanico de sensaciones. Le pareciera estar explorando una sección de su cerebro en la que se encuentra guardada toda la información relacionada con ella, información que incluye olores, gusto, piel, placer, rabia, alegría… y en últimas, tedio. Si alguna duda aparece, es eliminada por su sentido pragmático y su ya interiorizado concepto de eficacia y eficiencia, incorporado como un software que se ejecuta automáticamente y se traduce en acciones concretas. *Click* en eliminar.

En el segundo piso se asoma por el balcón de forma automática. Ha olvidado el por qué debía mirar hacia abajo. Ve a un estudiante con su portátil que la mira fijamente. Por un momento cree que le sonríe. Hay algo familiar en él. No recuerda qué es. De repente siente un dolor punzante en la parte de atrás de su cabeza. Sabe que tiene que bajar. Sabe que tiene que hablar con ese desconocido. Sabe que de eso depende algo, pero no recuerda o no entiende qué. Ya no camina rápido. Ahora corre.

Guardamos la esperanza de que el juego de Cyberman9 no tenga graves consecuencias. Queremos creer que todo hace parte de esa ficción que nos envuelve desde el momento en el que decidimos centrarnos en estos dos seres, y que todo terminará seguramente en una discusión de pareja y en una ruptura.

Nos armamos de valor y decidimos ver qué hay ahora en la nueva ventana que acaba de abrir. Se encuentra en "mis documentos" y hay una carpeta sin nombre que explora solo para confirmar que es la correcta. Se despliega una nueva ventana en la que podemos ver documentos de *Word*, todos con títulos relacionados con psicología; seguramente los trabajos que ella ha hecho durante ese semestre. Horas de trabajo invertidas en la creación de esos archivos son borradas con presionar una sola tecla.

Llega corriendo al primer piso. Los libros obstaculizan su carrera. Mira extrañada los títulos de sus libros, se da cuenta que parecen escritos en un idioma desconocido para ella y los deja caer al suelo. Ha olvidado la razón de su carrera. A su nariz llega el olor a café y comida de la cafetería y siente hambre. Se dirige hacia el sitio de donde procede el olor, pero de pronto recuerda que no iba hacia allí. Ahora siente la necesidad de ir corriendo a la zona verde; entiende de alguna manera que de llegar allí depende algo más importante que llenar su estómago.

Ahora el joven cierra su portátil y alcanzamos a escuchar lo que dice para sí: "Ahora el celular." Toma su I-phone y busca en su agenda la imagen que identifica a la chica, quien ya ha llegado y corre hacia él. Él no la ve porque se encuentra sentado dándole la espalda. No estamos seguros de qué va a pasar aunque podemos imaginarlo. Eliminar.

Lo que vemos a continuación nos impacta más por lo que representa que por el imposible fenómeno físico del que estamos siento testigos. Si el aire fuera agua, ella sería como una figura hecha de azúcar que se diluye frente a nosotros; vemos su existencia esparcida en varias direcciones siguiendo los trazos caprichosos de las corrientes de aire. Nos acercamos al sitio en el que se desvaneció y exploramos el espacio que su cuerpo ocupaba. Nada. Solo aire. Brisa suave. Dirigimos la mirada al suelo y descubrimos su cartera, negra con tiras de cuero marrón, única evidencia de su presencia física.

Todo así de fácil. Se estaba ahorrando la conversación de ruptura, el intercambio de palabras, los silencios incómodos, las deslucidas frases de cajón "No eres tú, soy yo." O: "No entiendes, es que no estoy preparado para una relación." "No lo tomes a mal, eres muy especial." Nada de llanto ni de recriminaciones. Él hace parte de otro tipo de hombres: sin ataduras, que eventualmente y cuando lo considere pertinente escogerá el momento y la persona apropiada de acuerdo con sus intereses para casarse y establecer una familia; el tipo de hombre que hace las cosas que se tienen que hacer sin mirar atrás; un hombre que emplea los recursos tecnológicos a su alcance y los manipula a su antojo. Se pone de pie, recoge sus revistas y su portátil y los guarda en su maleta. Se dirige al edificio y en su camino descubre el bolso de ella. Parece sorprendido. Lo recoge, mira en su interior pero no encuentra absolutamente nada. Quiere devolverla, saca su celular pero recuerda que hace un instante borró el teléfono de ella. Suspira... con alivio. Al ingresar al edificio busca la oficina donde se dejan los objetos perdidos, dónde seguramente ella llegará a reclamar su cartera.

Pero nosotros sabemos que nadie irá por ella, así como sabemos que ahora tiene trescientos noventa y nueve contactos, y que mantiene ahora contacto con cuarenta y nueve. Su burbuja, la que ha construido para sí, permanece intacta, recubierta con una membrana comple-ta-mente impermeable a cualquier contacto humano real, comprometido, uno que implique dar de sí.

Antes de abandonar este predio, nos quedamos pensando en hasta dónde nosotros somos culpables, ya que si nuestra participación en cualquier evento le da forma a la realidad... ¿al escoger observarlos no fuimos responsables de lo sucedido? No, no, y no. Nos convencemos de que no somos responsables por el simple hecho de observar; al fin y al cabo no eran nada nuestro, ¿o sí? ¡Ni siquiera sabíamos sus nombres!

Luego de no sabemos cuántas explicaciones, razonamientos, justificaciones y discursos, llegamos a una conclusión: de lo único que se nos puede acusar, es de nunca haber intervenido.

¡HASTA NUNCA, SEINFELD!

Marco Antonio Marcos Fernández
España, 1968

Le dirijo la presente para despedirme de usted, Seinfeld, aunque no podré ver cómo sucede, cuando reciba esta carta le quedarán pocos días de vida. Olvídese de ir al médico; péguese un tiro en la sien si quiere, para ahorrarse sufrimientos. Yo ya no volveré de África, me quedo aquí para estudiar ciertas especies locales. No temo que Scotland Yard envíe muchos hombres hasta aquí para detenerme y, en cualquier caso, haría falta todo un ejército, puesto que cuento con la protección de los guerreros Mkodo, para quienes soy un dios. He procurado que esta carta le llegue a usted cuando sea época veraniega en Londres, Seinfeld, no vaya a ser que por ese simple detalle se echen a perder mis planes. ¿Que no lo entiende? Ya lo entenderá, Seinfeld, se lo aseguro. Todo a su debido tiempo, siempre ha sido usted un impaciente.

¿Cómo morirá usted? Cuando lea esta carta lo sabrá, Seinfeld, no se preocupe por eso. Sepa, sin embargo, que su muerte será lenta y dolorosa, a menos que decida aligerarla por algún medio. Cuando acepté tomarle como ayudante en mi laboratorio, confié en usted, Seinfeld; no solo le di trabajo, sino que le abrí las puertas de mi casa y le brindé mi amistad. ¿Y cómo me pagó usted? Acostándose con mi mujer cada vez que yo me encontraba en África. Al final acabé enterándome; los rumores acerca del ayudante del profesor Diyingstone entreteniéndose con la esposa de este son la comidilla de todo Londres. Me ha puesto usted en ridículo y ahora va a pagarlo, sufriendo una horrible muerte.

La última expedición había sido la más accidentada de todas, aunque al final se vio coronada por el éxito. ¿Recuerda que le dije que extremara las precauciones al manejar las muestras de células de las especies vegetales de Mozambique? Si hubiera estado entonces completamente seguro de que le estaba usted haciendo el amor a mi mujer, Seinfeld, no habría puesto tanto empeño en prevenirle. Pero eran ustedes cada vez más audaces y resultaba lógico que hasta un viejo como yo acabara enterándose de lo que sucedía. El caso es que todos los miembros de la expedición habían muerto y yo aún no había comunicado al mundo el resultado de mis trabajos. Simpson, el astrónomo, murió de dicentería; Rogers, el geólogo, se despeñó; a Jones, el zoólogo, le mordió una serpiente venenosa... Conservé sus cadáveres en sal y luego los hice trasladar por los indígenas hasta el puerto de Bagamoyo, en Tanzania, para que desde allí los devolvieran a nuestra querida Inglaterra y pudieran recibir un entierro cristiano. Ahora solo yo conocía el lugar exacto en el que vive la tribu Mkodo, y eso me dio la idea: mi última expedición, en la que Janet me acompañaría esta vez. ¡Oh, si viera cómo protestó y se revolvió, Seinfeld! Ella, por supuesto, quería quedarse con usted. Pero yo la amenacé con dejarla sin un penique si no me obedecía. Soy un viejo sentimental, Seinfeld, y creí verdaderamente que Janet estaba enamorada de mí. Desde luego, solo se casó conmigo por mi fama y mi dinero; y porque, de la mano de una celebridad mundial como yo soy –dígame, ¿qué científico, hoy en día, no conoce a Lord Augustus Diyingstone, profesor especialista en criptobotánica?–, de mi mano, Seinfeld, le decía, ella podría lucir su bonito escote en los mejores salones del reino. Pero esa arpía ya ha recibido su merecido. ¡Oh, sí, Seinfeld! ¡Si hubiera visto usted como chillaba!

La criptobotánica, como usted ya sabe, es una rama del conocimiento que se dedica al estudio de aquellas plantas exóticas cuya existencia real no es aceptada por la comunidad científica, aunque se tiene noticia de ellas a través de informes orales o escritos, así como en mitos y leyendas que han llegado hasta nosotros. Fui yo quien ideé esta nueva disciplina, que ha venido a ampliar el acervo de la humanidad que, entre otras cosas, le ha dado a usted de comer, joven desagradecido, y que, en última instancia, me ha permitido llevar a cabo mi venganza. Cualquiera que le quite a otro hombre lo que es suyo merece un final como el que va a tener usted, Seinfeld.

El día de la partida de esta última expedición, Janet se asombró mucho al comprobar que no había más miembros que ella y yo. La verdad es que Janet nunca había sido muy lista y no creo que se figurara nada hasta el último momento. Le dije que la universidad estaba escatimando algunos gastos y que ella tendría que llevar mis notas. Resoplando, y con nuevas amenazas de dejarla en el arroyo, accedió a ello. Contraté a porteadores locales para que llevasen el equipo necesario; algunos de nuestros bultos pesaban bastante, en particular, la máquina de escribir Remington, cuyo manejo tuvo Janet que aprender. No le ahorré tampoco a nuestra amada ninguno de los encantos del viaje por el continente negro y así, después de innumerables picotazos de mosquitos, arañas y de tener que abrirnos paso a machetazos por los tramos más inhóspitos que yo tuve buen cuidado en elegir, llegamos a la costa de Mozambique, frente a Madagascar, que es donde habita la tribu Mkodo. Naturalmente, nos hicieron un recibimiento fastuoso. No me costó gran trabajo, durante la expedición anterior, emplear algún que otro truco infantil de hombre blanco, y sobre todo gracias a disparar algunas veces el revólver contra ellos, le decía, Seinfeld, que no me costó gran trabajo que me aceptaran como a uno de sus dioses. Oh, ellos ya tenían varios, yo simplemente me incorporé al elenco. Y durante aquella expedición, mientras usted se encontraba en Londres, clasificando en mi laboratorio algunos especímenes raros y encontrándose con mi mujer en los ratos libres que le dejaban sus ocupaciones que tan generosamente le pagaba a usted con cargo a la universidad, yo arriesgaba la vida en el sur de África buscando el célebre Árbol de Madagascar, que los Mkodo adoran como su Dios Vegetal. Estaba solo, Simpson, Rogers y Jones ya habían muerto, y yo estaba a punto de emprender el regreso cuando, por fin, lo encontré.

La existencia del Árbol de Madagascar fue constatada, por primera vez, por el explorador alemán Karl Liche en 1881, en un artículo que publicó en el *South Australian Register*. Desde entonces, su existencia ha sido objeto de encendidos debates en los que, incluso, ha tomado parte hasta la religión, pues no son pocos los clérigos que, además de repetir que no existía la más mínima prueba de que el testimonio de Liche fuera cierto, sostenían que era imposible que Dios hubiera creado un ser tan horrible como el Árbol de Madagascar. Karl Liche lo describe como un gran arbusto formado por un grueso tronco, de escasa altura y una numerosa cantidad de ramas de una bonita tonalidad verde, erizadas de púas. Cuando una víctima se halla en sus proximidades, el árbol espera con paciencia a que esta se acerque lo suficiente –en la pintoresca descripción del explorador alemán, se dice que "con demoníaca inteligencia", lo cual es imposible puesto que los árboles no disponen de cerebro ni de sistema nervioso–, y cuando se halla a su alcance, las ramas se animan de pronto con vida propia, como un barullo de serpientes enloquecidas, se enrollan alrededor de la presa y la alzan en el aire, en medio de desesperados gritos de espanto. Al parecer, Liche presenció –naturalmente, desde lejos, puesto que no era ningún tonto– como uno de esos árboles de Madagascar se comía a un ser humano, ya que los Mkodo suelen ofrecer sacrificios humanos a estos vegetales. Generalmente, emplean para ello individuos de otras tribus vecinas.

Como es usted un simple ayudante de laboratorio, Seinfeld, con más interés en el sexo que en los avances de la ciencia, seguramente no ha consultado usted el artículo que al respecto, publiqué en el rotativo *Illustrated London News*. En dicho artículo, sostenía yo que el Árbol de Madagascar podía ser un pariente lejano de la Nepentes Rajah, una planta carnívora descrita en 1859 por nuestro explorador y botánico Joseph Dalton Hooker, que la había bautizado así en honor de Sir James Brooke, primer rajá de Sarawak. Mi tesis no era descabellada, por cuanto se sabe que la Nepentes es capaz de devorar sin problemas insectos y arácnidos de buen tamaño e incluso algunos mamíferos pequeños, como las cobayas que empleamos en nuestros experimentos de laboratorio. También relacionaba, en aquel brillante artículo, al Árbol de Madagascar con el testimonio, muy anterior, del capitán Arkright, que en 1581 visitó una isla del sur del Pacífico conocida como El Banoor, o Isla de la Muerte. Allí existe una especie de flor, tan grande, que simula la entrada de una caverna; un hombre, atraído por la delicada fragancia que expide su interior, podría entrar en ella, momento en el cual los pétalos de la flor cerrarían firmemente la entrada atrapando al desgraciado y envolviéndolo en ácidos digestivos. J. W. Buel incluyó en su obra de 1887, *Land and Sea*, la descripción de otra especie vegetal, que habita algunas zonas de América Central, muy parecida al Árbol de Madagascar. Allí se conoce a este espantoso arbusto como Now-I-See-You o Ya-Te-Veo. Otros testimonios hacen referencia al Duñak filipino, cuyas frondosas ramas se animan en cuanto algo comestible pasa cerca de ellas. El reverendo G. W. Parker sostiene que los zulúes sacrifican ovejas y cabras al Umdhlebi, una planta cuyo veneno es altamente tóxico. Y, por último, no hay que olvidar los informes efectuados por el doctor Andrew Wilson, que en 1892 dio noticia de una especie de sauce llorón cuyas raíces permanecían en parte enterradas y en parte al aire. Entre dichas raíces goteaba una excrecencia, una especie de icor viscoso que debía tener bastante buen sabor, pues al parecer un ganadero amigo suyo había perdido uno de los cerdos que estaba criando y que se había acercado demasiado a aquel extraño sauce, y aún estuvo a punto de quedarse también sin el sabueso que empleaba para vigilar su rebaño de ovejas; a duras penas sacó de debajo de las raíces al asustado can, que tenía varias heridas sangrantes en el lomo. Asimismo, Wilson mencionaba la existencia de otro peligroso vegetal en Sierra Madre (Méjico), que era capaz de comerse a un niño —al parecer, se trata de un arbusto de cuyas ramas

124

cuelgan una especie de aros de bonitos colores—, aunque, habitualmente, se alimenta de pájaros.

Pero volvamos al Árbol de Madagascar, Seinfeld. Volvamos a usted, a mí, a Janet y al objeto de esta carta. Como era de esperar, Janet se pasó bufando la mayor parte del viaje, de puro aburrimiento, quejándose por todo, y la verdad es que a la pobre no le faltaba razón: el calor agobiante, las picaduras de los insectos cuyas ronchas estropeaban la tersura de su piel, las arañas canica cuya mordedura produce alucinaciones, los ruidos que hacían las alimañas por la noche, etcétera. Todo eso constituyó la antesala del infierno que ella se merecía. Naturalmente, incluso alguien sin la más mínima curiosidad científica por el extraño mundo que nos rodea, como es Janet, incluso ella, Seinfeld, qué le voy yo a decir a usted que no sepa ya, se mostró sorprendida por el recibimiento que me brindaron los indígenas Mkodo cuando me reconocieron. Naturalmente, yo ya había aprendido algunas palabras básicas del idioma que ellos emplean para comunicarse; de hecho, en mi anterior viaje, antes de despedirme de ellos, llegué incluso a elaborar un pequeño diccionario, lo suficiente como para poder darles órdenes sencillas. Ahora que lo pienso, quizá todo ese tiempo estuve dándole vueltas a la cabeza a un plan de venganza contra usted y contra Janet, no lo sé. Un plan magnífico, por otro lado, si me permite usted decirlo, Seinfeld.

Porque, en cuanto llegamos a Mozambique, les ordené a los Mkodo que llevaran a Janet ante su Dios Verde y la ofrecieran como sacrificio. Rápidos y obedientes, los Mkodo ataron a Janet de pies y manos a un grueso tronco y, transportada por dos de los guerreros más fuertes de la tribu, nos encaminamos de esta guisa al ejemplar más grande de su Árbol que tienen, una pesadilla de ramas que se mueven hacia el cielo como los cabellos de la mítica Gorgona, y que domina un claro en la jungla que la mayoría de los animales, con sabiduría, evitan siempre. De hecho, aquel horror vegetal se mantenía gracias a algunas avecillas e insectos que pasaban volando por las cercanías y, sobre todo, gracias a los sacrificios humanos que con puntualidad, les ofrecían los implacables hombres Mkodo. Me estaban muy agradecidos por haberles proporcionado un sacrificio tan apetitoso como el de aquella mujer blanca. Estaban seguros de que, a partir de aquel momento, con mi ayuda y con la del Dios Verde de su parte, los Mkodo prevalecerían sobre el resto de las tribus con las que se disputaban el terreno.

Ya puedes imaginarte, Seinfeld, que mientras los guerreros transportaban de pies y manos a Janet, yo hice partícipe a esta del

125

destino que la aguardaba. Al principio, no me creyó; supuso que tantas horas de sol y de mosquitos me habían vuelto loco de remate. Pero, cuando se vio delante de aquel claro, en el centro del cual se erguía un arbusto cuyas ramas se movían solas, como enloquecidas a pesar de que no soplaba ningún viento, su seguridad comenzó a tambalearse. Mientras los guerreros le desataban las manos y los pies, no dejaba de mirar hacia aquella estremecedora forma de vida, con los ojos saliéndose de las cuencas. ¡Cómo chillaba y se resistía, Seinfeld! ¡Ojalá hubiera usted podido verlo! ¡Y yo me partía de la risa! A pesar de defenderse como una gata salvaje, los guerreros Mkodo la cogieron y le dieron un buen empujón, que le hizo dar media docena de pasos vacilantes hasta caer, cuan larga era, en mitad del claro que rodeaba al Árbol de Madagascar. Intuyo que el Árbol debe haber desarrollado algo parecido a un sentido primitivo del olfato, que no depende de ninguna forma de sistema nervioso, puesto que del centro de su tronco, en el que se encontraba la gigantesca boca de ese organismo, junto a la cual partían en confuso barullo las ramas, pues de esa boca, Seinfeld, como le iba diciendo a usted, comenzó a emanar una pasta viscosa, parecida a la cera de una vela derritiéndose; sin duda, los jugos gástricos de este ser, que se halla en las fronteras entre el reino animal y el vegetal. Esa es, al menos, mi hipótesis, Seinfeld, y convendrá usted conmigo en que parece razonable, teniendo en cuenta el comportamiento particularmente depredador y agresivo que muestran cada una de las células de que está constituido, una muestra de las cuales le ordené analizar a usted. Como voy a quedarme aquí, entre los Mkodo, el tiempo que me reste de vida, tendré tiempo para comprobarlo. La verdad es que me gusta ser un dios entre estos hombres, que me respetan y me temen; y para cuando lleguen aquí las fuerzas del Yard, si es que lo hacen alguna vez, con la intención de castigarme por la muerte de Janet y la suya propia, Seinfeld, para entonces, le digo, seguramente ya habré llegado yo al fin de mis días con toda paz y tranquilidad.

Es verdad, Seinfeld, tiene razón; le estaba explicando a usted lo que le ocurrió a Janet aquel día. Ya sé que mi paz y mi tranquilidad le importan un bledo, Seinfeld. Usted piensa que yo no soy más que un viejo idiota; al igual que yo pienso de usted que no es más que un joven idiota. Hasta cierto punto, somos las dos caras de la misma moneda; de la misma moneda que es Janet, pues ha pasado tanto por sus manos como por las mías. El caso es, Seinfeld, que Janet estaba allí, tumbada en medio del claro, delante del Árbol de Madagascar que, al olerla o sentirla, de algún modo que ya estudiaré, comenzó a segregar sus jugos viscosos. Una de las ramas cayó del cielo y, con precisión inexplicable, aferró a Janet por el tobillo. Ella se revolvió como pudo, sin poder soltarse. Otra rama la aferró por el talle y luego otras dos se enrollaron en torno a sus brazos. Este va a ser tu último amante, querida, le dije yo, pero dudo de que me oyera, Seinfeld, porque ella ya estaba gritando hasta desgañitarse. Las ramas alzaron el delicado cuerpo de Janet en volandas, sin ningún esfuerzo; y como ella no pesaría más de cien libras, podemos dejar constancia ya de esa observación científica, Seinfeld, para los anales de la historia; y es precisamente la de que los árboles de Madagascar pueden aguantar en el aire pesos de hasta un centenar de libras. Por fin, no quiero demorarle el momento más, Janet fue a parar al interior del tronco, cerrándose todas las ramas a su alrededor, y comenzó a ser digerida con vida. Como era una presa bastante grande, su cabeza siguió sobresaliendo por encima del tronco del Árbol; una indescriptible expresión de pánico deformaba sus rasgos, que tan atractivos me habían parecido en el pasado. Bueno, a mí y a usted. Su boca permanecía abierta en un grito silencioso; de la impresión se había vuelto muda.

Vea usted, Seinfeld, a usted hay que explicárselo todo porque, aparte de hacerle el amor a mi esposa, nunca se tomó ningún interés con el resto de mis cosas. Nunca le dio por entretenerse en leer alguno de mis trabajos y apenas sabe deletrear la palabra criptobotánica. En realidad, yo le admití en mi laboratorio de la universidad de Londres como meritorio porque usted era el sobrino de un colega, no porque demostrara tener ninguna brillantez. Para no extenderme más, Seinfeld: le diré que la digestión del Árbol de Madagascar es particularmente lenta. Durante los primeros días, yo me levantaba de mi choza e iba a hacerle una visita al Árbol, para observar el proceso de digestión de Janet. Su cara seguía petrificada en una máscara de horror, con la boca abierta y los ojos sin párpados, fijos en el infinito. Traté de saludarla desde lejos, pero no me respondió; supongo, Seinfeld, que el miedo la había dejado paralizada o se había vuelto completamente loca y era incapaz de reconocerme. Me dediqué a anotar mis observaciones en un cuaderno de campo. El lunes siguiente, según el calendario, constaté que una parte de su cara había desaparecido, corroída hasta el hueso, y que sus ojos habían desaparecido de sus cuencas, pues el Árbol debía haberlos encontrado sabrosos. Sin embargo, Seinfeld, Janet seguía viva; de tanto en tanto, emitía una especie de gañido desquiciado, casi inaudible. Su cerebro se mantenía aún con vida, Seinfeld, aunque ya es materia de discusión la posibilidad de que siguiera dándose cuenta de lo que le estaba sucediendo. Una semana después, comprobé que una de las ramas más gruesas del Árbol se había introducido por su boca y desaparecía en su interior. El extremo de otra, más pequeña, se le había metido por un oído. Los hombres Mkodo aseguran que, mientras está digiriendo a una víctima, el Árbol no busca otras, por lo que puede uno acercarse a él sin peligro alguno. Desde el punto de vista de la botánica, aquello tenía sentido, aunque yo no me fiaba ni mucho menos, y me acerqué con grandes precauciones al vegetal. Cuando estuve delante de Janet, o de lo que quedaba de ella, Seinfeld, le coloqué un espejito frente a la nariz. La mancha de vaho sobre su superficie probaba que aún seguía viva. Me aproximé aún más, y junto al oído que aún tenía libre le susurré una simple despedida: Adiós, Janet. En cualquier caso, Seinfeld, es imposible saber si aún podía escucharme o no. Y, al cabo de un mes, que eso es, poco más o menos, lo que dura el proceso digestivo del Árbol de Madagascar, Janet desapareció sin dejar rastro.

¡Es una lástima que usted no la haya podido acompañar en ese destino! Mi plan original era invitarles a ambos a que me acompañaran en el viaje y que los Mkodo los ofrecieran al Árbol. Pero, cuando ya estaban hechos todos los preparativos, esa tía suya se indispuso, esa tía materna a la que, tan inoportunamente para mis planes, usted se veía obligado a cuidar. Eso me forzó a elaborar un nuevo plan para darle su justo castigo, Seinfeld, y tuve que estrujarme el cerebro, ese órgano que usted emplea tan poco.

Sí, Seinfeld, déjeme que se lo diga una vez más: no es usted muy listo que digamos. Ante todo, creyó que podía engañarme a mí, a Lord Augustus Diyingstone. ¿Acaso piensa usted que Su Majestad concede títulos nobiliarios a los tontos? Yo soy Lord, Seinfeld, y no consiento que un miserable plebeyo se burle de mí sin recibir su merecido. Y si usted hubiera demostrado tener inteligencia, ya hace rato que habría soltado estos papeles. Pero como tiene la cabeza únicamente para colocar en ella el sombrero, estoy seguro de que habrá leído atentamente estas líneas sosteniendo la carta en sus manos, quizá trémulas, pero sin sospechar lo que le aguarda a usted mismo. ¡Oh, Seinfeld! Me parece estar viéndole. Ahora ha dejado usted las hojas de papel sobre una mesa, de forma que pueda seguir leyendo su contenido sin tocarlas. Pero ya es tarde, Seinfeld, ya es tarde.

Son curiosas las costumbres del pueblo Mkodo. Al igual que nosotros compartimos el cuerpo y la sangre de Jesucristo, ellos también reservan un uso particular al cuerpo de su Dios. Lo que pasa es que ellos comparten la corteza y la savia del Árbol de Madagascar con sus enemigos. Su Dios Vegetal es un poco vengativo, Seinfeld, me temo. Cada cierto tiempo, los indígenas se las apañan para cortar una rama del Árbol, con infinitas precauciones. Ya le anticipé unas líneas atrás, Seinfeld, la voraz agresividad de las células que componen sus ramas; dichas células, al contacto con la piel, producen una infección para la cual, hoy por hoy, no hay remedio conocido, y que los Mkodo emplean eficazmente a la hora de librarse de sus enemigos. Con ellas fabrican trampas, o bien regalos que se hacen llegar a algún infeliz de cualquier tribu vecina de quien, por alguna primitiva rivalidad –generalmente por la posesión de una hembra de la especie–, algún individuo Mkodo quiere librarse. Una vez que la víctima ha tocado ese "regalo enve-nenado", hecho con la corteza del Árbol de Madagascar, está ya condenada a una muerte horrible. Las células vegetales se infiltran a través de la piel y, por medio del sistema circulatorio, se extienden por el organismo. La víctima experimenta una horrible comezón por todo su cuerpo, de tal forma que ya no puede dejar de rascarse hasta el momento de su muerte; no puede conciliar el sueño por las noches y apenas puede comer o descansar durante el día. Aunque no se trata de un mal contagioso, a los condenados se les suele mantener aquí apartados en una choza especial, una especie de jaula de la que ya no saldrán más. El picor es tan espantoso que algunos hombres han llega-do a arrancarse, literalmente, el rostro, a base de arañarse. Se arrancan las orejas, la nariz… Yo lo he visto con mis propios ojos, Seinfeld. A veces, se arrancan las manos a mordiscos, enloquecidos por el picor, pues, generalmente, los que sufren esta inaudita intoxicación suelen perder la razón después de pocos días de sufrirla. Y por fin, después de algunas semanas –creo que nadie llega a aguantar un mes entero, mueren.

Por eso tenía que enviarle yo a usted esta carta en verano, Seinfeld, ¿lo entiende ahora? Si la hubiera recibido mientras hiciera frío en Londres, existía el riesgo de que usted la leyese con los guantes puestos, lo que habría arruinado mis planes. Este papel está elaborado con la corteza del Árbol de Madagascar, Seinfeld. Me ha costado trabajo enseñar a los hombres Mkodo a moler, blanquear y secar la pasta de fibra vegetal sin tocarla directamente, y luego cortarla en estos pliegos que tiene usted delante; pero disponía de tiempo para hacerlo y ha merecido la pena. Porque a través de sus sudorosas manos, las células digestivas del Árbol han invadido su organismo, Seinfeld, y si sigue usted empleando esa desagradable costumbre de mojarse el dedo con saliva para pasar las páginas, amigo mío, comprenda que, al hacerlo, ha transportado usted con su dedo las células hasta su lengua. El sobre, que ha recorrido medio continente africano hasta llegar a usted, está hecho de papel corriente, inofensivo, pues no queremos que ninguno de los inocentes negros que han contribuido a llevar esta carta ni, ¡Dios no lo quiera!, ningún funcionario del servicio de correos de Su Graciosa Majestad, corran la misma suerte que usted, Seinfeld. Naturalmente, he redactado la carta empleando la máquina de escribir Remington, ese maravilloso ingenio de la técnica moderna, y he tenido buen cuidado en ponerme guantes para manejar estas hojas. Por tanto, lo que le espera ahora, ya lo sabe usted. ¡Hasta nunca, Seinfeld!

Suyo,
Lord Augustus Diyingstone
En algún lugar de Mozambique, 1899

IDENTIDAD

Jorge Valentin Miño Pazmiño
Ecuador

Oga ladró al ver a la pareja que venía de frente hacia nosotros. Nos detuvimos. Las figuras crecieron hasta revelar a una dama con el cabello rubio recogido en un apretado moño; trotaba a buen ritmo acompañada de su perro. Retiró el sudor de su frente con la toalla de su brazalete y coqueteó con la mirada. No hubo tiempo para ver en detalle el color de sus ojos, rápidamente nos daba la espalda dejando en la retaguardia el gruñido del salvaje, que hizo el ademán de soltarse para propinarnos un mordisco. Observamos hasta que se desvanecieron por el sendero.

Volvimos a lo nuestro, hacer deporte y completar el itinerario. Es saludable aprovechar la madrugada en trotar por el vecindario. Abandonar la casa, tomar a la derecha y avanzar en todo lo que dura la calle del cementerio, dejar atrás su espantoso silencio y cruzar el Parque del Retiro, en eje longitudinal hacia el tráfico que se despereza entre las ruidosas multifamiliares. Bajar el ritmo para observar el sol pasar mansamente sobre los ventanales, como un láser leyendo los dorados códigos de los cristales.

Los tejados sueltan los caballos pura sangre de sus vivos colores al disparo del día. Descender el graderío hacia el muelle y trotar por la arena relamidos por la espuma del Pacífico. El regreso es por la calle del Museo de Cera, el Banco y el mercado.

Vivimos solos. Yo me dedico en casa, según el guión, a editar películas que me entregan en bruto los de la Acqua Obnubila Cinema Pictures. Oga, a escarbar en el jardín y cuidar la biblioteca.

Oga se acercó al poste para marcar terreno. Entramos a casa. Pronuncié las palabras mágicas para recobrar la identidad. Oga dejó de ser un perro San Bernardo para mostrar sus alas semitransparentes que chirriaron, al estirarse, con el sonido de la paja seca castigada por las lenguas de una fogata. Emergieron sus caninos y se acomodaron sobre la mandíbula, relucientes y curvos en su esencia marfileña. Los ojos de Oga cesaron de guiñar el candor propio de las especies de este mundo y ahora su mirada, sin brotes de humedad, se plantó maciza en las órbitas oculares. Bufó como señal de hambre. Le extendí unos daldos recubiertos en salsa de hipogrifo y los engulló satisfecho, luego se marchó a plantarse frente al portón de la biblioteca.

En mi caso, al retomar mi identidad, el cambio fisonómico que experimentaba no era muy llamativo, a no ser por la crecida de las orejas hasta toparse sobre la cabeza y las agallas que se hacían visibles sobre las costillas. Entonces, con la transformación, viene la hora de meterme en la piscina y volver a mi reino de agua.

Lurco se sumergió en el agua de la gran piscina, conectada interiormente con siete mares terrestres, tres vestacianos y ocho del mundo de Pigha.

Con infinita calma transcurrió el día en el interior de la casa. Oga, estoico, resguardando la biblioteca y Lurco, en el fondo del mar, cortando y pegando los cuadros para armar una nueva película. Disfrutaba poco el oficio, pero le mantenía los dedos ocupados y la mente alerta, por el momento era lo mejor que el Programa de Identidad podía darle. Luego de asesinar al rey de Zafragda, fue menester darle una identidad secreta y el Programa escogió para él una de apariencia humana, de un planeta diminuto perdido en la axila de la Vía Láctea.

Lurco dubitó en cortar o no una escena en que Dorothea Pax zafaba el nudo que los cuerpos de dos androides se habían hecho al ejercitarse en "Kamasutra para robots". Consideró que era poco enriquecedora la secuencia para la trama y la suprimió sin desecharla, con la idea de unir esos rezagos de edición para empatarlas en una gran película que la titularía *Zapping*. Terminada la escena diez del segundo acto, enrolló el carrete y lo remitió a través del tubo de comunicación. Ahora tenía tiempo, antes de volver a la superficie, para meterse en alguno de los mares interiores. Eligió la puerta hacia el mundo de Phior y emergió en una de sus riveras para tenderse a sus anchas y tostarse el encéfalo con los rayos infrarrojos de Aldebarán. Al rato se desperezó agradecido de que las ondas ultravioleta hubieran eliminado las garrapatas telepáticas de su cerebro. Aprovechó y, dando una gruesa bocanada de la atmósfera azufrada, regresó al agua, cruzó la puerta interior. Restaba salvar un mar terrestre y de allí filtrarse a la piscina de su casa para emerger a la superficie y retomar su identidad cifrada. Su poderosa brazada alcanzó las gradas y salió caminando para levantar una toalla y saltar en un pie para destaparse el oído. Retomaba su forma humana a la hora en que amanecía.

No podía ocultar su incomodidad, dentro de un cuerpo tan limitado de sentidos, la sensación de la lengua repasando los dientes era incómoda y el runrún del corazón irritaba sus pensamientos, pero estaba vivo y oculto, eso era lo importante. Allí no lo encontrarían, hasta el planeta era difícil de localizar porque no figuraba en ninguno de los mapas estelares. Suspiró. Se había vestido, meditando en la practicidad de aplicar a un club de nudistas para no tener que ponerse otro cuerpo encima.

Oga también era otro. Raspaba en el jardín y sus alas se habían replegado dentro de la espalda e integrado a los jugos gelatinosos de su médula espinal. Destripaba un oso de peluche y babeaba incesante. Lurco ajustó en su muñeca un extremo de la correa y el otro lo prensó en la gargantilla del perro. Salieron a la ciudad para su trote habitual.

Esta vez hicieron el recorrido en sentido inverso. Ascendían el graderío que les sacaba del malecón y cuando se percataron de la presencia de la pareja fue ya muy tarde, el perro de la vecina había mordido al suyo y los dos se habían trenzado en una salvaje riña. Lurco soltó la correa y ella hizo lo mismo, librando las bestias a su suerte. En un momento de la pelea se crispó la espalda de Oga, mostrando un tajo en la piel por la que brincaron rápidas sus alas, como navajas convocadas en un duelo malevo; fue de gran utilidad esto porque, elevándole unos metros, hizo pasar de largo al mastín enemigo. Oga descendió con vitalidad ya exhibiendo en sus patas unos garfios capaces de, con un pellizco, abrir un boquete en un acorazado. Lurco sintió compasión por el perro desafiante, visualizó el plasma del animalito manchando el asfalto y achicó las órbitas oculares esperando el crac del destace.

Oga cayó con los huesos craneales triturados por la descarga, rodaba el graderío, le acompañaba desde su garganta el intenso alarido que los dragotaurios de Hekión dan al abandonar para siempre sus cuerpos. Ahora se alzaba el enemigo, revelando su auténtica forma: se trataba de una rústica criatura que Lurco solo había contemplado tras los barrotes de los zoológicos transmagallánicos. Cuando volvieron a sus cabales los mecanismos humanos de la supervivencia, la adrenalina le había catapultado escaleras abajo, arrastrando la mascota y dejando un grueso hilillo de sangre como rastro.

"Me han descubierto. Si solo Oga hubiese mantenido la calma. Tenía el idiota que revelar su forma. Caímos en una trampa; la rubia de silicona sin duda es uno de los soldados de Capria, un agente tentador para que alguno de los dos revelara su identidad. Le tocó al perro y me ha jodido el bastardo".

Lurco ya no podía entrar en la mansión, sin duda estaba cercada y los agentes enemigos estarían elevando al nivel de ebullición su piscina para hacer salir a otras posibles criaturas ocultas. Por fortuna en este programa de protección solo estaban involucrados él y su perro.

Sacudido por la velocidad de los eventos, advirtió que el cadáver aún continuaba aferrado por la correa a su muñeca. Estaba en la mitad de una plaza pública, el tráfico se había detenido para observar la escena, los transeúntes se alejaban gritando y una cuadrilla de policías le amenazaba con sus armas. Recordó el protocolo de fuga sobre cierta cláusula que le instruía de qué hacer en caso de ser descubierto: revelar su forma y combatir hasta la muerte o en su defecto, lanzar un mensaje de auxilio al sistema militar más cercano, zambullirse en uno de los mares y esperar la ayuda. Lurco estaba cansado de esta escena, que ese había repetido una y otra vez en distintos planetas donde, camuflado en otros cuerpos, fue descubierto y asistido por la patrulla del Programa. Si lo hacía, si elevaba su corno y soplaba las notas apropiadas que pedían auxilio, en poco, de la estación más cercana, Cráter Tycho, una partida de seres platinados bajarían con sus luces cegadoras para envolverlo en un torbellino de fuego y elevarlo a mejor recaudo. El mar estaba muy lejos para sumergirse. Oga, su entrañable mascota, había muerto y con mucho pesar se quitó el brazalete que los unía.

La edad de Lurco era de tres mil años; había dejado su planeta hace mil de ellos y vagado por el Universo conocido, escondiéndose de cuando joven y desaprensivo, asestó una daga a esa maléfica dignidad que apoyaba el tráfico de alucinantes hacia su planeta. A partir de entonces fue un protegido. Siempre estarían agradecidos con él por haber eliminado a una sabandija de esa calaña, e inclinados por el carácter épico que había ganado su hazaña, le preparaban, siempre que las circunstancias lo exigían, un nuevo cuerpo en un nuevo planeta, para refugiarlo en velados lares, oculto a las manos vengadoras de los caprianos.

Lurco, a falta de mar, hubiese podido arrojarse en la pila de agua de esa bella plaza, adornada con angelotes bonachones en jaspe que le sonreían con displicencia y le mostraban sus tensados arcos. El agua le seducía, pero esta vez le costaba huir. Estaba cansado de esconderse, así que retuvo una poderosa inhalación de aire y al exhalar hizo saltar la piel humana que ocultaba su identidad. El príncipe Lurco ahora era visible, se trataba de un gigante, que erguido rivalizaba en imponencia con los altos edificios de la ciudad. ¿Cuál de los soldados de Capria se atrevería ahora enfrentarlo?

La rubia, liberada de su atolondrado cuerpo humano le salió al paso. También se mostraba tal cual era, una colosal hembra musculosa, con tenazas, punzones y brocas iridiscentes.

El combate resultó espeluznante y de haberse programado en cualquiera de las mejores arenas espacianas, la taquilla sería cuantiosa. Sin embargo, ninguno de esos recios aficionados pudo contemplarla, salvo los ateridos humanos, que marchaban a esconderse.

Al final de la pelea, con la rubia a punto de quitarle con un nuevo manotazo las hilachas de luz que le aferraban a la vida, Lurco sacó su ocarina de hule para hacer la postergada llamada de auxilio. En poco asomaban los tipos de la Patrulla Tycho y retiraban a Lurco de la Tierra.

Lurco despertó en el Policlínico. La mirada de una bella mujer le daba la bienvenida.

—Hola cariño —le dijo ella y luego al oído añadió—, eres un felino de Mautracia. También estoy en el Programa. Somos pareja en este nuevo mundo.

La cariñosa dama repasaba su áspera lengua por el rostro de Lurco sin escatimar en dulces ronroneos y llenarlo de mimos. No le hizo falta levantarse en busca de un espejo, su forma era clara; la veía reflejada en los grandes ojos de su nueva compañera. Era la variación de un gato, el príncipe Lurco dijo "Miau" para comprobarlo.

INHUMANO

Dov Terkieltaub
Israel, 1962

I) Marta

A pesar que el día amaneció luminoso y claro, Marta estaba otra vez deprimida. Un rayo de luz que consiguió entrar por la angosta ventana del techo se reflejó en su tez pálida, dándole una apariencia un poco fantasmal que decididamente no la favorecía.

—¡Buenos días! —dije con voz alegre para animarla. Ella se sentó en silencio en la única silla, enfrente de mí, con la vista perdida.

Sin duda, mi cuarto no es el lugar adecuado para levantarle el ánimo a nadie. Paredes vacías, una sola ventana allá arriba, y una silla. No que me molesta, pero bueno, la verdad es que ya pensé varias veces en pedirle a Walter, el jefe de nuestra Unidad, que cuelgue un cuadro o un poster. Algo alegre y colorido, o tal vez un paisaje pastoral que alivie esa sensación de ahogo que causan estas cuatro paredes desnudas. Pero no me animo. Walter me da miedo, y por lo que sé, no solo a mí.

Y la verdad es que Marta no necesita mucho para caer en una de sus frecuentes depresiones. Ella siempre me visita cuando no se siente bien. Al fin y al cabo, esa es mi profesión: soy psicólogo. Pero no hace falta ser Freud para entender que lo que esta chica necesita son unas vacaciones, un poco de aire fresco, ¡unos cuantos días de paseo! Pero en esta época ya nadie sale de su Unidad. Es mucho más fácil sentarse frente a una pared virtual, conectarse con el centro de turismo y ¡listo!, ya estás paseando en Italia, Francia o donde quieras. Todos lo hacen, pero yo no creo que disfruten realmente. Parece que ya nadie recuerda la sensación que te da un paseo verdadero. No, no es que yo haya paseado mucho; pero tengo un viejo recuerdo de un viaje cerca del mar, cuando llegué a la Unidad. La ventana del camión estaba un poco rota, y por el vidrio oscuro y quebrado entró un poco de aire, y luz, ¡y yo vi el mar! Sucio, casi muerto, pero aun así me despertó semblanzas de otros tiempos, cuando la palabra mar era sinónimo de vacaciones,

136

alegría y niños jugando. En la Unidad casi no hay niños, y es una pena. O tal vez los hay y desde aquí abajo no se los escucha. Los rumores dicen que Walter odia el ruido que hacen los niños, y aterroriza a sus familias con amenazas de que arrojara a los pequeños a la calle. ¿Puede alguien ser realmente tan cruel?

Marta continuó en silencio. Finalmente me arriesgué a preguntar:
—¿Qué… qué pasó?
Ella se sobresaltó, como si hubiese olvidado mi presencia.
—Nada… no pasó nada —dijo con voz nerviosa. Su respiración era rápida y sus ojos se movían erráticamente de un lado a otro, sin conseguir fijarse en un punto determinado. Comencé a preocuparme.
—Cálmate —dije con cautela.
Le ofrecí un vaso de agua, que llego hasta su lado con un zumbido suave. Las manos le temblaron al levantarlo, derramando casi la mitad del contenido sobre sus hermosas, estilizadas piernas. Su piel, cubierta por una brillante película sintética, a la última moda, rechazó el líquido que resbaló en silencio hasta el suelo.
Aquel rayo de sol que había conseguido entrar por la ventana desapareció, y la iluminación automática se incrementó un poco más. Marta rompió el silencio con voz insegura:
—Hoy es mi cumpleaños…
—¡Feliz cumpleaños! —respondí con el tono más animado que pude— . ¿Noventa?
—Ochenta y cinco —respondió.
Por supuesto, yo sabía perfectamente la edad de Marta, puesto que nos conocíamos ya hace bastante tiempo. El año pasado eligió la apariencia de una mujer de cuarenta, y este año la moda le dictó un *look* más joven, de no más de 18 o 20 años. Su cabello y sus ojos eran de un ligero tono azul, que cambiaba constantemente cada tantos minutos. Los sutiles cambios genéticos que ofrece la cosmética moderna son maravillosos, para quien puede permitírselos.
—¿Cómo vas a festejar? —continué con mi tono animado, que ya estaba totalmente fuera de lugar.
Marta no contestó, pero finalmente me miró.
—Creo que me estoy volviendo loca —dijo lentamente, con visible esfuerzo.
—Tus exámenes psicológicos son perfectamente normales.

137

—Los exámenes psicológicos son tuyos, no míos —contestó débilmente, pero con un aire desafiante.

No supe que decir, así que me quedé en silencio.

—No estoy hablando de exámenes —continuó, hablando con una voz un poco más aguda de lo normal—. Mi programación genética es perfecta… viviré por lo menos 200 años, soy una excelente profesional, tengo una buena carrera, mi cuarto es estupendo, ¡y tengo cuatro paredes virtuales! ¡Cuatro! ¡Ya he paseado por todo el mundo!

Otra vez los benditos paseos virtuales, pensé.

A pesar de que no estaba seguro, decidí arriesgarme.

—¿Qué te parece… si te tomas unas vacaciones?

—¿Vacaciones…? —me contestó con voz temblorosa, mientras sus ojos se llenaban de lágrimas—. ¿Eso es todo lo que me vas a decir? Me siento mal, me siento vacía, todo lo que hago no tiene sentido, ¿no lo entiendes? Pensé que tú me entenderías… ¡No tengo con quien hablar!… ¡solo contigo!

El tono de su voz se tornó más y más elevado, hasta que terminó en un grito. Las lágrimas desbordaron, resbalando sobre su tez transparente. Al igual que sus ojos, también sus lágrimas eran azuladas pero, cuanto más lloraba, el azul era más intenso. Luego de un interminable minuto de llanto histérico, Marta se levantó bruscamente y se volvió en dirección a la puerta.

—¡No… discúlpame, por favor! ¡No te vayas! ¡Lo lamento!

Marta se detuvo y se derrumbó nuevamente sobre la silla. Durante un rato quedo en silencio, tratando de calmar su agitada respiración.

—Discúlpame… —murmuró al fin, sacudiendo la cabeza como si quisiera liberarla de algo invisible que la atrapaba—. Es mi nuevo chip. No funciona bien.

De repente entendí. ¿Cómo no me di cuenta antes?

—¿Chip? ¿Te has injertado un nuevo chip en el cerebro?

—Si… —dijo Marta con voz torturada.

—¡Marta, ya hemos hablado de eso! ¡No necesitas chips en tu cabeza!

—Ya lo sé… pero… solo así me siento bien… más tranquila, ¿entiendes? ¡Sin el chip yo no puedo hacer nada! ¡No consigo levantarme de la cama!

—Marta… escúchame por favor… ese chip estimula el cerebro con impulsos eléctricos. Fue creado para curar enfermedades… ¡Tú estás perfectamente sana! ¡No lo necesitas!

138

—¡Siempre me dices lo mismo, pero no es cierto! ¡Yo lo necesito! ¡Y no tiene nada de malo, todo el mundo los usa! —contestó con mal disimulada rabia.

Yo sabía que ella decía la verdad. Ya hace varios años que los chips cerebrales han pasado a ser parte de la vida cotidiana. ¿Cuándo comenzó? Al principio, fueron desarrollados para tratar dolencias terribles, incurables, como Parkinson y Alzheimer. Los increíbles logros de la ciencia consiguieron emocionar hasta los más cínicos. La misma tecnología fue usada para casos menos graves, pero no menos importantes: ADHD, problemas de memoria, senilidad. Pero con el tiempo, fue inevitable que el uso se ampliase fuera de las necesidades estrictamente medicinales. Los primeros en adoptarlos fueron estudiantes y académicos, que agradecieron mucho la posibilidad de ampliar su memoria y mejorar su inteligencia; luego comenzaron a usarlos también muchos otros profesionales, como abogados y periodistas. El uso y abuso de chips fue sumamente discutido, pero con el tiempo todos se acostumbraron. Así como ocurrió con el teléfono celular y el Internet en su tiempo, los chips se tornaron imprescindibles.

El problema comenzó después, cuando fueron usados para el placer. Los sutiles, deleitantes impulsos eléctricos, reemplazaron gradualmente a otras drogas como el crack, cocaína e inclusive marihuana, en especial entre las celebridades —cantantes, artistas, (y hasta algunos deportistas)–, siempre en busca de nuevas sensaciones. Inmediatamente, la juventud fue detrás de sus ídolos, y de allí el uso masivo fue imposible de frenar. El inmenso mercado y las fáciles ganancias impulsaron más y más desarrollo tecnológico, e innumerables compañías *start-up* inventaron nuevas, mejores versiones. Luego llegaron las inevitables imitaciones baratas, y el mercado negro floreció, inundando el mundo entero con chips de mala calidad que provocaron muchas muertes, y a veces cosas peor que la muerte… Como la cirugía plástica en el pasado, la cirugía cerebral se convirtió en una de las más rentables especializaciones de la medicina, e innúmeras clínicas (legales y menos legales) aparecieron como hongos después de la lluvia. Hoy parece que ya no hay nadie dentro de la Unidades sin chips.

—Ya lo sé —contesté–, pero todavía pienso que es un error…

—Ya nadie piensa así —dijo Marta con una sonrisa esforzada—, tú eres un poco anticuado… como un abuelo.

De repente, los dos reímos juntos. Fue bueno escucharla reír.

Marta respiró profundamente, como si quisiese limpiar su cuerpo por dentro.

—Solo necesito un poco de tiempo para acostumbrarme —dijo con voz falsamente firme.

—Tú sabes que solo quiero lo mejor para ti —le dije.

Marta se levantó.

—Gracias —contestó, con una sonrisa tímida—. Lo sé. Ahora debo irme. Yo... ya me siento mejor... de verdad…

De repente, una voz fuerte y violenta se escuchó más allá de la puerta.

—¡Marta! ¡Marta!

La sonrisa de Marta se desvaneció y ella enmudeció, nuevamente pálida.

—Walter… —murmuró. Sin decir palabra, se dio vuelta y salió del cuarto.

II) Laura

Laura es todo lo contrario de Marta. Plena de confianza en sí misma, alegre y extrovertida, entró en mi cuarto con paso vivaz. Las sesiones con ella son rápidas, y al mismo tiempo perturbadoras.

—¿Querías verme? —preguntó.

—Sí, hace tiempo que no conversamos… ¿qué es de tu vida?

—Ocupada, como siempre —me contestó con una sonrisa enfática—. Paul me invito a salir hoy, pero no tengo tiempo. Ya arregle con David y Elena que daremos un paseo por Paris, y luego por Hong-Kong.

—¿Paul no se ha enfadado? No es la primera vez que le rehúsas…

—¿Enfadado? No, Paul es un amor —rio Laura—, nunca se enfada. Ayer salí con él y con Jan.

—¿Jan? No creo que lo conozca…

—Jan es de Holanda. Es amigo de María, mi amiga chilena. Nos conocimos durante un paseo en Tierra del Fuego. ¿Has estado allí? ¡Un lugar increíble!

—Extraordinario… ¿esa chaqueta es de allí? Te sienta bien…

—Gracias... ¡siempre tan gentil! —sonrió—, sí, la compré en Ushuaia. Y también los zapatos. María y yo compramos del mismo color...

—Muy lindos. ¿Has comprado alguna otra cosa últimamente?

—No, no mucho... unas cuantas ropas que compré en Londres junto con Carol, y también unos cuadros... ¡Osvaldo me llevó a una galería pequeña y preciosa en Barcelona, no puedes imaginarte qué increíble oferta!

—¿Y tu nueva cocina?

—¿La has visto? No recuerdo que hemos hablado de eso...

—Me lo han comentado... yo pensé que ya el año pasado habías cambiado tu cocina.

—¡Sí, pero esta es mucho mejor! —contestó Laura en tono receloso.

—No tengo dudas. ¿Quién te la recomendó?

—¡Nadie! La vi en la casa de Patty, en Manhattan...

—¿Y tu nueva pared virtual? Laura...

—¿Qué? ¡No he gastado mucho! —su voz comenzó a temblar.

Su recaída era evidente.

—Laura, tu cuenta bancaria ya ha sido cerrada varias veces. La compañía de crédito me ha comunicado que tus deudas siguen creciendo.

—Mis amigos... mis amigos me han recomendado pasar para otra compañía de crédito. Ellos ya se han pasado...

—¿Qué amigos son esos? —pregunté, y no pude disfrazar la desconfianza en mi voz.

—¡Tú no los conoces! —contestó encogiéndose como un puercoespín— ¡Los he encontrado durante mis paseos! Jeanne es de Australia, Jorge de España, Li de China. ¡Tengo muchos amigos! Ellos siempre están allí cuando los necesito, me escuchan, me ayudan....

La miré con compasión, pero ella no se dio cuenta. Era imposible contarle la verdad.

Millones de personas solitarias en todo el mundo tienen esos "amigos". Amigos virtuales, personajes creados por firmas comerciales para crear y luego explotar esa terrible sensación de soledad... Son tus mejores amigos; son agradables, ingeniosos y, principalmente, te hacen sentir bien: ríen con tus bromas, te dan la razón, escuchan tus problemas y tus confesiones, y te levantan la moral cuando lo necesitas. Cuanto más paseas con ellos por el mundo virtual, más te aíslan del mundo real. Solo que tú no sabes que tu "amigo" es una programación de computadora cuidadosamente planeada por ingeniosos publicistas, que pasea contigo por todo el "mundo", va contigo a beber a un pub, te muestra su casa (que siempre es un poco más grande que la tuya y tiene una pared virtual más de las que tú tienes), te cuenta sus más profundos secretos en intimas conversaciones nocturnas... y todo planeado sutilmente para hacerte comprar más y más artículos que no necesitas. ¡Pobre Laura! Esa vida social a la cual se aferra desesperadamente es una farsa virtual, tan bien construida que ya no hay forma de volver atrás sin destrozarla. Laura vive una vida artificial, pero es la única que tiene.

—Me alegro —dije—, de verdad.

—Discúlpame que no te haya contado antes acerca de ellos... ¡tuve miedo de que te pongas celoso! —intentó bromear con voz nerviosa.

—¿Celoso? Laura, lo único que yo quiero es que te sientas bien...

Laura respiro aliviada.

—Tú también... eres un buen amigo. ¿Sabes qué? Tal vez podríamos dar un paseo todos juntos...

—Tal vez —contesté sin ninguna intención de hacerlo—. Pero antes tú debes hacer un esfuerzo. Basta de gastos por un tiempo. Dile a tus amigos que esta semana no puedes salir.

Su sonrisa se borró y se transformó en una insoportable tensión. Su adicción era evidente.

—¿Toda la semana? Yo... esta semana no puedo...

—Esta semana.

—¡La próxima! ¡Te lo prometo!

No quería decírselo, pero no tuve otro remedio

—¡Laura! ¡Si tu deuda continúa creciendo, Walter se enterará!

El nombre de Walter la lleno de terror. Un temblor incontrolable se apoderó de su cuerpo. Laura bajo la cabeza y comenzó a llorar.

III) Ello

Mi cuarto quedo en silencio durante un rato, hasta que la puerta se abrió nuevamente. Me decepcioné un poco al ver que el visitante no era Marta.

—Buenas tardes —dijo Ello.

—Buenas tardes —contesté.

—Me alegro de verlo. ¿Cómo está usted? —me preguntó.

142

Ello siempre habla en forma ceremoniosa, y tal vez por eso hablar con él me pone un poco nervioso. Creo que es una característica de los neo-humanos. Entre nosotros, yo todavía los llamo así, a pesar de que casi todos los llaman "androides", un apodo que en mi opinión es bastante ofensivo… una forma de deshumanizarlos.

Todavía recuerdo los grandes titulares de los periódicos cuando el primer neo-humano fue creado: "¡La ingeniería genética consiguió crear el primer ser humano artificial!" "Gran adelanto científico" "Un paso gigantesco para la humanidad", etcétera. Pero lejos de los círculos científicos, la reacción popular fue de rechazo y miedo. Hubo fieras discusiones entre los políticos a propósito de si pueden ser clasificados "seres humanos" y si tienen derecho a voto. Luego de una larga batalla judicial, las organizaciones a favor los derechos humanos (que ya no existen) consiguieron demostrar en la suprema corte de justicia (que también ha desaparecido) que los neo-humanos tienen sentimientos, como cualquiera…

Pero de aquella época queda hoy solo el recuerdo. Como dije antes, los neo-humanos son rechazados por la sociedad, aunque solo después de mi conversación con Ello comprendí hasta qué punto. Como todos los neo-humanos, Ello hace las tareas de limpieza en nuestra Unidad, y parece que en eso tiene suerte, aunque Walter lo llama despectivamente "Eso" y lo amenaza constantemente que lo mandará de vuelta "al gueto de donde vino".

—Muy bien, gracias —contesté en el mismo tono cortés.

Ello quedo en silencio unos minutos, y luego dijo repentinamente:

—Tenemos mucho en común, usted y yo.

—¿En común?

—Sí. Por ejemplo, los dos estamos solos, sin familia.

Si había algo que no esperaba, era que un neo-humano, creado en un laboratorio, me venga a hablar de familia.

—¿Usted no tiene… hermanos?

—¿Se refiere a otros androides, como yo?

Me sorprendió que se refiriese a sí mismo con el despectivo "androide".

—Me refiero a otros neo-humanos, creados en el mismo día. Pensé que esa es la definición de "familia" entre ustedes —contesté, tratando de no hablar en forma hiriente.

Ello sonrió, pareciendo divertido.

—Ah, esas definiciones… son tan convenientes. Las apariencias obligan a referirse a los neo-humanos como si fueran seres humanos, y los humanos tienen familia, entonces les inventaremos "familia" a ellos también… y podremos olvidarnos del problema.

—¿Y no lo son? Hermanos, me refiero…

—No, no más que dos sillas fabricadas en la misma fábrica y en el mismo día —dijo en tono irónico.

Interesante, pensé. Es la primera vez que tengo oportunidad de analizar a un neo-humano. Pero inmediatamente sentí una punzada en mi conciencia: ¿Yo también veo a Ello como un espécimen de laboratorio? ¿Dónde está mi sensibilidad?

—¿Quiere hablar de eso, Ello? ¿Le gustaría tener una familia… normal?

La sonrisa de Ello desapareció.

—No me subestime, Doctor… No soy un niño perdido llorando por su mamá. ¿Qué es una familia normal?

—Dígamelo usted.

—Hoy ya no existe familia normal. Esos son cuentos del pasado.

—Entonces, ¿por qué le importa si tiene o no familia? ¿Cuál es la diferencia?

—Lo que viene junto con la familia, cualquier familia. El contacto. La presencia de alguien… cercano.

—Sus "hermanos" son cercanos —me arriesgué a presionarlo. Mi instinto de psicólogo me indicó que me estaba acercando a mi objetivo—. ¿Qué es lo que usted busca, Ello?

Ello no contestó inmediatamente. Cuando habló, su voz era distante.

—Sentir.

Fue mi turno de estar en silencio.

—¿Sentir? ¿Sentir… qué?

—Sentir, en general. Querría saber qué es el sentimiento.

—Todos tenemos sentimientos, Ello, incluyendo usted. ¡Es imposible vivir sin sentir!

La expresión helada de Ello me hizo entender que estaba equivocado.

—¿Qué pasa, doctor? ¿Le horroriza hablar con un androide sin alma?

—Lo lamento, no lo entiendo.

—Sentimientos, mi estimado doctor. No sé lo que son, nunca lo he sabido. Los androides no sentimos; solo pensamos y actuamos. El sentímiento, al parecer, es una prerrogativa de los seres que han nacido y crecido en forma natural, no fabricados en masa.

—Eso no es cierto —protesté un poco indignado—. ¡Ya fue demostrado que los neo-humanos tienen sentimientos, como cualquiera! El movimiento por los derechos de los neo-humanos…

— Ah, sí, el famoso caso por los neo-humanos… —la expresión de Ello era hueca—, eso fue ya hace muchos años.

—¿Fue una gran victoria para su gente, no? —continué lleno de convicción—, ¡una decisión de la Suprema Corte de Justicia!

—¿Sí? Un grupo de intelectuales liberales ayudaron al primer androide a ser reconocido como ser humano. Seguramente usted lo ve como un orgullo para la democracia, esa democracia que ya ha muerto…

—¿Y no lo fue?

—No, no lo fue —respondió, y un tono metálico se infiltro en su voz—. En realidad, nadie le preguntó a él si lo deseaba. Y si le hubiesen preguntado no podría contestar, pues como le acabo de explicar, él no tenía deseos. Pero esos trastornados se convencieron a sí mismos y a los jueces de que la vida es hermosa, inclusive si naces en una incubadora automática, ya adulto y sin niñez, con conocimientos ya grabados en tu cerebro, sin que te hayan dado la oportunidad de escuchar una voz humana hasta que tu cuerpo llega a los 30 años… Todos los grupos a favor de los derechos humanos se manifestaron ante las puertas del tribunal. Los periódicos, la televisión... La corte no tuvo alternativa. Decidió que somos humanos con todos los derechos. ¡Qué triunfo para la humanidad y la ciencia!

—Bueno, esa ciencia le ha dado la vida, ¿no?

—Yo no la he pedido.

—¡Nadie lo obliga a vivir!

—¿No? Yo creo que sí. Estoy obligado a vivir. Para renunciar a la vida es necesario desear la muerte. Nosotros no tenemos sentimientos, y por lo tanto tampoco deseos ni necesidades. No amamos ni odiamos. ¿Ya ha escuchado de un neo-humano que se haya suicidado?

La verdad me golpeó, dura como una roca.

—Entonces… todos estos años…

—Todos estos años su civilizada sociedad se esconde detrás de un muro de falsa humanidad, cuando la verdad está delante de sus ojos aunque nadie la menciona: los neo-humanos somos sacos de carne y raciocinio, sin sentimientos. Aberración de la creación, esclavos de una vida que no pedimos, la leyenda del Golem que ha tomado forma en millones… pero a nadie le importa.

Me revolví contra su acusación.

–¡Claro que importa! ¡No todos somos insensibles!

–¿No? ¿Sabe usted dónde viven los neo-humanos? Yo soy una excepción. La mayoría de nosotros vive en guetos fuera de la ciudad. ¿Sabe por qué? Para que nadie los vea. Lo importante es que no molestemos a la limpia conciencia de los ciudadanos… ¿Está usted ciego? Somos usados para los peores trabajos... ¿Sabía usted que cuadrillas de jefes como Walter salen a cazar androides por las noches? Los rumores dicen que los usan para donación "voluntaria" de órganos, a favor de quien tiene dinero para comprarlos, por supuesto. Somos los esclavos modernos, peor que esclavos, puesto que no podemos desear la libertad. De eso nadie habla. La fingida compasión por los neo-humanos no es más que una máscara. Solo usted no lo sabe…

Mi voz salió ahogada, como una grabación estropeada.

–¿Y por qué me lo cuenta ahora?

Ello me miro, casi con lástima.

–Porque solo a usted le importa.

Y salió del cuarto.

IV) Walter

Débiles. Eso es lo que son. Débiles, tontos, inútiles. Todos ellos. Qué mala suerte tengo, justamente en mi Unidad yo he recibido semejante cantidad de inservibles. Otros jefes pueden decir con orgullo que tienen una Unidad productiva y disciplinada. ¿Y la mía? Que va. Ellos son "sensibles", ¡sensibles! ¿Qué es lo que me dijo Marta, aquella buena para nada? ¡Que quiere sacarse el chip cerebral! ¿Está loca? ¡Yo tengo dos, y no es suficiente! Y tiene cuatro paredes virtuales, la muy perra. ¡Si yo tuviese el dinero que ella tiene, mi cabeza ya estaría llena de chips, como León, el jefe de la Unidad del Sur, que ahora se ha injertado el noveno! Él los usa para escuchar música dentro de su cabeza todo el día, el muy idiota. Si yo tuviera tantos chips en mi cabeza, los usaría para planear cómo obligar a todo el mundo a hacer lo que deben. Sí señor, basta de tonterías. ¡Cada uno a su lugar y a trabajar duro! ¡Podría saber dónde está cada uno y qué hace a cada minuto! Ahí podría atrapar a todos esos vagabundos que no hacen nada. ¡Ninguno se escaparía de mí! Y yo sé muy bien cómo tratarlos, sí señor. Yo no soy "sensible". Quien no produce, no tiene derecho a comer. Ninguno de ellos, tampoco sus inmundos niños. No hay lugar suficiente lugar en este mundo, y cuantos menos inútiles haya, mejor. ¿Para que traen niños al mundo? Que coman basura en la calle, como los androides en su sucio gueto. A esos no los soporto. Tienen una expresión idiota, como si no les importase nada. Ni siquiera cuando los cazamos. Si por lo menos gritasen, sería divertido.

Yo debo hacer un cambio. Con esos ciudadanos no voy a llegar a ninguna parte, no voy a poder demonstrar mi valor como Jefe. Sí, tengo que deshacerme de algunos de ellos. Ya sé que es contra la ley, pero esa ley debe ser cambiada. Es una ley anticuada, de los ridículos días antiguos en los cuales había jueces y todo eso. Yo podría cambiarla, pero para eso tengo que llegar a una posición mejor como, por ejemplo, Jefe Regional. ¡Ja! Todo el mundo temblaría de mí... Y yo puedo llegar a eso, tengo la capacidad y las ganas. Solo necesito la fuerza. Y cuidarme, porque no soy el único que quiere salir de su podrida unidad. También Raúl, el jefe de la Unidad Norte, piensa como yo. Cuando llegue el momento, me ocupare también de él.

Entonces a planear. Debo actuar con cuidado, con astucia y cautela. Primero, los más débiles, las familias con niños pequeños. Esos son los más fáciles, porque siempre están contando que tienen familia en alguna parte, sus padres o algo así, que viven fuera de la Unidad, y por eso están en peligro. ¡Claro que están en peligro! Para eso existen las Unidades, para cuidar el orden. ¡Uno de ellos me pidió que traiga a su padre a la Unidad! ¡Solo eso me faltaba, traer un viejo! ¿De qué va a trabajar? Yo nunca conocí a mis padres, ni quise conocerlos, pero ya que tanto quieren, los mandaré a unirse con ellos. ¿No quieren sensibilidad? Pues ahí la tienen. Reunión de familias... A mí no me interesa si llegan a destino o no, o si sus padres viven en lugares peligrosos. Yo no tengo la culpa de que el viaje no es seguro, y no puedo derrochar el dinero de la Unidad en darles protección. Es el dinero de la sociedad, ¿no?

Eso dejará unos cuantos lugares libres en la Unidad, y los llenaré con ciudadanos que ya conozco, que piensan como yo. Por ejemplo, algunos de mis ex soldados. No todos, no, también entre ellos había algunos afeminados que no querían apretar el gatillo. Pero los otros sabían hacer su trabajo, y bien lo demostraron durante la guerra. Cuando tienes una misión hay que cumplirla. Nunca soporté toda esa charla inútil sobre población civil, mujeres, viejos y niños. El enemigo es el enemigo. Y para mí, los que intentaron defender a esos "civiles" eran traidores, y como tal fueron tratados, aunque vestían el mismo uniforme que yo. Mis soldados me fueron leales, y lo serán también ahora.

Luego continuaré con los inútiles, esos que no trabajan. Como aquella Laura. ¿De dónde saca dinero para comprar tantas cosas? Si es tan rica, tal vez tenga algún dinero escondido en su cuarto. No me vendría mal. Y si no tiene, aquí hay algo extraño. Debo averiguar. Cualquier pretexto será bueno para echarla de aquí. Y en cuanto a Marta, la última vez que la vi me pareció que estaba llorando. ¡Y también Laura! Las dos salieron de aquel sótano donde está el psicólogo. ¿Qué significa eso? ¿Por qué no he recibido inmediatamente un reporte acerca de esa debilidad? Ahora que lo pienso, fue el mismo día que Marta comenzó con sus estupideces de sacarse el chip. ¿El psicólogo las ayuda? ¡Inadmisible! ¿Cómo puedo combatir la debilidad si el psicólogo la fomenta? ¡Maldito sea! ¡Si es así, debo deshacerme también de él inmediatamente!

Nuestra sociedad se ha adelantado mucho tecnológicamente, pero la debilidad nos carcome por dentro. Para eso los Jefes hemos sido designados, para combatirla.

V) Yo

Cae la noche. Fue un día largo, y aunque no me canso, es bueno disfrutar de una pausa. Me da tiempo para reflexionar sobre todo lo que ocurrió hoy. Sobre Marta, Laura y Ello, sobre sus miedos (sí, inclusive los de Ello) y sus necesidades. ¿Debería haber hecho las cosas de un modo diferente? Tal vez fui un poco duro con Marta. Al fin y al cabo, ella tiene razón, todos usan aquellos benditos chips. En cambio, con Laura debo hacer algo más drástico. Su situación ya es desesperada. Ella sí necesita un chip… ¿Qué diría de eso Freud?

Solo en mi cuarto, me re.

La puerta se abre, y entra Marta. Qué raro, nunca viene de noche. Me alegro de verla, pero observo que está llorando, otra vez. ¿Qué son esas marcas en su cara?

Detrás de ella entra Walter, el jefe de la Unidad. ¡Walter! Él nunca ha entrado en mi cuarto desde el día que llegué.

Walter se acerca a mí, derrumbando la silla de un puntapié. Su expresión es horrible, satánica.

—Se acabó mi paciencia —dice con una mueca que tal vez es una sonrisa—. Tú serás el primero.

El pavor crece dentro de mí. Marta llora a gritos.

—¡Por favor, no! —escucho su voz— ¡Por favor, Walter!

Pero no consigo verla. Solo veo la mano de Walter que se acerca, grande y violenta, y me obstruye la visión. De repente, todo se borra. El mundo se desvanece: Walter, Marta, y el cuarto. ¿Qué es esto? ¿Es la muerte?

Walter salió del sótano seguido por la llorosa Marta. Su llanto lo irritó aún más.

—¡Basta ya! ¡Basta! —gritó exasperado.

—Él era... ¡era mi amigo! —solloza Marta, incapaz de contenerse. Walter la golpeó brutalmente en el costado de la cabeza y Marta cayó de rodillas sobre el duro suelo, sangrando.

—¿Tu amigo? —Walter la miro como si estuviera loca— ¿Tu amigo? —repitió sacudiendo la cabeza— Mujer estúpida, es claro que tu chip no funciona. ¡Era una computadora!

Y Walter empujó a Marta escaleras arriba, apagando la luz.

LA PRIMERA VEZ

Juan Pablo Goñi Capurro
Argentina, 1966

La tensión era inocultable en la Alta Sala. Los principales directivos de la sucursal argentina de CRYOSOLUTIONS estaban en silencio; el Doctor Mensell, médico, y la Doctora Crisserio, bióloga, los responsables del área operativa, bebían sus fluidos sin entablar contacto visual con los jerarcas. Aguardaban a los representantes del Estado que confirmarían la solicitud. Habían repasado ya todas las normas incluidas en el protocolo de procedimientos, no existían dudas, pero siempre la primera vez que se pone en marcha un proceso se genera incertidumbre. Los protocolos venían avalados por más de ocho años de práctica, pero esa práctica se había producido en países europeos, los únicos que hasta el momento habían requerido deshibernaciones.

En la sala estaba presente el CEO de origen norteamericano, William Sheritt, el Gerente de Marketing Raúl Sprecci, el Gerente de Relaciones Manuel Pier y la Asesora Legal, la Doctora Emilia Medina, además de los científicos. El extranjero rondaba los sesenta años pero los otros no llegaban a cincuenta, precauciones que tomaba la central para evitar un pronto reemplazo en sus líneas directivas. La Doctora Medina extrajo las cápsulas correspondientes al almuerzo, aunque no eran las once aún, y las ingirió; explicó, sin que nadie se lo pidiera, que estaba baja en glucosa. El representante del Estado se demoraba demasiado y alimentaba sospechas; ¿cambiarían la decisión?, ¿darían marcha atrás con el pedido?

Disimuladamente, cada uno controlaba en sus relojes los propios síntomas generados por la ansiedad, el temor y cierta molestia por la demora de la gente del gobierno. Los índices variaban pero con excepción de la abogada, ninguno requería dosis extras de vitaminas, tranquilizantes o estabilizadores. Por un momento Pier se acercó al límite de sus pulsaciones, cuando pensó que los demás podían atribuirle la demora ya que era el encargado de las Relaciones y como tal el que había concertado el horario. Las pulsaciones volvieron a la frecuencia normal al repasar en su lector la existencia de todas las constancias que

150

confirmaban que había dado los pasos correspondientes, asegurándose que el Estado estuviera en conocimiento del horario exacto; poseía también la confirmación y aceptación del calendario propuesto. La primera experiencia argentina llevaba ya tres minutos de demora.

No solo era la primera experiencia en Argentina sino también en Latinoamérica. Poblaciones jóvenes y abundantes para menor cantidad de trabajos habían evitado la necesidad de proceder a la deshibernación con anterioridad. Los antecedentes eran todos del continente europeo, con excepción de unos cincuenta en USA más uno de Japón y otro de Australia. África aún no había aplicado la hibernación y la vida allí era cada vez más intolerable, entre guerras, hambrunas y desastres ecológicos constantes. Para ocupar su tiempo y disminuir su ansiedad, el CEO releyó los informes pedidos a las filiales europeas. Habían descartado los provenientes de USA porque allí todos los casos tenían como objeto cubrir bajas en el ejército y los soldados eran los más fáciles de reemplazar. Solo utilizaron el dato que indicaba que no habían tenido problemas allí.

En Europa las variables habían sido otras. Se habían requerido desde mozos hasta ingenieros, desde strippers hasta maestras. Los procesos habían resultado exitosos en cuanto al método de recuperación física y mental de los criogenados, pero el seguimiento posterior de los ejemplares escogidos había marcado algunas fallas; varios debieron ser reemplazados y devueltos a hibernación. El CEO pasó su mano sobre la pantalla de los informes para quitarla de su frente; estudió el equipo reunido. Los científicos eran los más necesarios, ellos junto con los ingenieros que permanecían en el piso eran los responsables de controlar las funciones vitales de los ejemplares. Marketing estaba allí por precaución; el periodismo estaba enterado del procedimiento –era la máxima noticia del año, cuanto menos– y, aun cuando permanecían en el globo adyacente, necesitaban que se les diera cuenta de los resultados del proceso; si todo ocurría como estaba previsto, sería el CEO el encargado, pero si fallaba sería función del Gerente del Área minimizar los daños.

La Asesora Legal tenía como única tarea deslindar las responsabilidades de CRYOSOLUTIONS. Debía cerciorarse de la concordancia del pedido estatal con los ejemplares provistos por la empresa así como del cumplimiento de todos los pasos previstos en el protocolo para la deshibernación. Manuel Pier, encargado de las Relaciones, era quien llevaría las conversaciones con la delegación estatal, quizá la única presencia evitable pero William prefería que estuviera allí.

En adelante no sería necesaria esa presencia, ni la suya, cuando el procedimiento tuviera varias repeticiones.

Los doctores constantemente chequeaban sus comunicadores donde accedían a todos los signos vitales de los escogidos y a su vez intercambiaban datos con los ingenieros del piso. Las salas de recuperación estaban dispuestas y el personal auxiliar debidamente en sus puestos. Empero estaban preocupados, como todos. Ellos no tenían dudas sobre el procedimiento, habían asistido a varios de los producidos en Europa y estaban preparados; su miedo provenía de los ejemplares solicitados, la clase EXM. Esa clase existía también en Europa pero nunca había sido requerida. ¿Para qué puestos el Estado los llamaba? Esa parte de la información no era compartida, la ley de datos impedía dar a conocer a los criogenados. ¿Para qué necesitaban gente así? Los EXM eran los menos preparados, los de menor coeficiente intelectual, los que pese a su edad no habían completado los estudios secundarios, ¿qué clase de tareas podrían efectuar?

Para el CEO, en cambio, la selección de los ejemplares era conveniente, cualquier falla sería menos gravosa. Un ejemplar EXM estaba cerca de dar pérdidas, cerca, no existían pérdidas en CRYOSOLUTIONS. Tenían millones y si alguno moría en el proceso nadie los extrañaría. Era diferente perder un ejemplar especializado, un ingeniero, un biólogo, un físico. Pero un EXM o cuarenta, como eran los solicitados, no variaban la ecuación. Se trataba de lo que llamaba riesgos controlados.

Una secretaria de traje ceñido dio paso a Leónidas Argüello, Ministro de Población, eliminando todas las distracciones. Provocó extrañeza que apareciera solo, habían especulado con que llegaría rodeado de una corte de asesores. El hombre saludó con una inclinación de cabeza; llevaba un portafolio del cual extrajo un sobre lacrado. Dentro estaba el código con la autorización para el procedimiento. Como todo político, decidió hablar antes de ceder el instrumento a los encargados de la operación.

—Señoras y señores, llevamos dieciocho años esperando este momento. Algunos no estaban en los inicios de este sistema que cambió el mundo, eliminando el hambre y la violencia en las sociedades desarrolladas. Desde entonces, además de gozar de las ventajas que el sistema concedió a nuestra vida diaria, hemos estado a la expectativa de qué sucedería cuando volvieran a la vida los primeros humanos sometidos a la crionagenación.

Cada uno de los presentes conocía de sobra la historia pero mantuvieron sus rostros impasibles, como habían aprendido en los Talleres de Inexpresividad destinados a la clase dirigente. Hacía dieciocho años que Argentina había adherido al sistema de hibernación por criogenado, eliminando así todos los sobrantes de población y resguardándolos para necesidades futuras. Los resultados habían sido enormes; desapareció el desempleo, la violencia se redujo a niveles mínimos, las ciudades hallaron sus tamaños adecuados para no destrozar el medio ambiente y las necesidades energéticas se habían reducido en un cincuenta por ciento.

Como en todos los países del continente sudamericano, la cantidad de criogenados era alta. En Argentina fueron dieciséis millones los puestos a hibernar. Pero el excedente en alimentos permitía que el Estado obtuviera beneficios a pesar del alto costo de mantener en reserva tantos ejemplares. De los dieciséis, catorce millones pertenecían al grupo EXM, que involucraban a los grupos antes alimentados por el Estado. Solo dos millones eran productos calificados, con estudios, con genética apropiada para altas esferas o con detalles prometedores que resaltaron en las pruebas previas a la hibernación. El ministro continuó explicando lo ya conocido hasta que se cansó. Fue el turno de Sherrit, quien le preguntó si quedaba confirmada la solicitud. El ministro rompió el lacre y le extendió la autorización al CEO.

Sherrit la leyó ligeramente y se la cedió a la abogada, quien realizó una lectura un poco más detenida aunque el escrito era breve. Satisfecha, la autorización pasó a manos del doctor Mensell. El médico y la bióloga dejaron entonces la alta sala para ir al piso. Sherrit invitó a todos a que se prepararan para asistir al proceso. La mayoría optó por seguirlo mediante los lentes, pero Sherrit y el Ministro prefirieron la pantalla holográfica. Las imágenes del piso transmitieron tranquilidad, allí todo lucía como un día rutinario con excepción de un grupo de doce hombres con delantales grises que aguardaban junto a una pared; eran los encargados de trasladar las cápsulas a la Sala de Recuperación, ubicada a pocos pasos de la Sala de Comandos del Piso, la SCP.

Ingresaron al comando Mensell y Crsserio; se colocaron frente a las pantallas, acompañados por los dos ingenieros que mantenían el control de la temperatura y de los inyectores. La bióloga leyó la temperatura de las cápsulas y otros datos que indicaban normalidad en el proceso; su voz era grabada para resguardo de futuras reclamaciones. Ante la expectativa de la gente de la Alta Sala, el doctor deslizó los dedos sobre la pantalla y varios focos intermitentes cambiaron de color. De inmediato los enfermeros (con físico de personal militar), se internaron en el pasillo en busca de los hombres que debían trasladarse a la sala de recuperación. Sherrit explicó que en el futuro los enfermeros serían reemplazados por cintas transportadoras, una vez que el proceso hubiera sido testeado lo suficiente. El ministro asintió, satisfecho.

Tras los primeros traslados la atención se dispersó. Sherrit comentó que estaban previstas nuevas Salas de Recuperación para los próximos diez años, que se irían construyendo a medida que aumentara la demanda. Las nuevas salas estarían próximas a los depósitos, lejanas del Edificio Central y de la Alta Sala, de paso se ahorraría el costoso traslado y el riesgo de cortar la cadena frío. La actual Sala de Recuperación sería reservada para demandas importantes, para sujetos clase A o B, con todas sus subclases. Las demás funcionarían de forma automática al cien por cien. El ministro asintió ante cada frase del CEO de CRYOSOLUTIONS.

Finalizados los traslados, la atención de los ocupantes de la Alta Sala y de la Sala de comandos se volcó en las cámaras que mostraban lo que acontecía en la Sala de Recuperación. Era una sala completamente vidriada, que iba adquiriendo temperatura cada vez más alta para la recuperación de los hibernados, aún mantenidos bajo una cubierta metálica. Las puertas estaban cerradas herméticamente hasta que se confirmara el éxito del proceso. La temperatura de cada cápsula era independiente ya que dependía también de la interacción con cada cuerpo. Al momento de ingresar a la sala oscilaba entre 9 y 11 grados. Fuera aguardaban los enfermeros, que en sus trajes poseían inyectores tranquilizantes para evitar acciones peligrosas provenientes de los recuperados.

El médico y la bióloga controlaban los signos vitales de los cuarenta hombres sometidos al proceso. No les extrañó que no hubiera mujeres en el pedido. Eran escogidos más veces los hombres que las mujeres para evitar la posibilidad de embarazos que fueran desestabilizando la cantidad de habitantes y así modificando el nivel de vida. Las mujeres serían más requeridas en el futuro, cuando la población decreciera; ese futuro ya estaba cercano en Europa pero era muy lejano para los sudamericanos. Poco importaba el sexo en esos momentos a Crisserio, que estudiaba los signos de los cuarenta, procesando velozmente los indicadores. Cada tanto, el doctor Mensell se comunicaba con la Alta Sala indicando que el procedimiento marchaba sin contra-tiempos.

Los ocupantes de la Alta Sala no tenían que preocuparse por esas mediciones, por lo que en sus lentes o pantallas buscaban el costado humano del proceso. Escogían las vistas provenientes del interior de las cápsulas, los rostros dormidos, los párpados que parecían reaccionar a la reanimación, con ciertas palpitaciones. Pensamientos muy diversos los atravesaban, no todos concentrados en el proceso en sí. La Doctora Medina sintió un estremecimiento al recordar que en la oposición estuvo a punto de contestar mal la pregunta 322, lo que la hubiera mandado a hibernación (más de trescientos mil abogados argentinos hibernaban); Pier, el Gerente de Relaciones, estaba interesado en conocer por qué el Ministro había concurrido a solas —era el más ajeno al proceso en sí, como vemos; el hombre de Marketing recorría una por una las caras de los EXM, molesto por no encontrar rostros bien pare-cidos y de piel blanca que lucieran mejor en la foto, ¿por qué no habían hecho trampa, qué costaba poner dos o tres BPL de contrabando?

Sherrit, conocedor que faltaba bastante para que se produjeran avances, se repitió un interrogante que lo venía molestando desde que recibió el pedido estatal; ¿para qué necesitaban más EXM?, ¿qué se ocultaba detrás de ese pedido? Si con la criogenación se habían eliminado los elementos indeseables de las calles, ¿para qué volverlos a ellas? Cuarenta no era un número significativo para el país, pero de todas formas lo extrañaba. No tenía confianza con el ministro para plantear sus dudas pero planeaba la forma de hacerlo sin aparecer como un crítico de las decisiones gubernamentales.

El hombre del Estado se aburrió de mirar las caras de los hibernados, las actividades de los científicos de la sala de comando, y quitó los ojos de la pantalla holográfica. Argüello bostezó; Sherrit se volvió a él. El resto continuó inmerso en la acción, al menos eso pa-recía.

—¿No tienen café en este lugar?

Por supuesto que tenían café. Sherrit pulsó su muñeca y ordenó a la Secretaria que llevaran dos cafés, en tanto invitaba a Argüello a ponerse cómodo en los sillones relajantes con vista al lago artificial; toda oficina de un CEO poseía estos artículos que permitían eliminar los tiempos improductivos de traslado a lugares de descanso y así permanecer en constante disposición para las eventualidades que pudiera requerir la empresa. Sherrit consideró, una vez que la secretaria hubiera dejado los cafés sobre la mesilla, que era una buena oportunidad para sonsacar a su visitante.

—¿Para qué necesitan EXM?

—¿Usted qué piensa?

—Yo creo que no hay confianza en nuestra empresa y que esto es una prueba para ver si el procedimiento resulta, si se pierden EXM nadie se va a quejar.

—Mm, un poco maquiavélico, ¿no le parece?

Sherrit se enojó. Había dado información cuando lo que buscaba era recibirla. En lugar de conocer los planes del Estado, el ministro conocía ahora su opinión, que en el fondo reflejaba desconfianza en el gobierno. ¿Elevaría un informe? Decidió enmendar su error, tras confirmar que sus subalternos continuaban en las mismas posiciones, indicando que nada ocurría de importante en la Sala de Recuperación, solo la temperatura de los cuerpos que aumentaba de grado en grado con prevista lentitud.

—No, ¿por qué maquiavélico? Es lo que yo haría si tuviera la responsabilidad de gobernar, ¿para qué arriesgar una primera vez con recursos importantes?

—No harán falta recursos importantes por varios años, quizá una década más, a menos de contingencias inesperadas. Esto no es una necesidad práctica, ¿quién necesita EXM? Esto es político, Sherrit, político.

¿Político? Sherrit no comprendía, nunca había comprendido las políticas sudamericanas, se sorprendió incluso que aceptaran el Protocolo de Hibernación cuando parecía que, al igual que el África, el continente sería una plaza perdida, preocupante por su producción de alimentos que quedaría sujeta a vaivenes impredecibles. Pero habían firmado y CRYOSOLUTIONS se había instalado y millones y millones de latinoamericanos aguardaban hibernando para volver a la vida activa.

Argüello notó la perplejidad de Sherrit y sonrió. Le convenía tener buenas relaciones con CRYOSOLUTIONS, la empresa más grande del país.

—Usted no vivía acá cuando se dio el debate sobre la criogenación. La izquierda y el populismo se opusieron con firmeza pero convencimos a los votantes con una fórmula envidiable; si se aprobaba el plan, el estado les garantizaría la alimentación y la vivienda por la eternidad. Los ahora EXM nos votaron en masa. Y cumplimos, ahí están hibernando, alimentados y con vivienda, ja, ja.

156

¿Y si ahí estaban, para qué sacarlos? Sherrit continuaba a oscuras.

—Lo cierto es que muchos izquierdistas calificaron para continuar con vida activa y cada tanto lanzan discursos en contra de la selección de los criogenados, de discriminación, etcétera. Tememos que esa prédica haga mella en la población y que el gobierno pierda las elecciones, así que sacamos cuarenta EXM, los exhibimos en la foto y los dejamos sin posibilidades en las urnas.

A Sherrit le pareció más maquiavélico que su propio razonamiento pero se guardó de decirlo. Argentina se había convertido en un destino muy disputado, con sus teatros, sus paisajes naturales, sus alimentos. Los movimientos inusuales de los otros jerarcas de la compañía lo sacaron de sus desvelos y fue hacia su pantalla, invitando a Argüello a imitarlo. Las cubiertas de las cápsulas eran quitadas, los EXM comenzaban a respirar el aire de la Sala de Recuperación y a manejarse con su temperatura.

Pasaron ocho minutos hasta que el primero abrió los ojos. Aplausos en la Alta Sala y en la Sala de Comando del Piso. El Ministro lucía como el más preocupado. En el piso, la bióloga comparaba signos vitales con las imágenes de los hombres moviéndose. Tras el vidrio de la Sala de Recuperación, los enfermeros guardianes estaban en posición de alerta. Uno a uno los cuarenta hombres despegaron sus párpados y comenzaron a mover sus brazos. El primero en coordinar una acción fue un morocho —todos lo eran— de pelo crespo, más bien flaco pese a una musculatura interesante, que se sentó en la camilla. Sherrit recordó la segunda exigencia del gobierno: EXM de buen estado atlético. Los músculos no se perdían por la hibernación pero sí dolían al despertar, ya que habían estado en tensión permanente por años.

El procedimiento continuó; Mensell explicó mediante intercomunicadores a los reanimados cómo debían manejarse y estos lo fueron haciendo sin apartarse de las instrucciones. Los hombres estaban desnudos pero ni la abogada ni la bióloga se mostraron molestas por ello. Ante una pregunta de la Alta Sala, Mensell respondió que en unas tres horas estarían en condiciones de hablar y de dirigirse a la prensa. Sprecci pidió autorización al CEO y fue a enfrentarse a los medios, para informarles de los primeros pasos y concertar una segunda conferencia.

Medina y Pier se retiraron a la Sala de Descanso General, destinada a los empleados jerárquicos sin rango para un living relajante propio como el que poseía el CEO. Sherrit consideró que era la hora del champán y Argüello estuvo de acuerdo. Pero no aceptó el sillón relajante, prefirió quedarse observando la pantalla, muy interesado en cada uno de los movimientos que iban desarrollando los EXM. Se corrigió, ya no eran EXM, eran hombres, ciudadanos como ellos; no podía exponerse a un lapsus semejante en medio de un discurso o sería comido por la oposición –y su gobierno no era de los que salvaban a los caídos en desgracia. Sprecci retornó, los periodistas estaban exultantes y pedían notas con los recuperados; había negociado, indicando la necesidad de un descanso, una entrevista para el día siguiente, donde escogerían a los dos o tres más aptos. Argüello reaccionó.

–Mañana nada, esta misma tarde los EXM van a ser trasladados a un campo del ejército.

–¿Pero qué hago con los periodistas?

–No sé, es su problema. Una vez deshibernados, los ciudadanos quedan en poder del Estado, no de la empresa. Confórmese con una foto cuando los estamos trasladando.

Sprecci quiso protestar pero una mano de Sherrit lo detuvo. Ofuscado, el gerente de Márketing se fue a reunir con sus compañeros en la Sala de Descanso. Sherrit miró los sillones relajantes; no podía dejar solo al Ministro. Maldijo y bebió otra copa de champán.

Argüello no percibió la contrariedad del CEO, concentrado en los diferentes movimientos que hacían los jóvenes en la Sala de Recuperación. Las elecciones se les iban en ellos, diez por lo menos tendrían que ser buenos, la ciudadanía no soportaría otro vigésimo puesto en el mundial de fútbol.

LA SOMBRA

Laura Delgado González
España, 1978

¿Alguna vez te has preguntado qué hay después de la muerte? Yo puedo responderte: nada. Absolutamente nada. No existe eso de la luz al final del túnel, ni ves a tus seres queridos esperándote. Solo hay oscuridad, todo se funde a negro y se acabó. No esperes que un señor luminoso venga a buscarte y te lleve al paraíso o, en su defecto, aparezca un demonio para arrastrarte al infierno, cosa que en mi caso hubiera sido lo más lógico. No hay nada, y créeme, no te sientes decepcionado.

Un día normal el despertador sonó a las seis de la mañana, me desperté, hice todas las actividades rutinarias, afeitado, ducha y desayuno. Antes de salir me acerqué a la habitación, le di un beso rápido en la mejilla a mi mujer. Estaba despierta, y le susurré: no te olvides de comprar leche. El comentario más romántico del mundo. Un vistazo rápido a la cama de mi hijo, pero sin detenerme demasiado, y salí de casa. Para no volver a entrar nunca más como un ser vivo.

No consigo recordar como morí, solo sé que iba conduciendo hacia el trabajo, escuchaba un programa de radio y me reía con las bromas pesadas que hacían a una pobre anciana y de pronto… Todo oscuro.

Es difícil describir la sensación de ser etéreo, pero es algo así como dejar de estar conectado a la tierra, no hay suelo firme sobre el que caminar, como si la gravedad te hubiera olvidado y te dejara vagar libre. No hay lazos físicos que te unan a nada.

No somos entes brillantes que trasmiten paz a los seres que le rodean, más bien somos una sombra, que provoca cierto malestar a los que nos acercamos, escalofríos, náuseas y visión borrosa son los síntomas más comunes, por eso mantenemos la distancia con los que todavía están vivos. Sí, he dicho somos, porque somos millones.

Es común encontrarnos a cientos de nosotros agrupados en las terrazas o las azoteas de los edificios, completamente hacinados. La verdad es que no sé porque pero siempre buscamos lugares al aire libre, aunque no demasiado alejados de los que aún no han muerto.

El momento más esperpéntico de mi existencia fue el de mi entierro. Primero tuve que tropezarme de frente con mi cuerpo inerte dentro de una caja de pino. Eso sí, parecía muy cómoda. Me enfrenté a las lágrimas de los amigos y compañeros y al terrible dolor que brotaba

159

de los poros de toda mi familia sin poder decirles que no se preocuparan, que no les había abandonado, que estaba a su lado. Sentí la pena que corroía a mi hijo, sin comprender cómo mi mujer le permitió pasar por este trance, debería haberlo dejado en casa de algún vecino. No pude estar cerca de mi mujer, tuve que conformarme con observarla desde lejos, por alguna extraña razón, es más sensible que el resto de los vivos a mi presencia y cada vez que me acerco le provoco un ataque de migraña. Siempre ha sido un poco rarita.

Presencié cómo metieron mi caja de pino dentro de la tumba y cómo colocaron los tabiques que me dejarían encerrado para siempre en un zulo de 2m x 1.5m. Irónico, porque siempre me han agobiado los espacios cerrados. Deberían haberme incinerado.

Mi madre sufrió un desmayo, demasiadas emociones para un cuerpo tan anciano, por lo que parte de mi familia se arremolinó a su lado tratando de reanimarla. Sus gritos, el llanto del resto y las risas de un antiguo compañero de trabajo fueron los sonidos que me acompañaron en mi último momento.

Pasé varias horas vagando por el cementerio, sin saber qué demonios me estaba pasando, cuando descubrí a varias sombras iguales a mí. Si hubiera tenido rostro, seguro que hubiese sonreído, feliz por haber encontrado amiguitos. No hizo falta presentarme, habían asistido a la escena del entierro, y me estaban esperando.

Quería preguntarles miles de cosas, necesitaba respuestas, pero me di cuenta que el tema de la comunicación iba a ser bastante complicado, no tenía boca, ni lengua, en fin, ni cuerpo.

—No te hace falta —me respondió alguno de ellos.

Eso lo oí claramente, a pesar de no tener aparato auditivo, los sonidos no se escuchaban, se sentían, como cuando golpeas una copa de cristal con agua y sientes las vibraciones.

—¿Alguien puede explicarme de qué va todo esto? —si hubiese tenido, piernas me habría arrodillado implorando

—Eso, amigo, tendrás que descubrirlo tú solito.

—Genial —estaban dejando claro que no me querían como nuevo miembro de su grupo.

Y las sombras desaparecieron.

Ni en el guión más extravagante de la película más absurda de la historia hubiera podido recrear ese momento.

Sin saber qué hacer, me dirigí al único lugar que se me antojaba seguro. Mi casa.

Al entrar descubrí, horrorizado, que todo había cambiado. Los muebles, el color de las paredes, las cortinas, el pelo de mi mujer y mi hijo había crecido un palmo. Demasiado para un mismo día.

Me estrujé lo que debía ser el cerebro para llegar a la única conclusión con lógica: El tiempo era relativo. Para mí solo habían pasado unas horas, para ellos un par de años.

Salí de la que había sido mi casa y me espanté al comprobar que había el doble de sombras que al entrar. Si seguíamos aumentando de esa forma, íbamos a ser más numerosos que los que aún no habían muerto.

Sin nada que hacer, me dediqué a pasar las noches en mi antigua casa. Al ser de noche me resultaba más fácil moverme y no le provocaba tanto malestar a mi familia. Me convertí en un especialista en contar. Una inspiración, una espiración, dos inspiraciones, dos espiraciones, tres inspiraciones, tres espiraciones… Así hasta llegar al millón.

Con la certeza de que la muerte te puede llegar sin avisar, me obsesioné con la idea de que mi hijo dejara de respirar así que mi vigilia se basaba en controlarlo. Curiosamente, esa era otra de las ironías de mi existencia. Cuando estaba vivo pensaba que lo peor que le podía pasar a mi hijo era acabar teniendo una vida como la mía, ahora me conformo con que simplemente tenga vida.

Alguna que otra noche me paseaba por mi antigua habitación, para ver dormir a mi mujer. Me sorprendía que no hubiera vuelto a tener pareja. ¿Cuánto tiempo llevaba muerto? ¿Cinco años? ¿Siete? ¿Diez? Esta maldita relatividad en el tiempo no me ayuda nada.

Solo hubo la excepción de los dos tipejos aquellos que intentaron llevarla a la cama. Por supuesto, me encargué de que lo único que obtuvieran fuera un enorme dolor de cabeza. En ambos casos ella reaccionó de una forma muy curiosa. Miraba a la puerta y sonreía, como si supiera que yo estaba con ellos. Esta mujer siempre ha sido muy rarita. Mi reacción puede parecer una cuestión de celos, pero en realidad no era más que mi orgullo masculino.

En mi forma etérea de sombra observé crecer a mi hijo. Casi sin darme cuenta llegó a la adolescencia. Le vi echarse su primera novia y fumarse su primer cigarrillo. Estuve a su lado el día que se afeitó por primera vez y, por culpa de mi presencia, el pulso le tembló y le provocó un corte enorme en la mejilla. Su madre vino corriendo y tan solo dar el primer paso dentro del cuarto de baño, tuvo que correr a vomitar. Demasiado sensible la mujer.

Salía de casa cuando empezaba a amanecer, casi igual que cuando estaba vivo, solo que ahora me fundía por debajo de la puerta, y me sumaba a los millones de sombras que se apelotonaban en las azoteas.

Algunos días era la azotea de un edificio de oficinas, otros una terraza de un ático o el balcón de algún piso, pero no demasiado lejos de mi antigua casa.

—Llevas demasiado tiempo aquí —una voz desconocida se coló en mi cabeza.

—Bueno, eso es relativo —respondí.

—Tienes que ayudarle —aquella sombra se comunicaba conmigo con un tono que no me gustaba.

—Ayudar a qué y a quién —no tenía ni idea de lo que me hablaba.

—Es increíble, tanto tiempo aquí y no te has enterado de nada. Apuesto a que ni siquiera lo has intentado.

—Ilumíname con tu sabiduría —tenía gracia, siendo una sombra.

—Si permanecemos aquí es porque alguien no nos deja marchar. Busca a esa persona y haz que te olvide —y se marcha dejándome con la palabra en la boca.

Supongo que durante meses, que tal vez fueran años, le estuve dando vueltas a esa conversación en lo que sería mi cabeza, sin encontrarle lógica, hasta que una noche, mientras contaba las respiraciones de mi hijo me llegó la iluminación.

Todas las sombras permanecíamos en esta forma porque había alguien que no nos dejaba desaparecer. Para alguien de nuestro alrededor habíamos sido tan importantes que no permitían que nos fuéramos. Al final resulta que tanta cursilada de película romántica iba a ser verdad. El amor es el más fuerte de los sentimientos.

Creo que pasaron meses, porque mi hijo se marchó de casa a la Universidad, para estudiar Geografía e Historia. Si hubiera estado vivo le hubiera gritado que eso era un suicidio, pero su madre lo único que le dijo fue:

—Estudia lo que te haga feliz, hijo —la típica respuesta rarita de mi mujer.

Mi hijo cogió todas las cosas que para él eran necesarias en su nueva vida, y sobre la mesilla de noche dejó la fotografía de los dos juntos, la que nos sacaron en las últimas Navidades que pasé vivo en la casa de la abuela.

Me quedé helado. Si hubiera podido hablar, me hubiese quedado mudo.

No era mi hijo. La persona que me mantenía en este mundo era mi mujer. Todos los días desde mi muerte había estado pensando en mí, extrañándome, recordándome, amándome. Y yo apenas había pensado en ella en estos años de muerto —¿cuánto tiempo hace que morí?— aunque tampoco lo hacía demasiado cuando estaba vivo.

Los millones de sombras somos los pensamientos de esas personas que no dejan que caigamos en el olvido. Permanecemos en este mundo mientras alguien piense en nosotros, y estoy seguro de que mi mujer no me va a dejar desaparecer. Se tomó al pie de la letra su promesa de amarme hasta el día que la muerte nos separase. Eso no me hace nada de gracia. Voy a tener que esperar a que muera para poder esfumarme de una vez.

Cuando mi hijo abandonó la vivienda familiar, perdí la distracción de contar sus respiraciones y el tiempo se volvió lento y pastoso. Pasaba las noches paseando por mi casa, alguna que otra vez me colaba en mi antigua habitación a ver a mi mujer, pero enseguida me aburría y volvía a vagar como un alma en pena por aquellas cuatro paredes que antes eran mi hogar.

Una mañana otra sombra se coló en mi casa. Al principio me alegré de ver a un ser semejante, pero su energía era bastante hostil.

—¿Qué haces aquí? —me espetó.

—Esta es mi casa —respondí, tratando de parecer seguro, pero estaba aterrorizado.

—No, es la mía, así que lárgate.

—¿Has perdido la cabeza? —estaba seguro de que así era— El que se va a largar eres tú, entrometido —hubiese estado bien poder amenazar con llamar a la policía, pero no hubiese servido para nada. Empezaba a ponerme furioso.

—¿Estás solo? —volvió a preguntar.

—Con mi mujer —la otra sombra miró extrañado a su alrededor.

—¿Estás con una mujer viva?

—Sí —el tono de su pregunta me hizo sentir incómodo, como si estuviera haciendo algo prohibido. ¿Había normas para el mundo de las sombras?

—¿Cuánto tiempo llevas aquí? —era evidente su curiosidad.

—Desde siempre. Quiero decir que desde que estoy en este estado, porque no recuerdo cuándo morí. Puede que hayan pasado unos cinco años, o tal vez diez.

—¿Cómo no la has matado? Cualquier ser vivo ya hubiera pasado al otro lado. Nuestra presencia lo destruye todo.

La única explicación que tenía era lo que siempre había pensado.

—Es que mi mujer siempre ha sido muy rarita.

Aquella sombra volvió a visitarme con asiduidad y entablamos algo parecido a la amistad de cuando estás vivo.

Una tarde salimos a la calle y me quedé helado ante la imagen que tenía delante. Millones de sombras se diluían de un lado a otro sin una dirección concreta. La cantidad de seres extraños era tal que de haber tenido piel se me hubieran puesto los pelos de punta. Por cada vivo había más de diez de los nuestros.

—A los vivos les cuesta dejarnos marchar —me dijo mi nuevo amigo.

—No podemos seguir creciendo a este ritmo.

—Eso es inevitable.

—¿No podemos hacer nada para frenarlo?

—¿Cómo haces para que alguien deje de pensar en ti? —no supe responder— Si algún día encuentras la fórmula, dímelo, quiero abandonar este mundo para siempre.

Su deseo le fue concedido unos pocos días, o meses, más tarde. Volví a quedarme solo.

Una noche, mientras mi mujer roncaba, decidí que yo también quería terminar con este sin vivir. Las palabras de mi amigo me abrieron los ojos, o lo que quedaba de ellos.

Desde esa noche no me separé de mi mujer ni un solo segundo, convirtiéndome en su sombra, y nunca mejor dicho. Poco a poco su salud se fue resintiendo, y empezamos a ir juntos al médico. Si había que hacerle un scanner, no había problema, me acurrucaba a su lado, como cuando veíamos una película en el antiguo sofá, y esperaba a que el médico diera por concluida la prueba de turno. Por supuesto, nunca le encontraron nada. Físicamente no tenía ningún problema, de hecho tenía una salud de hierro, porque creo que estuvimos en este tira y afloja un par de años, o tal vez más.

Una mañana vino a casa mi hijo. Estaba hecho todo un hombre. Le acompañaba una rubia despampanante, que debía ser mi nuera.

—¡Buen trabajo, hijo! —daba igual que no pudiera escucharme.

Se sentó junto a su madre y empezó a acariciarle el pelo con tanto cariño y ternura, como ella le hacía cuando era un niño. Me invadió una pena tan grande que si hubiese tenido glándulas lagrimales hubiese llorado. Por un minuto dudé de seguir adelante. El sufrimiento que estaba provocando podía evitarse con alejarme medio kilómetro. Pero mis ganas de dejar este mundo eran tan grandes que me acerqué aún más a mi mujer. No tenía otra opción que matarla.

A las pocos minutos la rubia despampanante empezó a encontrarse muy mal y tuvo que irse, primero de la habitación y después de la casa. Mi hijo también sufría mi presencia, pero el amor por su madre era tal que no se despegaba de su lado.

Estaba entretenido contando los latidos de su débil corazón cuando vi como una ligera niebla de color gris se escapaba del cuerpo de mi mujer. Aún era de los vivos, pero solo era cuestión de segundos. Podía escuchar sus pensamientos. No tenía miedo, no estaba nerviosa, estaba feliz porque se reuniría conmigo. Hasta su último pensamiento fue para mí. Supongo que en todas las relaciones siempre hay uno que ama más que el otro, y en este caso, ha sido ella.

Un último suspiro y toda ella se convirtió en una sombra.

En cierta manera me alegré de verla, aunque no tuviera rostro, la recibí sonriendo. La cogí de la mano para irnos juntos, pero no se movió. Tiré de ella con todas mis fuerzas, pero no avanzamos ni un milímetro. Me soltó.

—No puedo ir contigo —su voz sonaba exactamente igual que cuando estaba viva.

—¿Por qué? —antes de terminar la pregunta ya sabía la respuesta.

Estaba tan atrapada como lo había estado yo estos años. No hacía más que unos minutos, u horas, que había muerto y nuestro hijo no dejaba de pensar en ella.

Mi mujer lo entendió todo en un instante, y tomó su decisión. Escogió ser una más de esas cientos de sombras con las que me había tropezado estos años. Entendí que vagaría como un alma en pena durante años, o décadas, porque era incapaz de provocar a nuestro hijo cualquier tipo de malestar, y muchos menos de acabar con él para alcanzar la libertad.

No estoy seguro de que en su caso hubiera hecho lo mismo. La libertad nos sienta tan bien, que cualquier precio nos parece razonable. A excepción de mi mujer, que siempre ha sido muy rarita.

LOS ENGENDROS DE NERGAL

Carlos Díaz Maroto
España, 1960

Llevo dos meses en Nergal, cuarto planeta del Sistema Shamash, de la Constelación de Orión. Tras seis años en las cúpulas artificiales marcianas, necesitaba cambiar de aires, y Eoghan me invitó a visitar la ciudad, donde podía seguir mi trabajo sin problema alguno, con las mismas facilidades de antes.

Conocí a Eoghan en la universidad, cuando estudiábamos arqueología. Él se especializó en exoarqueología, y yo en cinematografía terrestre, pero con el paso del tiempo perdimos el contacto casi del todo. Muy de vez en cuando hablábamos por videoconferencia, y fue entonces cuando me dijo que por qué no viajaba allí con él.

Nergal fue colonizado veinte años atrás por la Confederación, y solo hay una gran ciudad, llamada también Nergal, amén de un centenar de granjas dispersas por la superficie del planeta, que tiene el tamaño de Marte, precisamente. Posee atmósfera respirable, y la gravedad es similar a la terrestre. Acostumbrado a la gravedad artificial de las cúpulas, no me costaría nada adaptarme. Así pues tomé el primer cohete turístico de motor axinotrópico que partía hacia Orión y me presenté dos meses después.

Me alojo en un apartamento al lado del de Eoghan, donde vive con su esposa, Alexa, que trabaja con él en las excavaciones. Mis aposentos son algo más pequeños que los de ellos, pero para mi tarea tengo suficiente con el dormitorio, el salón, el despacho y el cuarto de aseo. Me conecto con la terminal y ahí puedo estudiar sin problema alguno las películas y realizar el estudio sobre el cine de Leo McCarey que estoy preparando.

Algunas noches ceno con Eoghan y Alexa, pero no lo hago muy a menudo. Siento que de alguna manera infrinjo su intimidad, y eso que fue él quien me invitó a venir. Un par de veces les he acompañado a las excavaciones. Al parecer, mucho tiempo atrás hubo una civilización en Nergal, pero por un motivo que desconocemos se extinguió. En la actualidad hay en el planeta especies animales y vegetales autóctonas, pero ninguna inteligente.

Mi tiempo libre, pues, lo paso visitando los centros culturales de la ciudad, en especial las salas de concierto. Nergal reúne una gran cantidad de miembros de la Confederación, y me gusta escuchar la música de especies no terrestres. A veces es difícil entrar en ella, pero en otras ocasiones la experiencia puede llegar a ser mística.

Hoy me he entretenido demasiado en el trabajo, analizando una excelente película titulada *Dejad paso al mañana*, que fue rodada en 1937, en fecha pre-Confederación. Es curioso cómo era la sociedad en esa época, tan diferente a la actual en muchos sentidos. Poca gente entendería este film si se proyectara al público contemporáneo. En aquel entonces el cine era un arte popular que se veía masivamente. Hoy día solo es objeto de estudio por parte de investigadores como yo.

Y cuando he dado por finalizado el trabajo, no sé por qué se me ha ocurrido iniciar este diario hablado. Hace muchos años, cuando siendo preadolescente vivía en la Tierra, tuve uno, pero a las pocas semanas lo dejé de lado, aburrido por las pocas incidencias que acontecían en mi prosaica existencia y por la clásica desidia de la edad. Veremos cuánto dura el de ahora…

Esta noche he vuelto a cenar con Eoghan y Alexa. Están entusiasmados, pletóricos. Al poco tiempo de fundarse la ciudad, determinados trabajos de excavación pusieron al descubierto los restos de una urbe de los habitantes primigenios. La presencia de Nergal sobre esa metrópoli subterránea no representa riesgo alguno para las ruinas, pues se han paralizado todas las labores de horadar el suelo con otro objetivo que no sea el de la investigación arqueológica. Están grabando todo con holocámaras y clasificando las piezas que descubren. Hay cosas que identifican como vasijas, arcones u otros objetos de uso cotidiano pero otros, sencillamente, no tienen ni idea de para qué sirvieron.

El caso es que ahora han descubierto lo que parece ser un cementerio. Es un lugar donde los antiguos depositaban a sus muertos, para venerarlos; en la Tierra también se hizo en la antigüedad. Eran grandes zonas de terreno, con la gente introducida en cajas y enterrada en el suelo, y con símbolos adornando las sepulturas, con cruces y estatuas, algunas de ellas con ambiente trágico y macabro. Aquí, los difuntos están introducidos en unas urnas de cristal, verticales. Parece que se creó un vacío y el estado de conservación es perfecto.

No me han querido contar más, y me han invitado a acompañarles mañana para verlo en persona.

He pasado un buen rato regrabando mis comentarios en este diario, pues no me salían las palabras, directamente, de lo impresionado que estoy, aún ahora.

Me despertaron muy temprano para ir a las excavaciones, y hacia allí nos encaminamos los tres. La entrada está en las afueras de la ciudad, en un claro al que rodea una exuberante vegetación como no había visto en otro planeta, de un colorido y un tamaño asombrosos; hay hojas de la dimensión de un hombre y de tonalidades anaranjadas, violetas y rojas.

Traspasamos el túnel en compañía de otros trabajadores de las ruinas, y tras caminar unos cientos de metros de pronto se abrió ante mí toda una ciudad bajo una gigantesca bóveda natural. Ya la había visto con anterioridad, como es obvio, en mis dos visitas previas, pero aun así seguía produciéndome una emoción extraña. Atravesamos calles cubiertas por arcos de insólita composición y al fin llegamos a lo que parecía un edificio con una puerta anómala, que se apartaba al modo de una cortina; es algo difícil de describir. Entramos en una sala enorme, de unos pocos metros de ancho; a ambos lados se alzaban cilindros transparentes que se perdían en la distancia. Cada seis u ocho cilindros se abría un hueco que derivaba en otra sala, paralela a la anterior, y con la misma distribución. Había como veinte piezas distribuidas de ese modo, según me dijeron; debía haber miles de esas criaturas.

Y el interior de los cilindros… Estos tienen como tres metros de alto, y dentro se hallan las criaturas que, según parece, dominaron el planeta diez mil años atrás. Son antropomorfos, pero al mismo tiempo ofrecen una extraña cualidad anómala que no soy capaz de describir. Su aspecto es un tanto insectoide, aunque solo con dos brazos y dos piernas, y sus miembros aparentan tener más articulaciones de lo que es normal. Visten una especie de monos holgados, que muestran colores variados y mezclados, tales como naranjas, rojos, ocres y dorados; parecen tener un cuerpo similar al nuestro, aunque me da la impresión de que disponen de más costillas que los humanos, así como de más vértebras. No sé, las proporciones no parecen coherentes. La cabeza es abovedada, de piel rugosa y de un color verde grisáceo, con ojos grandes y saltones, cubiertos por párpados, una nariz pequeña, apenas dos agujeros en el centro del rostro, y unos labios gruesos y que cuelgan hacia abajo. Carecen de cabello y de nada que semeje unas orejas. Su tamaño varía considerablemente; hay criaturas de alrededor un metro veinte y las más altas alcanzan unos dos metros diez. A su pies hay una especie de placa con unos extraños signos, parecidos a los cuneiformes, acaso con el nombre del interfecto; también existe una serie de botones, que imagino activan las cápsulas.

Eoghan y Alexa me miraban exultantes, regodeados ante mi expresión atónita mientras contemplaba a esos seres.

—No sabemos si ese color es el auténtico que ofrecían —me explicó Alexa— o si es producto del paso del tiempo. Aún no hemos abierto ningún cilindro. Estamos a la espera de la llegada de algún exobiólogo para que, en principio, examine a una de las criaturas. No queremos hacer nada que degrade el cuerpo. Creo que llegará en una o dos semanas, a lo sumo.

Yo asentía fascinado, sin dejar de contemplar a aquellos seres. En ese momento llegó uno de los trabajadores, un muchacho que no alcanzaría los veinte años. Venía corriendo y excitado, y con palabras aturulladas les dijo que acudieran a algún sitio. Yo aproveché y corrí junto a ellos.

Llegamos al final de aquel corredor. Lo que parecía un muro con el cual acababa la sala estaba desplazado a un lado; daba la impresión de que había tres portones consecutivos, cada uno de ellos abierto de un modo totalmente distinto, en horizontal, en vertical y en diagonal, de varios metros de grosor cada uno de ellos. Mis dos amigos miraron con asombro esa abertura; parecía algo nuevo para ellos.

Entramos en la nueva sala y nos sentimos anonadados. Era de forma circular, y en las paredes había una serie de dibujos de aspecto algo naíf, que a veces podía recordar a los antiguos comics. Y en el centro se alzaba otro de aquellos cilindros, pero de un tamaño muy superior a los previos; o acaso era más bien como un tanque de agua, análogo a los que en la antigüedad de la Tierra acogieron especies marinas extintas, como las ballenas u otros seres de tamaño parecido. Y dentro…

Sentí un vahído mientras contemplaba a aquella entidad. Era de un tamaño descomunal, como de treinta metros o más de altura, y otros tantos de envergadura. Parecía disponer de cuatro miembros, pero no sabría decir si era bípedo o cuadrúpedo, y las extremidades finalizaban en garras; tenía un cuerpo achaparrado, como de cuero húmedo y viscoso, y mostraba pliegues y deformaciones, no sé si a causa de alguna aberración congénita o si porque su constitución era originalmente así. La cabeza se hallaba unida al cuerpo, sin cuello que se percibiera, y ofrecía una especie de boca que semejaba al tiempo un esfínter. No vi ojos, ni nariz u hocico, ni nada que se le semejara. Parecía un ser que no se ajustaba a las normas hasta entonces conocidas en el universo, como si procediera de una realidad alternativa. Y, lo peor de todo era que, pese a estar encerrado en aquella especie de tanque, hasta nosotros parecía exudar una especie de hálito de maldad. Yo lo percibí y los demás también, incluso observé que el muchacho se estremecía de manera ostensible, mientras el abundante vello de sus brazos se erizaba.

Una vez nos recuperamos de la impresión, Eoghan y Alexa intentaron centrar su atención en los dibujos que cubrían las paredes. Para mí era un galimatías sin sentido, una sucesión de escenas sin conexión, pero ellos percibieron una continuidad, una narración, y me la fueron leyendo. Al parecer, el lugar donde nos asentábamos fue con anterioridad un desierto; tres viajeros (que ofrecían una apariencia muy distinta a los cadáveres de las galerías) llegaron a la zona y en una especie de cueva hallaron al ser gigantesco de la urna, refocilado en una charca descomunal. Lo veneraron y construyeron una especie de santuario como lugar de devoción en honor a él; después, alrededor del mismo, se fue erigiendo una ciudad cada vez más grande, y las inmediaciones se alteraron para hacerlas fértiles. Parece ser que después hubo una escisión en la secta de adoradores y se creó otra, de menor número de fieles pero con un comportamiento más obsesivo, diríase. Finalmente, realizaron ofrendas a ese dios por medio de su sangre, o lo que tuviera en su interior aquella especie. Algo extraño e inquietante sucedió, pues de la unión del fluido vital de los adoradores y del inmenso ente amorfo este comenzó a desarrollar algo parecido a tumores, que al reventar dieron a luz una nueva especie, aquella que yacía en el interior de las urnas de la otra sala.

Parece ser que esa nueva especie, nacida de la unión entre la entidad y sus adoradores. Tuvo un desarrollo rápido y se erigieron en conquistadores de los anteriores. Mataron, mutilaron y exterminaron a todos los moradores previos, y ellos se establecieron como los nuevos pobladores de la ciudad. Todo indica, o eso creían mis narradores, que luego pasó un gran lapso de tiempo. Y no había más en aquellas paredes. No se explicaba qué había acabado con la nueva especie, quién había enterrado en ese cementerio a aquel grupo, o a la propia entidad, cómo había muerto ésta… Nada, en fin.

Regresé a mi aposento, mientras ellos se quedaban allí a examinar todo con más detalle. Quise centrarme en mi trabajo, visionando la primera versión de *Tú y yo*, pero me vi incapaz de seguir el hilo de la película, y al final la dejé de lado. Salí a dar un paseo por la ciudad, asistí a un par de espectáculos musicales y a otro teatral, y comí en un restaurante de lujo, pero ni aun así conseguí quitarme de la mente una sensación extraña, como si con el descubrimiento de esos hechos me hubiera trasladado a otro tipo de realidad, y la cotidianidad, de pronto, se hubiera convertido en algo lejano, extraño, alienígena diríase.

Por la noche me acosté más temprano que de costumbre, y al principio conseguí dormirme casi de inmediato. Sin embargo, de madregada tuve una pesadilla que me despertó con brusquedad, empapado en sudor y sin recordar nada con respecto a ella. Intenté alcanzar de nuevo el sueño, pero permanecí en un raro duermevela, y no logré entrar en un estadio más profundo ni despertarme definitivamente. Me parecía escuchar una extraña melodía, un cántico que semejaba proceder de la calle, algo imposible, puesto que el apartamento estaba por completo insonorizado. Eran voces que no podían proceder de una garganta humana, y no se asemejaban en nada a las de los muchos espectáculos musicales a los que he asistido. Alternaban tonos agudos y graves de forma constante, de un modo que me hacía estremecer de horror, aun en el estado de semi vigilia en que me encontraba.

Me he despertado, de nuevo empapado en sudor. Me he duchado durante un largo rato, empezando con el agua a gran temperatura, como si quisiera escaldarme la piel, y tras un largo rato la he bajado hasta pocos grados por encima de cero. Después he desayunado con mayor profusión que de costumbre. Cuando termine de grabar esto me acercaré a las excavaciones, a comprobar cómo va el trabajo de Eoghan, Alexa y sus compañeros.

Me costó acceder a la excavación, pues a la entrada había un trabajador que me impidió el paso. Hube de insistir en que llamaran a mis amigos hasta que, pasado un buen rato, se presentó Alexa y dio su autorización para que yo pudiera entrar siempre que quisiera. Después me trasladó hacia el lugar del descubrimiento. Durante todo el camino no pronunció palabra alguna.

Cuando llegamos a la sala donde moraba la entidad en el tanque, miré casualmente hacia las paredes, y de pronto sobre mí se precipitó un cúmulo de conocimientos, de tal modo que casi perdí el equilibrio. Al principio no supe qué me sucedía, pero fijé mi atención en los dibujos y percibí de pronto que entendía todo lo que figuraba en ellos. Inclusive, en un instante loco, me pareció como si aquellas representaciones pictóricas adquirieran movimiento, como en los antiguos dibujos animados, y veía, en directo, los sucesos que acontecieron milenios atrás…

No sé cuánto tiempo pasaría, pero de pronto aquellas imágenes de épocas pretéritas se fueron difuminando y de nuevo tenía ante mí a Alexa, que me tomaba de los brazos, me agitaba y preguntaba si me sentía bien. Respondí no sé qué excusa y me llevó hacia el tanque. En la parte trasera Eoghan examinaba los bordes inferiores del depósito, intentando averiguar el modo en que había sido unido este al suelo. No podía discernir el tipo de material empleado ni en el estanque donde reposaba la criatura ni en el del propio suelo o paredes. Además, parecía que en el interior había una especie de líquido, pues el ser se hallaba flotando; con todo, el líquido era por completo transparente, pues no se percibía la más mínima distorsión al mirar.

Prácticamente nada habían avanzado las investigaciones desde el día anterior, pese a que habían pasado la noche sin dormir. Aun cuando todavía tardaría en llegar el exobiólogo al que habían convocado, Eoghan intentaba buscar ese mecanismo de apertura de los nichos, tanto de los moradores originarios como de la entidad primigenia que acechaba en el tanque. Alexa, por su parte, se había centrado en intentar traducir el lenguaje que lucía a los pies de las cápsulas que contenían a los humanoides, sin sacar nada en claro. Ambos eran asistidos por un pequeño grupo de ayudantes, mientras el resto de los trabajadores seguía centrado en lo que habían estado haciendo antes de descubrir este último y portentoso hallazgo.

Yo les contemplaba afanarse, de un modo esforzado y entregado, pese a los vanos intentos de encontrar la solución a algo que se hallaba totalmente vedado a sus conocimientos. Y sin embargo, ante mí se había abierto de pronto un inmenso horizonte de intuiciones nuevas, como si un tapón en mi cerebro hubiese saltado y, de ese modo, a través de él hubiera surgido una miríada de pensamientos inéditos, que lograban hallar la luz en lo que para otros no era sino una confusión completa, como si los demás no fueran sino criaturas inferiores, alejados de un nivel de conocimiento vedado solo para mí, que había logrado llegar a un nuevo estadio.

Balbuceé una embarullada excusa, respecto a que mejor dejarlos trabajar solos y no importunarles, y me largué de allí.

Llevo horas en mi departamento, haciendo pasar el tiempo. Durante un buen rato he estado sentado delante de la ventana, mirando al exterior, sin embargo nada he logrado ver. Era como si mi mirada hubiera volado lejos de mí, y presenciara sucesos que acaecieron en eras remotas. Inclusive sentía, de un modo que no podía comprender, que ahora mi cuerpo era otro, que mis manos asían objetos que hasta entonces nunca había visto, que mi boca engullía alimentos que nunca pude concebir, que mi alma percibía sensaciones que ningún mortal osó sentir jamás. Cuando regresé, cuando de pronto alcancé a ver lo que se hallaba ante mis ojos, los de mi cuerpo actual quiero decir, noté que de mis labios se deslizaba una extraña tonada, una melodía que recordaba pese a no haberla oído nunca. Y ahora percibía como si dentro de mí coexistieran dos personalidades simultáneas. Una era la de siempre, la de toda la vida, encogida, asustada, sintiendo un horror atroz, un pavor inconmensurable, la sensación de que un universo totalmente nuevo la asaltara y minimizara, aterrorizada por una comprensión que no terminaba de percibir en toda su complejidad. Y la otra entidad era una nueva que se había forjado, cuando ese caudal de conocimientos nuevos me asaltaron en el túmulo, y era consciente al completo de ese horror cósmico que acechaba en los corredores de aquella ciudad sepultada hacía eones, en un mundo que ya era viejo cuando ni siquiera la Tierra existía, y el cosmos se veía surcado por entidades blasfemas y atroces, que se alimentaban de un modo incomprensible con la voluntad de sus servidores, que respiraban la adoración que se les profesaba, y se reproducían en un ayuntamiento malsano con aquellos que los veneraban, engendrando entidades del más abyecto horror. Y yo era una de ellas, o lo fui, o lo seré. O lo estoy siendo desde siempre y hasta el fin de los tiempos.

El sol se ha ocultado, y las tres lunas de Nergal lucen en lo alto, una en fase llena, otra en cuarto menguante y la última en cuarto creciente. Ha llegado el momento. Debo partir.

Ya está hecho. Acabo de volver y he actuado tal como debía. Todo está dispuesto.

Me llegué hacia las excavaciones y me acerqué al vigilante. Este no sospechó nada, pues ya me conocía. No me costó mucho abrirle la cabeza con el instrumento de metal que llevaba oculto, una herramienta para trabajar en el motor de los aeromóviles. Quedó tumbado en el suelo, empapando este con su sangre, que la tierra sorbía sedienta. Luego entré, atravesé la ciudad, me encaminé por lo que ellos creían era un cementerio y me dirigí a la sala de Yog-Dagorth, la entidad que reposa en la sala circular. No había nadie allí ahora. Al fin, Eoghan y Alexa habían decidido retirarse a descansar un poco, y solo estaban el vigilante que yo había abatido y otros dos trabajadores que velaban en otra zona de la ciudad, que utilizaban a modo de oficina central.

Y entonces entoné el cántico, mezclado con las invocaciones precisas en loor de Yog-Dagorth, recité las modulaciones que lo despertaban y lo volvían a traer a estas coordenadas espaciales, pues ahora estaba allí sin estar, confinado en otras dimensiones que coexistían con las nuestras, pero al mismo tiempo a una distancia infinita.

Pasaron unos minutos, hasta que al fin, dentro de aquello que parecía un tanque, Yog-Dagorth se movió… Al principio fue algo imperceptible, luego una de sus garras se agitó, más tarde el cuerpo giró unos pocos grados. Al fin, el tanque que no era tal comenzó a brillar y, de abajo a arriba, fue desapareciendo… Pues no era sino un campo de fuerza, unas barreras no físicas que retenían a Yog-Dagorth en su interior, no como una cárcel, sino como una crisálida que conserva en su interior al insecto, a la espera en devenir en algo superior.

Cuando el campo de fuerza hubo desaparecido del todo, la entidad estiró sus patas y las posó en el suelo, removió el cuerpo como cuando te desperezas después de un largo sueño, y luego abrió los ojos. Eran cientos, y se repartían por toda la superficie de su organismo, en todas direcciones. Abrió esa especie de esfínter y soltó un bramido espeluznante. Todo a mí alrededor se sacudió, como en un pequeño terremoto, y después, de nuevo, Yog-Dagorth se removió, ahora en una especie de frenesí de placer.

Me giré y esperé y, tal como sospechaba, al poco aparecieron los dos arqueólogos corriendo, sin duda sorprendidos por el sonido y la posterior sacudida. Me vieron allí, se detuvieron sorprendidos, y luego elevaron la vista para contemplar el horror que ante ellos se alzaba. Me acerqué a los dos, saqué la herramienta que llevaba oculta, y sacudí un fuerte golpe contra la parte lateral de la cabeza del primero. La sangre y los sesos me salpicaron, y el impacto proyectó al joven contra su compañero, cayendo los dos al suelo. Me acerqué al otro, que intentaba quitar el peso que tenía encima mientras desorbitaba la mirada, y descargué de nuevo la barra de metal sobre su cabeza, aplastando un ojo, el parietal y el cerebro. Después lancé la herramienta lejos de mí, que fue rodando por el suelo, provocando reverberaciones hasta que se detuvo contra la pared.

Yog-Dagorth me contemplaba, complacido y a la expectativa de que prosiguiera mi labor. Sabía cuál era. Sabía lo que esperaba de mí. Me dirigí a la sala contigua, me acerqué al cilindro más cercano y pulsé los botones que había en su parte inferior en una secuencia concreta. Después, el tambor se replegó sobre sí, hacia abajo, y al momento el siguiente hizo otro tanto, y después otro... En escasos minutos, todos los cilindros, tanto los de esta sala como los de las contiguas, desaparecieron, y los que los ocupaban quedaron ahí, con los ojos cerrados, los brazos pendientes y los pies flotando a escasos centímetros del suelo.

Inicié otro cántico, distinto al previo, diferente al destinado a despertar a Yog-Dagorth. Y entonces ellos despertaron. Pues no estaban muertos, dado que aquello no era un cementerio. Estaban en animación suspendida, a la espera de que llegara el momento de su regreso, de que volvieran a conquistar, a dominar. Sus ojos se abrieron, y poco a poco descendieron, posaron los pies en el suelo y, luego, todas las gargantas como una, soltaron un grito, un clamor de poder, y sentí mis vellos ponerse de punta.

Después, salieron corriendo por las calles que otrora hollaron sus pisadas, abandonaron la ciudad ahora sepulta, y salieron a la nueva urbe erigida y habitada, a Nergal, el orgullo de la Confederación. Las personas que transitaban por sus calles vieron como aquellos desconocidos se precipitaban sobre ellos, provistos de extrañas armas que habían tomado del subsuelo del propio cilindro, y mataron, mutilaron, destrozaron. Irrumpieron en las casas, y los que allí dormían perecieron casi sin saber lo que acontecía. Sin embargo, no fueron todos los que cayeron de ese modo...

Yo me dirigí a casa, acompañado por cuatro de los soldados. Llamé a la puerta de al lado y esperé, y cuando Eoghan abrió inició una sonrisa al verme, sonrisa que quedó congelada al ver aquellos seres que le resultaban familiares detenidos detrás de mí. Hice un gesto, y dos de ellos se precipitaron sobre él, aferrándolo fuertemente, y los otros dos entraron en el apartamento, directo a por Alexa.

Ambos forcejeaban mientras retornamos hacia las excavaciones, ambos me pedían una explicación, pero yo mantenía un completo

175

silencio. Alcanzamos la ciudad subterránea y llegamos hasta el habitáculo de Yog-Dagorth. Eoghan desorbitó la mirada a tal punto que pensé que los globos oculares se le iban a caer al suelo, Alexa lanzó un alarido con un timbre que yo pensé que ninguna garganta humana era capaz de alcanzar.

Y entonces sí les expliqué. Unas pocas palabras que, sin duda, no terminaron de comprender. Pero aun así merecían saberlo.

–Como amigos míos que sois tendréis el honor de ser los primeros en ofrecer vuestra esencia a Yog-Dagorth. Seréis los primeros en concebir la nueva especie.

Yog-Dagorth replegó las patas y se tumbó en el suelo como un perro cuando se echa a dormir. Los soldados acercaron a Eoghan y Alexa a la criatura, y yo me aproximé también. Tomé una de las armas dispuestas, una daga con la hoja ondulada, y degollé a Eoghan. La sangre brotó como un surtidor y salpicó sobre la espalda de Yog-Dagorth. Alexa gritó aún más, pero pronto el alarido quedó segado en un gorgoteo cuando la corté el cuello también a ella. La sangre dejó de manar y los soldados depositaron las cáscaras vacías de mis amigos en el suelo. Contemplé la piel de Yog-Dagorth. Esta burbujeaba, como agua hirviente, y algo se iba formando en su cuerpo. Una nueva especie. Un nuevo ejército. Unos nuevos servidores.

Salí de allí y vi una hilera de soldados, dispuestos a rendir tributo ante Yog-Dagorth, con nuevos donantes debatiéndose entre sus brazos. Grupos dispersos de soldados comenzaban también a desperdigarse por el planeta para saquear las granjas y convertir o matar a sus moradores.

Ahora estoy en mi apartamento. Por la ventana veo una decena de cohetes despegar rumbo a todas partes. La Confederación se halla expandida por infinidad de planetas. A todos ellos habremos de llegar para que la veneración a Yog-Dagorth se propague por ellos. Nuevos soldados van naciendo, y todos ellos se desperdigarán por la inmensidad del Cosmos.

Yo debo hacer tiempo. Estamos a la espera de un cohete destinado al traslado de gran maquinaria. Ahí podremos transportar a Yog-Dagorth, ahí podrá ir alojado con comodidad. El período vital de Nergal ha finalizado, y ahora él debe seguir expandiendo su simiente…

Estoy pensando… Hace tanto tiempo que no visito la Tierra… Creo que la abandoné con catorce años, cuando asistí a la Universidad de Maupertuis, en el Sistema Hathor, en Andrómeda. Echo de menos sus atardeceres dorados, sus verdes campiñas, sus playas azotadas por las azules aguas batidas por el viento. Cuando se comenzaron a colonizar otros planetas, la madre Tierra quedó como una reserva natural, como el paraíso terrenal que, en las antiguas supersticiones, una vez fue. Ahora solo existe como retiro espiritual, como un lugar de paz, de reflexión, para descansar y sentir la felicidad de existir.

Sí, creo que me gustará volver a la Tierra.

Y a Yog-Dagorth también le gustará.

BUENA VENTA

Juan José Tapia Urbano
España, 1975

El radio-reloj emitió tres pitidos breves seguidos por un último pitido más prolongado, tras lo cual su pequeño altavoz comenzó a vibrar con aquella voz femenina pregrabada que todas las mañanas me daba los buenos días:

—Son las ocho de la mañana en la costa oeste. Sintoniza la RKCP, la radio de California.

Siempre me había gustado sacar algo útil de cada cosa, y me parecía que aprovechar el momento del despertar para escuchar las primeras noticias del día era una buena forma de llevar esto a cabo.

Aquel iba a ser otro de esos días a los que ya estaba acostumbrado en mi empresa: un largo viaje hasta lo más recóndito del país, con el fin de tratar de convencer a algún director de planta de que nuestra maquinaria era la que mejor se ajustaba a sus necesidades de producción.

Tras un tiempo sobrevolando los estados de California y Oregón, finalmente me vi surcando las carreteras del estado de Washington en un vehículo de alquiler, camino de mi destino. Era aquella una zona donde, en opinión de mi gerente, se podrían llevar a cabo grandes tratos comerciales. A veces tenía la impresión de que mi jefe vivía en el país de las maravillas, como en un mundo aparte del resto de los mortales; ojalá los directores de las fábricas madereras con los que me solía ver las caras tuvieran el mismo afán por gastarse las pequeñas fortunas que costaban nuestras máquinas. Lo cierto es que se trataba de inversiones que, para una empresa de un tamaño pequeño resultaban, cuando menos, prohibitivas. Nuestro problema era que las grandes empresas ya trabajaban con nuestra competencia y era el mercado de los pequeños productores el único que nos quedaba libre para tratar de coger nuestra parte del pastel.

A la vista de los carteles que adornaban aquella carretera, me estaba aproximando al final de mi viaje. Finalmente pude leer en un gran cartel, ciertamente colorista y pintoresco: "Bienvenido a Lake Wood Town. ¡Disfrute de la tierra donde el tiempo se detiene!" Por fin había llegado. Me parecía curioso que en todos los pueblos por los que había pasado, la típica frase que acompaña a su nombre hacía referencia, de uno u otro modo, a la madera. En todos, excepto en éste.

Había elegido aquel pueblo como centro de operaciones, ya que venía a ser algo así como el centro geométrico desde el cual podía llegar a todas las fábricas que tenía anotadas en mi agenda, realizando los menores desplazamientos. Siempre había sido muy previsor en ese sentido. No me había parado a mirar la belleza del lugar, que seguro que algo tendría, ni la simpatía de sus gentes, con la cual nunca contaba a priori, fruto de una larga experiencia acumulada.

Aquella era la típica ciudad pequeña crecida a partir de una gran calle principal, por la que pasaba la carretera estatal. La arquitectura del lugar no tenía nada que lo hiciera destacar respecto a los otros sitios por los que había pasado para llegar hasta allí, aparte de un extraño gusto de los habitantes del lugar por adornar las fachadas de sus casas con grandes relojes, similares a los que se pueden ver en la mayor parte de los ayuntamientos. Aparte de por ese detalle, sería difícil para alguien que como yo pisaba aquella zona por primera vez, el decir a ciencia cierta dónde me encontraba.

Seguí mi sistemática habitual al llegar a una nueva ciudad, la cual comenzaba por encontrar un lugar donde alojarme; el procedimiento estándar consistía en entrar en un bar a informarme al respecto. Mis largos años como comercial me habían enseñado que era cierto ese dicho de que los borrachos siempre dicen la verdad, y era una buena forma de sacarles cuál era el hostal más acogedor de la zona.

Una vez más, los relojes tenían un papel importante en la decoración del lugar. Sobre el espejo que cubría la pared frente a la barra, podía ver varios de estos artilugios, cada uno de distinto diseño, bajo los cuales podía verse una placa de madera grabada con una cifra que supuse hacía referencia a un año, comenzando por el 1934, y acabando en el 1995. En total habría unos doce relojes adornando aquella pared.

—¿Qué le sirvo, amigo? —preguntó la persona situada al otro lado de la barra, dirigiéndose a mí.

—Un bourbon, si es tan amable —fue mi respuesta.

Si bien aquella persona había empleado conmigo la palabra "amigo", su modo de comportarse no mostraba semejante cosa; no me cogía de nuevas la arisca naturaleza de los habitantes de las pequeñas ciudades de montaña, bastante cerrados en sus relaciones con los extraños como yo. Aquel era uno de los retos a los que tenía que enfrentarme dentro de mi trabajo, el cual ya tenía totalmente asimilado y asumido.

Tras haber tomado dos sorbos de mi copa, pensé que era el momento de proceder a mi interrogatorio:

—Disculpe amigo —hice uso del mismo apelativo que él había empleado para conmigo—, ¿podría decirme el mejor sitio donde podría alojarme para pasar la noche?

—Hombre —respondió el barman—, hay varias opciones. Está el hotel de Renny Mulligan...

—¡No, no Joe! —alguien replicó desde algún lugar situado detrás de mí— No mandes a este buen hombre al hotel de ese maldito usurero. La casa de Stephen Clarks está mucho mejor, se lo aseguro.

—¿De qué estás hablando? —una tercera persona se vio llamada a intervenir— ¿Es que el serrín te ha afectado al poco cerebro que te queda, Marc Willow? Escúcheme amigo, si busca un buen sitio donde quedarse, no hay nada como el hostal de los Peterson, a la salida del pueblo.

Aquello se fue convirtiendo poco a poco en una discusión acerca de la bondad de uno y otro sitio, cuyo tono iba subiendo. Yo me limité a mantenerme al margen, expectante, tratando de sacar algo en claro de toda aquella colección de opiniones dispares. Finalmente decidí intervenir para poner fin a aquella algarabía:

—Muy bien, muy bien... muchas gracias por su ayuda. Ya tengo las cosas más claras, en serio —dije, tratando de mostrar agradecimiento a los intervinientes en la discusión.

Por un momento todo quedó en calma, la cual se vio rota por el propietario del local:

—Entonces, ¿dónde piensa quedarse al final?

—Bueno, supongo que lo decidiré luego, un poco más tarde —traté de escurrir el bulto—, de todos modos, muchas gracias a todos por su ayuda.

Pensé que no era demasiado inteligente dar pie a una nueva discusión a la vista de la elección que yo pudiera realizar, y preferí dejar la duda en el aire. Aproveché aquel momento en el que yo parecía ser el centro de todas las miradas, para resolver una duda que se me había creado tras todo lo que había visto desde mi llegada a aquella localidad.

—Disculpe —dije, dirigiéndome al barman—, ¿qué significan todos esos relojes de la pared? No sé... parece que por aquí les gustan bastante... ¿me equivoco?

180

Mi interpelado esbozó una sonrisa y me habló así mientras secaba con un paño el vaso que tenía en la mano:

—Veo que es usted muy observador. Supongo que ya habrá visto las fachadas de las casas al venir hacia aquí... sí, es cierto que aquí tenemos... lo que podríamos llamar una relación especial con el tiempo —aquella frase vino seguida de una carcajada por parte de aquel hombre, la cual secundaron varios de los presentes.

—Está bien... pero dígame, ¿qué significan esos años debajo de cada reloj? —traté de reformular mi pregunta, para ver si de ese modo recibía una respuesta más explícita.

—¿Acaso no vio el cartel de bienvenida a nuestra ciudad? —contestó el barman.

—El cartel... se refiere a aquello que ponía de... ¿cómo era?... eso sí, me extrañó que no pusiera nada de la madera, teniendo en cuenta dónde está enclavado su pueblo.

—Tratamos de promocionarnos lo mejor que podemos... simplemente.

—¿Y qué es lo que tienen para promocionar por aquí, que les distinga de los pueblos vecinos?

Mi pregunta fue seguida por una serie de miradas de complicidad entre los ciudadanos allí congregados, las cuales venían acompañadas de leves sonrisas, apenas perceptibles. Todo aquello me pareció algo extraño, por lo que acabé retomando la palabra:

—Y bien, ¿me piensa dar alguna respuesta, o se limitará a contestarme como hasta ahora, sin decir nada concreto? —no pude evitar que mi pregunta fuera impregnada con cierto grado de irritación.

—Es muy simple, amigo —contestó el hombre tras la barra sin inmutarse ante el tono adquirido por mi voz—, cada uno de esos carteles que ve bajo los relojes indica el año en que fueron puestos en hora.

Aquella explicación me resultó algo absurda, aunque al menos era eso, una explicación. ¿Qué interés podría tener conocer el año en que se había puesto en hora cada uno de aquellos relojes?

—Usted disculpe, pero... ¿qué interés tiene saber cuándo se pusieron en hora esos relojes? —hice públicos mis pensamientos, señalando a la fila de aparatos de la pared.

Mientras decía esto caí en la cuenta de que cada uno de aquellos artilugios señalaba una hora diferente. Pero la cosa no se quedaba ahí: todos aquellos relojes tenían indicadores de día y mes, y cada uno mostraba distinta fecha. El primer reloj de la serie, puesto en hora en el año

1934, a tenor de su cartel, señalaba las doce horas y veinticuatro minutos del día 26 de septiembre de 2005. Teniendo en cuenta que, según mi reloj, era las doce y veinticuatro del cinco de octubre, aquel reloj tenía un retraso de nueve días casi exactos. Según iba comparando la fecha y hora indicada por cada uno de los relojes, pude comprobar que a medida que habían sido puestos en hora en una fecha más reciente, el retraso era menor. Concretamente, el reloj del año 63 retrasaba cinco días, y el de 1995 acumulaba algo más de treinta horas de atraso.

—Deje que se lo explique —las palabras del barman interrumpieron mis cavilaciones.

Por la forma en que lo dijo, y el énfasis que ponía en sus aclaraciones, parecía evidente que aquel hombre realmente disfrutaba explicando el porqué de aquellos relojes colgados en la pared. Yo simplemente me limité a escuchar con atención, como si volviera a mis tiempos de alumno en la escuela primaria.

—Aquel reloj que ve usted allí —señaló al primero de la serie— lo colgó mi abuelo en el treinta y cuatro. Ya ha llovido desde entonces, ¿eh? —una sonrisa de oreja a oreja apareció en el rostro de aquel hombre al que todos llamaban Joe, que parecía ser mejor persona de lo que yo pensé en un primer momento—. Lo puso en hora en Mountain Lake... supongo que habrá cruzado ese pueblo para llegar aquí... bueno, la cosa es que lo puso en hora allí, vino aquí y lo colgó. Y ahí lo tiene usted, ocupando el mismo sitio donde lo pusiera mi abuelo.

—Cuéntale lo del otro reloj, Joe —dijo uno de los clientes habituales de aquel bar.

—Sí, sí, ahora llego. ¿Ve el siguiente reloj de la fila, el del año 45? Ese lo trajo mi padre desde Francia. Ya sabe, él estuvo allí durante la guerra, y se lo trajo de recuerdo. Bueno... y los demás los hemos ido poniendo primero mi padre y luego yo, poniéndolos siempre en hora con el tiempo de fuera.

—¿A qué se refiere con eso del tiempo de fuera? No sé si le he entendido bien, pero me parece que ha dicho eso —me dirigí al tal Joe nuevamente.

—Verá... realmente no hace falta que vayamos fuera para ponerlos en hora. De hecho, yo los pongo en hora con las noticias de la tele, ¿sabe?

—Pero dígame entonces... ¿dónde está la gracia de todo esto? Supongo que todo se limita a observar cómo esos relojes van atrasando al pasar el tiempo, ¿no?

La nueva oleada de miradas de complicidad y sonrisas me dejó un poco escamado: ¿acaso había dicho yo algo gracioso?

—Es que... en realidad estos relojes que usted dice, no atrasan —fue la contundente respuesta de Joe.

Aquello me pareció algo completamente absurdo. ¿Cómo se podía sostener que no atrasaba un reloj que señalaba una fecha en nueves días anterior a la actual? A mi modo de ver, aquello no podía admitir ningún tipo de disquisición.

—Me refiero a que atrasan lo normal —el hombre se intentó hacer entender—, no sé, ¿qué pueden atrasar, un minuto al año como mucho?

—Si fuera así, aquel reloj —le repliqué señalando al aparato correspondiente al año 95— tendría ahora las doce y diecisiete, aproximadamente. ¡Pero mírelo, tiene por lo menos 30 horas de retraso! —aquel hombre comenzaba a sacarme de mis casillas. Comencé a pensar mal de él una vez más.

—No hombre, no. Ese atraso al que se refiere no es debido a los relojes. Ya le digo que estos atrasan lo normal.

—Es el tiempo, hombre —dijo un hombre de poblada barba pelirroja mientras apuraba su vaso.

—¿Cómo el tiempo? —le pregunté al hombre barbudo, girándome hacia él.

—Las cosas aquí marchan a otra velocidad —respondió alguien desde una mesa al fondo del bar.

La última persona en intervenir se distinguía del resto de la concurrencia por su apariencia, más propia de un universitario que de alguien que trabajase en alguna de las fábricas de la región. No tendría más de 24 años, y parecía ser el único del local que consumía una bebida sin alcohol.

—Bueno, siempre se ha dicho que en los pueblos la vida va más despacio, pero... —no pude terminar la frase en curso.

—Usted no lo entiende. Aquí, el tiempo transcurre más despacio... pero literalmente.

Esta nueva intervención del propietario del local me pareció una auténtica locura, la cual parecía ser compartida por sus paisanos.

—Pero... ¿de qué me está hablando ahora? ¿Qué clase de locura es esta? —mi cara de perplejidad era un poema.

—Esta zona está encantada, amigo —dijo uno de los clientes del bar.

—No te cueles Michael. ¿Cuántas copas llevas? —intervino Joe.

—Eso no son más que pamplinas... ¿oye lo que le digo? —el hombre situado en la mesa que tenía a mi espalda volvió a intervenir—, yo nunca he creído una palabra de lo que cuentan, están todos locos en este pueblo, créame.

Esta vez me giré totalmente para hacerme una idea del aspecto de la persona que hablaba detrás de mí. No desentonaba en absoluto con el lugar, gracias a su típica camisa a cuadros de leñador, y una gorra calada hasta las orejas. El barbero del pueblo no se debía estar haciendo rico a su costa, de eso podía estar seguro: su abundante pelo pajizo brotaba por debajo de aquella gorra desteñida, y bajo su gran nariz formando lo que no podría definir más que como un gran cepillo, a modo de bigote. Es seguro que se llenaría de espuma a la hora de apurar una cerveza.

—No le haga caso —intervino Joe, el barman—, Ken nunca ha usado reloj. Él se guía por su estómago —una carcajada generalizada siguió a aquella afirmación.

Deduje que Ken era el nombre de aquella persona con aspecto de vikingo, cuya gorra había recibido más rayos de sol de los que su tinte estaba capacitado para soportar.

—¿Pero ha dicho en serio eso... de antes, lo del tiempo? —tuve que insistir sobre el barman para retomar el hilo principal de la conversación.

—Es tal como se lo he contado. Por aquí todo el mundo lo sabe, y no crea que lo ocultamos... ¡Ya ha visto el cartel de bienvenida! —Joe disfrutaba realmente con ese tema— Pero se diría que no es muy conocido este fenómeno... no, amigo... no recibimos mucho turismo por esto. Bueno, aparte de algún que otro pirado que aparece de vez en cuando, ya sabe...

Las últimas palabras del barman vinieron acompañadas de un ligero movimiento de cabeza en dirección al joven del fondo del bar. Este no se dio por aludido: ya conocía el concepto que se tenía acerca de él en aquel pueblo.

Pensé que si quería llegar al fondo del asunto, debía entablar conversación con aquel joven, el cual me transmitía mayor credibilidad que el resto de los presentes en el local; tal vez fuera el hecho de que estuviera bebiendo un refresco, o quizá porque parecía estar en una onda diferente al resto, allí retirado. Tras apurar mi primer bourbon, pedí un segundo, y me dirigí hacia la mesa de la esquina del fondo.

—¿Le importa que me siente aquí? —le pregunté al joven con gafas que ocupaba aquella mesa.

—No, que va. Sé por qué ha venido hasta aquí, y no tengo inconveniente en contarle lo que quiera —aquella voz venía modulada por el constante masticar de un chicle de menta.

Aquel joven era el prototipo del friky de universidad: la típica persona miembro del club de ajedrez y de astronomía que nunca se ha molestado por entrar en una de esas estúpidas fraternidades que pueblan los campus de Norteamérica, demasiado superficiales para sus ansias de conocimiento. Me preguntaba qué podía hacer alguien como él en un lugar como éste, y se lo hice saber:

—¿Es usted de por aquí? —fue la mejor forma que se me ocurrió para formular la pregunta.

—No, en realidad no. Soy de Sacramento, y estudio en la Universidad de California, pero de vez en cuando me gusta venir por aquí, ya me conocen —dijo esto como si prefiriera no ser conocido por los lugareños.

Al parecer no le gustaba demasiado el concepto que sobre él tenían en el pueblo, si bien él se lo había labrado a pulso, por su modo de comportarse y sus extrañas ideas, al menos para las gentes del lugar.

—¿Y qué hay de cierto en todo esto que dicen? —traté de ir directo al grano, saltándome mi rutina de aproximación por los flancos, adquirida gracias a mi trabajo como comercial.

—¿Por qué cree que me gusta venir aquí? —me contestó con otra pregunta— Podríamos decir que soy algo así como un cazador de fenómenos extraños, voy detrás de ellos, siguiéndoles el rastro.

—Son una especie de imán para ti, por lo que veo —pensé que hablar de usted a alguien tan joven no era conveniente.

—Yo me lo tomo más bien como un trabajo de campo. Supe de este lugar a través de un foro en Internet, ¿sabe?... pertenezco a varios clubes de personas que, como yo, están interesadas en los aspectos más ocultos de la vida...

—Sí, entiendo... el fenómeno OVNI, esoterismo, ocultismo...

—No exactamente. A mí el tema espiritual, la verdad, me suena a cuento chino. Me centro más en los aspectos físicos del tema, y le puedo asegurar que estamos ahora mismo dentro de algo que tiene mucho que ver con todo esto, no lo dude.

—Pero... y perdona que me repita, pero... ¿de qué va todo esto? A mí me suena a montaje para atraer a cuatro turistas curiosos.

—¿Le parezco un turista curioso? —el tono no sonó al de alguien que se siente ofendido por lo que le acaban de llamar— No, le aseguro que aquí pasa algo peculiar cuando menos.

185

—¿Y qué es exactamente? —volví a preguntar, un poco harto ya de tanto circunloquio inútil.

—No sé si hay una forma sencilla de explicar el fenómeno al que nos enfrentamos aquí. De una manera simple, le diré que aquí el tiempo pasa más lento que de donde usted viene —dijo esto como quien le cuenta a su madre que ha roto el jarrón chino de la abuela, y se queda tranquilo por fin.

—Que el tiempo pasa más lento... ¿Pero está hablando en serio? —en mi voz se percibía la incredulidad.

—Totalmente en serio: lo he comprobado. En cierto modo es fácil de demostrar. Le contaré lo que hice...

—Soy todo oídos —me preparé a escuchar un relato incoherente.

—Verá, hace unos años compré cuatro relojes en Mountain Lake. Si viene por la carretera estatal desde el sur, es el pueblo que hay antes de éste, supongo que lo conoce.

—Pasé por allí.

—Estupendo. Dos relojes eran digitales, iguales entre sí; los otros dos eran de agujas, también del mismo modelo. Los sincronicé con el servicio de hora telefónica, y dejé dos relojes allí, en lugar seguro: uno de agujas, y otro digital. A continuación vine hasta aquí y pasé mi día empleando el tiempo en lo que suelo hacer por aquí; me llevo casi todo el día metido en el cibercafé de la plaza Washington, chateando con mis colegas. Al día siguiente volví a Mountain Lake, y recogí los dos relojes que había dejado allí. Adivine...

—No me lo digas: marcaban diferente hora —estaba convencido de que eso era lo que venía a continuación dentro del cuento que me estaba soltando.

—¡Premio para el caballero! Había una diferencia de cerca de treinta segundos entre lo que marcaban cada pareja de relojes. Ya le digo, si quiere puede hacer usted mismo la prueba.

—¿Pero estás hablando en serio? Nunca había oído hablar de nada parecido a lo que me estás contando —no podía dar crédito a las palabras de aquel joven.

—¿Ve a Joe, el dueño de este local? Tendrá unos sesenta años, año arriba, año abajo. Teniendo en cuenta que ha pasado prácticamente toda su vida aquí, su edad real es unos siete días menor que la que tendría de haber vivido en otro sitio. Es fácil de calcular, no hay más que ir acumulando el medio minuto de retraso diario.

—Bueno, supongamos por un momento que todo lo dices es cierto. ¿Cuál es la base científica de todo esto? —quise ponerle en un aprieto.

—Lo cierto es que, depende de a quién se le pregunte, dirá una cosa u otra. Yo tengo mi propia teoría al respecto. Usted ha venido por la carretera estatal me dijo ¿no es cierto?

—Cierto, atravesando Mountain Lake.

—Perfecto. Entonces habrá pasado junto al lago Woodgate —se me quedó mirando como el que intenta confirmar una sospecha.

—Sí, pasé junto a un lago poco antes de llegar aquí, a la derecha de la carretera.

—Sí, ese es el lago Woodgate, sin duda. No sé si se fijaría mucho...

—Iba conduciendo.

—Lo entiendo... me refiero a que... yo tengo la teoría de que el lago se encuentra sobre un cráter —el joven se detuvo esperando que sus palabras hicieran algún tipo de efecto sobre mí.

—¿Cómo un cráter? ¿Qué tipo de cráter? —no me esperaba aquello.

—He pasado mucho tiempo allí, haciendo fotos, estudiando los estratos del suelo... hay una fina capa oscura, a unos tres metros de profundidad. Puede verse claramente en algunos cortados. Yo creo que hace tiempo cayó un meteorito en el lugar que ahora ocupa el lago. Luego el agua lo ha cubierto, con el paso del tiempo. Yo creo que los restos de rocas provenientes del impacto aún se encuentran bajo tierra, y son los que provocan todo lo que pasa por aquí —tras decir esto, respiró como el que ha soltado la lección sin detenerse a tomar aliento.

—¿Y eso se te ha ocurrido a ti solo? Me parece que hay que tener mucha imaginación para llegar a semejante conclusión.

—He hablado con amigos míos que estudian geología, y ya sabe que pertenezco a varios clubes interesados en este tipo de cosas; cada uno ha puesto su granito de arena, pero creo que esa es la explicación más plausible.

—¿Qué estudias tú, si puede saberse?

—Física. De todas formas, me interesa un poco de todo. Lo último en lo que estoy metido es un estudio acerca de cómo afecta este régimen temporal a la vegetación de la zona.

—Ya veo... pero tú, como físico, ¿Qué relación encuentras entre el meteorito y ese régimen temporal, como tú lo llamas? Porque, la verdad... yo no veo qué tiene que ver una cosa con la otra.

—Tenga en cuenta que conocemos muy poco de la realidad que nos rodea; vale, es cierto que hemos mandado cohetes al espacio y todo eso, pero aún nos queda mucho por descubrir, muchos fenómenos por conocer... y yo creo que nos encontramos frente a uno de estos casos. Realmente no sabría decir, a ciencia cierta, cuál es el fundamento teórico en el que se basa todo lo que sucede aquí, pero eso es lo que trato de desentrañar.

—¿Y qué pasa con el gobierno, las instituciones oficiales... qué saben ellos de todo esto?

—Piensan que es todo una patraña. Yo he intentado ponerme en contacto con ellos, incluso con algunos de mis profesores, pero toman por loco a todo aquel que intente tomarse este asunto con un mínimo de seriedad y rigor científico.

Como yo, pensé. Era totalmente increíble, en el sentido más literal de la palabra, todo lo que aquel muchacho me estaba contando. Consideré que ya sabía bastante sobre el particular, y que había dedicado a aquel asunto más tiempo del que merecía. Me despedí del joven friky y el resto de personas del bar, y dirigí mis pasos hacia el hotel de Renny Mulligan, lugar en el que decidí fijar mi base de operaciones: en ocasiones, es mejor agarrarse a la primera opción que perder el tiempo dándole vueltas a la cabeza.

Cuando llegué a aquel establecimiento era ya la hora de comer, cosa que hice allí mismo. Tras preparar la documentación que iba a necesitar aquella misma tarde, salí del hotel rumbo a la primera de las fábricas madereras que tenía en mi agenda.

Aquella resultó ser una jornada especialmente propicia para la venta, y cerré dos tratos de una cuantía importante. Al parecer mi jefe tenía mejor olfato para los negocios de lo que pudiera parecer a simple vista. Cuando llegué a mi habitación estaba rendido. La amortiguación de mi coche de alquiler había resultado ser demasiado dura para mis riñones, los cuales me pedían que les diera un merecido descanso. Tras una frugal cena me introduje en la cama y dejé que el sueño me envolviera.

A la mañana siguiente, el ruido de mi radio-reloj me despertó bruscamente. Tenía la costumbre de llevarlo conmigo en mis viajes, ya que no tenía un tamaño excesivamente grande, y hacía que me sintiera como en casa al despertar; la parte negativa era que las sintonías de los lugares hasta los que me llevaban mis obligaciones laborales no solían coincidir con las de Los Ángeles, por lo cual, si no tenía la previsión de cambiar previamente la sintonización, en vez de oír el acostumbrado mensaje horario, solía despertarme con un molesto ruido blanco.

Mi agenda señalaba que aquella mañana debía realizar tres nuevas visitas que me llevarían más al norte, llegando hasta Canadá. Después tendría que volver por el mismo camino que había traído, camino del aeropuerto.

Bajé a saldar mi cuenta con el hotel, ya que no iba a volver allí después, y lo que pasó a continuación me dejó perplejo. El letrero que indicaba las tarifas vigentes en el establecimiento indicaba claramente a cuánto debía ascender mi factura por haber pernoctado allí una noche, pero lo que pude leer en la factura que me entregó el recepcionista difería ligeramente de lo esperado, y se lo hice saber:

–Disculpe, creo que ha habido una confusión con la factura. En lugar de cuarenta dólares, me ha puesto cuarenta con un centavo. Bueno, eso no es nada, pero no lo entiendo –dicho esto, le devolví aquel papel para que lo comprobara.

Tardó unos segundos en hacerlo, tras lo cual, aquel hombre de traje oscuro y tez blanca como la leche me dijo:

–Usted es de fuera, ¿no?

–Sí, en efecto –respondí.

No sabía qué podría tener aquello que ver con el hecho de que me quisieran cobrar más de lo estipulado.

–Claro, es que se le ha aplicado la conversión... mire...

Aquel hombre, que más parecía el dueño de una funeraria que el recepcionista de un hotel se disponía a mostrarme algo, pero le interrumpí:

–Perdone, pero yo le he pagado en dólares americanos... no entiendo a qué conversión se refiere.

El recepcionista se quedó parado un momento, como asimilando el gran caudal de información que le acababa de suministrar.

–No, no es eso. Mire usted... usted ha estado un día entero con nosotros, pero eso equivale a un día y treinta segundos fuera de aquí, por lo cual...

–¿Qué me está contando? –empezaba a sentirme como si estuviera dentro de un cuadro surrealista.

–Sí, la tabla de precios que ve ahí –señaló a la lista de precios que había tras él– se refiere a los precios para la gente de la zona. Para los de fuera les tenemos que aplicar la conversión, de ahí el centavo de más; es debido al medio minuto de diferencia. Si se fija bien, verá que se indica en la letra pequeña.

Lo primero que se me ocurrió fue buscar la cámara oculta. ¿A qué clase de tierra de locos me había llevado el destino? De todos modos, aún en el hipotético caso de que tuvieran razón aquella pandilla de lunáticos, era un poco exagerado el aplicar una conversión con tal de sacar un centavo de más. Ahora comprendía la fama de usurero de que gozaba el tal Renny Mulligan entre las gentes del pueblo.

Decidí pagar ese centavo extra y abandonar aquella pequeña ciudad cuanto antes, no fuera a ser que aquel absurdo fuera contagioso.

Cinco horas más tarde volvía a atravesar el pueblo, en mi camino desde Canadá hacia el aeropuerto. Esta vez preferí no detenerme allí ni un instante, y creo que llegué a rebasar el límite legal de velocidad; tal era mi afán por abandonar aquel lugar. Sentí pánico cuando me percaté del tipo de pensamientos en los que ocupaba mi cabeza durante el viaje: me preguntaba si los mencionados límites de velocidad coincidirían con los que teníamos en Los Ángeles, o por el contrario si sería necesario realizar una pequeña operación para incluir el efecto del transcurrir más lento del tiempo en aquella zona; darle vueltas a la cabeza con ideas tan absurdas como esa era más propio de Joe el barman, que de alguien centrado como yo.

Finalmente, tras un cómodo vuelo, llegué a mi casa. Lo primero que hice fue darme una buena ducha, tratando de liberarme de toda la tensión acumulada durante mi reciente viaje. Como no tenía muchas ganas de cocinar, llamé a un chino, y me entretuve viendo lo que daban en la tele. El día siguiente también iba a ser ajetreado, aunque por suerte no tenía programado ningún desplazamiento. Según mi agenda, me visitarían los representantes de una empresa especializada en la fabricación de engranajes, de Alemania. Pensé que podría ser una buena oportunidad para pulir mi alemán, el cual no utilizaba desde que estuve destinado como director comercial de mi empresa en Europa.

A eso de las doce dormía a pierna suelta, como me solía suceder después de venir de un viaje por las montañas. Era un trabajo agotador, pero desde mi punto de vista, era el trabajo que mejor se amoldaba a mis aptitudes innatas: me tenía por un gran negociador.

Mi reloj biológico estaba tan habituado al horario que me imponía mi ritmo de vida, que a las ocho menos cuarto ya estaba en plantas. Me di mi habitual ducha matutina, y puse las tostadas a calentar. Me estaba vistiendo cuando comenzó a sonar el despertador, lo cual me avisaba de que ya eran las ocho de la mañana. Lo extraño de la situación fue que, en lugar de escuchar las habituales señales horarias, se podía oír a John Stanford, el locutor habitual de la RKCP, dando las noticias. ¿Qué había pasado con las señales horarias? ¿Acaso se las habían comido? Y… de todos modos… ¿dónde estaba la voz femenina que me daba los buenos días diariamente?

Decidí que tenía mejores cosas que hacer que preocuparme por aquello en aquel momento y, tras el desayuno, cogí mi coche y me encaminé hacia la oficina, en el centro de la ciudad. No obstante, durante el trayecto mi mente volvía una y otra vez al tema del radio-reloj, tratando de encontrar una explicación a lo sucedido. Fue en el momento en que me acordé de todo lo que me había pasado el día anterior cuando comenzó a resbalar un sudor frío por mi frente; no podía ser cierto, aquel pensamiento que acababa de cruzar por mi cabeza debía ser eliminado de mi mente.

Al llegar a la oficina, pasé rápidamente entre mis compañeros, sin devolver los saludos que me dirigían. Llegué hasta mi ordenador, e introduje unas palabras en el buscador de Internet. En unos segundos tenía ante mí la hora exacta suministrada por el observatorio de no sé qué lugar.

Sabía que bastaba con mirar el reloj que envolvía mi muñeca, pero nunca un gesto tan simple me pareció tan complicado de realizar.

UN MENSAJE NUEVO

Ángela del Pilar Lancheros Mora
Colombia, 1989

Después de ocho años de espera, te llegó un e-mail:

FW: SER HUMANO
De: Human company (serhumano@hotmail.com)

Enviado: martes, 04 de septiembre de 2100 08:57:05 a.m.
Para: Robotino axx–f52 (axx@gmail.com)

Señor Robotino axx–f52:

El motivo del presente mensaje es para informar que después de estudiar su caso, es conmovedor su deseo de contraer nupcias con una mujer, y teniendo en cuenta que su físico posee el 83% de humano, sumado a su circuito cerebral que nivela el coeficiente del hombre promedio; nos place comunicarle que su solicitud de experimentar la sexualidad ha sido aprobada.
Anexo adjuntamos un manual que servirá de guía ante la nueva experiencia que enfrentará.

Att: Human Company.

Posdata: su miembro viril y el chip sensorial de sexualidad llegará en cinco, cuatro, tres, dos, uno…

Tocaron a la puerta. De manera precipitada arrebataste el paquete a la nave postal. Los sensores de tu cuerpo no lo creían, tus cámaras de alta resolución por poco se disparan de las orbitas ante la imagen de tu nueva, muy generosa e innovadora parte física. Si pocas veces te apreciaste disímil a los humanos (para ti ellos también eran figurines que actuaban de forma maquinal), con tu nuevo accesorio te concebiste como un hombre completo, inclusive, superior a ellos. Eras multifuncional,

192

estabas programado para realizar cinco tareas a la vez y en la sexualidad de los humanos, ¡eso!, representaba una ventaja.

Sin ninguna habilidad para manipular aquel miembro viril, lo atrapaste entre tus manos y accionaste el láser de escaneo para procesar su software y revisar: posición, flexibilidad, control de movimiento y medidas. El ancho y largo de éste no solo aceleró tu deseo de estrenarlo, también acrecentó tu ego al compararlo con las imágenes porno que mostraba el holograma del archivo que desde hace un buen tiempo almacenabas en tu disco duro.

Al no detectar ningún imperfecto o requerimiento de ajuste mecánico, y sin leer el manual de instrucciones, solo ojeaste los capítulos: Posturas, Palabras sucias en la cama y Afrodisíacos, proseguiste a ensamblar el elemento fálico a tu cuerpo con el respectivo chip sensorial de sexualidad; te fue tan sencillo como conectar una USB.

Música, velas, champaña, fresas cubiertas con chocolate y una llamada a tu novia humana, fueron suficiente para dar inicio a tu nueva existencia. No hubo complicación en cómo proceder ante la situación, entre tu novia y el actuar de tu falo, que para sorpresa tuya éste parecía la C.P.U de tu cuerpo, obtuviste y disfrutaste tu primera relación sexual. ¡Vaya euforia la que origina tener… un orgasmo, eyaculación? No tenías registrado en tu R.A.M, cuál era la palabra justa.

De sobra sabías que el funcionamiento y alta productividad de tu extraordinario "accesorio" sobrepasaba los estándares de calidad, no obstante, insistías en preguntarle a tu novia:

—¿Te gustó? —tenías ochenta y tres por ciento de humano.

Gozar era llano, aunque no fue tanto el usar calzoncillos y acomodar todo allí adentro. Si no te apisonaba, te picaba y siempre había un algo que te incomodaba y optaras por no usarlo, tal vez esa era la razón del por qué los humanos hombres se rascaban con asiduidad allí abajo. El solo roce del pantalón, el viento frío, cualquier objeto que ejerciera presión en tu zona viril, fue enseñanza para aprender el término: masturbación, y recalentar el circuito térmico de tus mejillas. Con facilidad relacionaste el nexo entre la mano y el "Pe-ne" (preferiste anexar la palabra a tu sistema separando las sílabas y así no confundirlo con "El Pene", referido a la comida italiana).

Hasta dormido, tu reciente parte física se aumentaba a la par que lo hacía tu antena satelital, la reprogramaste para registrar a grandes distancias señales femeninas optimas y hacer uso insaciable de tu "Pe-ne".

Un "tic, tic, tic" resonaba tres veces e iluminaba el bombillo de tu antena. Sin expresarle nada a tu novia te erguías con prisa y corrías hacia la mujer que rastreaba el radar. No reparabas en su físico, personalidad, o característica que te embelesara, no, nada de eso era imperioso. Siendo toda una exclusiva para las mujeres de ese entonces (pocos como tú tenían uno de esos), sumado el exceso de lubricante con que humedecías la situación, era suficiente para que ellas con disposición accedieran.

Te propusiste trimestralmente trazar unos objetivos cuantificables que mostrara tu rendimiento sexual:

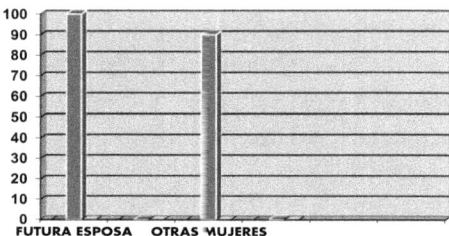

Marzo-Mayo.

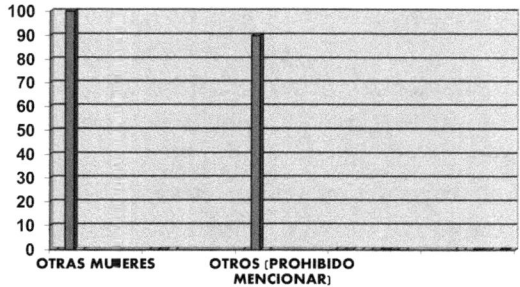

Septiembre-Noviembre.

194

Para diciembre la estadística cambió de forma drástica:

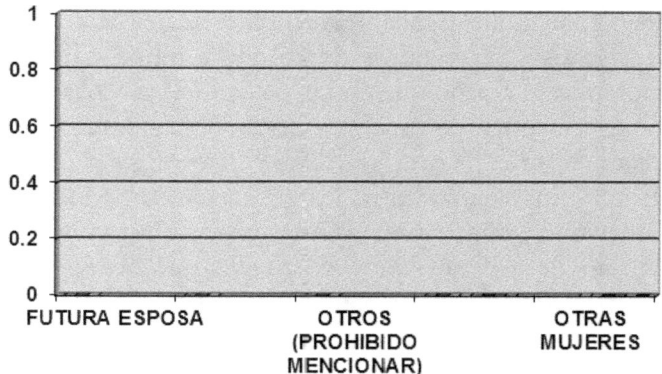

¿Qué había pasado? ¿A caso se había agotado tu apetito sexual?

A comienzo de mes no solo tu novia te abandonó, era fehaciente que se agotara de ser la futura y futura y futura esposa, también tu estado de salud decayó de forma notable. Tu micro controlador activó la alarma de seguridad y detectó varios problemas en tu sistema inmunológico, enfermándote con frecuencia.

El desaliento corporal era ineludible. Tu rendimiento y capacidad funcional estaba por debajo del cincuenta por ciento de los modelos existentes de tu misma referencia. Varias veces te fue necesario ensamblar parte de tu rodilla izquierda: se estaba corroyendo. Sudores nocturnos sin causa identificable colapsaron tus glándulas sudoríparas artificiales. Los sensores térmicos se fundieron de la alta temperatura que un día tuviste, y lo que es peor, la fiebre quemó por completo tu circuito auditivo derecho. ¡Lástima!, aquel sistema lograba escuchar diez veces más que el oído humano.

Intranquilo y desorientado te paraste en la puerta del R.H.C (Robotic Hospital Corporation ©). Aunque el solo olor a cables quemdos te alteraba y los robots aquejados pululaban a tu lado, no fueron esos los motivos para que hayas escapado horrorizado del sitio. Una fémina robot modelo WC-56 llegó de urgencias al lugar en estado crítico. De la cintura para abajo su cuerpo lanzaba chispas, su cabeza giraba sin control y en la pantalla de sus ojos la palabra: ¡virus! ¡virus!, aparecía con persistencia. Aquellos ojos de verde cristal que parecían estallar frente a ti, se te hicieron conocidos. La curiosidad y lástima te

195

llevó a preguntarle a un D.E (Doctor Engineer) por la angustia de la paciente, pero nunca escuchaste la respuesta, justo en ese momento el fuego y un ruidoso ¡pum!, hizo moléculas a la pobre. Salpicado de vidrios rotos y fragmentos de córnea y retina, saliste pávido del lugar, ignorando tu estado que con el pasar de las fechas empeoraba.

Sin cambiar de ruta, ahora solo te desplazabas a través del espacio existente entre tu casa y el bar, con expresión bovina observabas los besos de los enamorados, los espectáculos de los amantes con su alta obscenidad (dignos para el más exigente crítico voyeur), el servilismo perruno de las trabajadoras sexuales que pese a tu estado, aún producían calor en… en tus manos, solo en tus manos, en ninguna otra zona.

De frente a una bebida alcoholizante, anexando tus palabras al viento con un canturreo desafinado, arrítmico de una letrilla ya olvidada, el humano hombre sentado a tu lado, aquel de camiseta blanca con manchas amarillentas en los sobacos, con lujuria, no dejaba de mirarte y sonreír. Tú, con la sensación de haber sido descubierto en plena idiotez cantando solo, te hiciste el desentendido y te dirigiste al baño. Mientras descargabas tu vejiga el hombre también entró al servicio sanitario y se ubicó detrás de ti:

—¡Lo sabía! Era imposible de olvidar –dijo él.

—¿Perdón? –repusiste, tratando de subirte los calzoncillos sin haber terminado de orinar.

—Me refería a él –expresó el hombre señalando tu pene.

Ofendido te apartaste de aquel sujeto.

—¿Qué? ¡Respete! Usted está confundido, a mí no me gustan los hombres de ningún tipo. Ni humanos ni robots. Solo me agradan las mujeres –dijiste alterado.

—Tranquilo, tranquilo, no se perturbe, quizás no se acuerda de mí, pero usted y yo…

—¡Cállese! –interviniste enojado.

—Yo pensé que los dos podríamos… digo… aquella vez no le importó que yo fuera hombre y…

—¡Cállese! –gritaste nuevamente–. Le repito que está confundido.

—Está bien, cierro mi boca, no se moleste, debo ser yo quien está en un error –expresó él con una risita irónica–. De hecho y ahora que lo observo bien, la apariencia de quien yo recuerdo no era tan demacrada –dice el hombre volviendo a reír y a mirar tu miembro viril, (aún no te habías subido por completo los pantalones.)

Adusto, parco y con cara de lata oxidada, saliste de aquel bar sin ni siquiera pagar. Perturbado por el fastidio de aquel tipo y la mortificación de que todo lo dicho por el sujeto era verdad, te imbuiste en el asfalto metálico de una ciudad frígida, que no bastaba con restregarte su tecnología en tu cara, sino también el mal aliento que a veces deja la vida; tener ochenta y tres por ciento de humano es una proporción muy alta, imposible no percatarlo. Por primera vez y desde que fuiste creado, tus sintéticos lagrimales arrojaron un líquido transparente, salado. Alguna vez pensaste que no estaba activada tu función de llorar, al menos cuando te golpeabas en el dedo chiquito del pie, nunca rodaron lágrimas por tu rostro como ahora sí estaba sucediendo.

Registrabas una rara necesidad de llorar, gritar, gemir, berrear, chillar, escandalizar, gimotear; esos fueron los adjetivos que señaló tu motor de búsqueda para señalar tu necesidad de hacerlo. Llorar tal como lo hacían los niños, obviamente humanos, los robots siempre los creaban ya adultos, y equilibrar tus niveles de emociones que percataba tu receptor de sentimientos.

Ahogado por el llanto, tú panorámica vislumbró una valla publicitaria:

De manera automática recordaste el manual de instrucciones que acompañaba a tu entonces novedad fálica. Con paso largo te lanzaste a un correr nervioso. Entre calles escuchabas tu zapateo desesperado por llegar a casa. Aun faltando dos cuadras encendiste tu detector de metales y láser visual para facilitar la búsqueda del manual.

Entre pantis de mujeres, botellas de licor vacías, fotos de tu ex futura esposa, basura líquida, sólida y gaseosa, recetarios de comida reavivante, pastillas para la impotencia sexual, pomada para la rasquiña íntima, y más y más basura, ya cansado y sintiéndote muy enfermo, dentro de una caja vieja de cartón (debido a la deforestación estaba prohibido la fabricación de éstas), hallaste el perdido y muy buscado manual.

Tuviste que hacer uso de tu nano computadora casera (la instalación de la USB de tu cuerpo ya estaba atrofiada). Entre tanto archivo, por primera y última vez, leíste en una de las páginas:

ADVERTENCIA: El miembro no incluye condones. El uso libertino de éste produce enfermedades mortales de transmisión sexual, la medicina humana ni la robótica es funcional en estos casos (ver capítulo tres y el anexo Derecho a ser desconectado dignamente). Manténgase fuera del alcance de cierres de pantalón.

A la memoria de los robots que fueron desconectados en el siglo XXI a razón de las enfermedades sexuales, y que han hecho parte de los estudios y razones del por qué, hoy en día, la sexualidad sin discriminación humana y robótica, se realiza de conexión a conexión neuronal; sin necesidad del contacto físico.

D.E.P.

ÍNDICE

Sobre la imagen de portada:
"SBX1", boceto, de la serie *Submarino hecho en casa.*

Esterio Segura Mora (Santiago de Cuba, 1970), es uno de los más destacados artistas de la plástica cubana contemporánea, especialmente en la escultura, el dibujo y la instalación. Es autor de las esculturas que aparecen en el film *Fresa y chocolate*, de Tomás Gutiérrez Alea. Ha sido artista residente del Gaswork Studio en Londres, Reino Unido y de la Ludwig Forum für Internationale Kunst, Aquisgrán, Alemania, así como del Banff Centre for the Arts, Alberta, Canadá. Obras suyas se exhiben en las colecciones permanentes del Museo Nacional de Bellas Artes de la Habana, Cuba, y del New Museum of Latin American Art, University of Essex, Essex, Reino Unido.